Anni Deckner

Die kleine Apotheke in St. Peter-Ording

Das Buch

Sonne, Sand und der Traum von der eigenen Apotheke

Merle ist seit vielen Jahren glücklich verheiratet. Für ihren Ehemann hat sie ihren Job als Apothekerin aufgegeben und ist zu ihm in die Forschung gewechselt. Doch dann verliert ihr Mann bei einem Arbeitsunfall sein Augenlicht. Er verlangt, dass Merle nicht mehr zur Arbeit geht, um sich um ihn zu kümmern. Während ihr Mann zur Reha ist, nimmt Merle sich eine Auszeit und besucht ihre Familie in St. Peter-Ording. Dort trifft sie zufällig auch ihren Kindheitsfreund Mika, dem die örtliche Apotheke gehört. Dabei kommen Gefühle auf, die Merle zu verdrängen versucht. Schließlich muss sie sich entscheiden, welchen Weg sie für ihre Zukunft einschlagen möchte.

Von Anni Deckner sind bei Forever by Ullstein erschienen:

Barfuß am Strand

Leuchtturmtage

Die Sehnsucht der Inselärztin

Friesenglück

Sylter Meeresrauschen

Die Krabbenfischerin

Das kleine Blumencafé am Strand

Die kleine Apotheke in St. Peter-Ording

Die Autorin

Anni Deckner, geboren 1961 in Winnert bei Husum, lebt mit ihrer Familie in Hanerau-Hademarschen. Ihre Liebe zur »Grauen Stadt am Meer« kann man in ihren Werken spüren. Die kreative Luft des Nord-Ostsee-Kanals inspiriert die Autorin genau wie damals den berühmten Dichter Theodor Storm, der an diesem Ort seinen Schimmelreiter zu Papier brachte. Ihre Leidenschaft zum Schreiben entwickelte sich schon in früher Jugend, ihr erstes Buch »Heimathafen Husum« erschien jedoch erst im März 2014, gefolgt von »Knocking Out« 2015. In ihrer Freizeit geht die Autorin gern mit ihrem Mann auf Reisen. Ihr Beruf und gleichzeitig Berufung ist ihre Arbeit bei der Kirchengemeinde Hanerau-Hademarschen.

Anni Deckner

Die kleine Apotheke in St. Peter-Ording

Ein Nordsee-Roman

FOREVER

Forever by Ullstein
forever.ullstein.de

MIX Papier FSC® C083411

Originalausgabe bei Forever
Forever ist ein Verlag der Ullstein Buchverlage GmbH, Berlin
September 2019 (1)

Umschlaggestaltung:
zero-media.net, München
Titelabbildung: © FinePic®
Autorenfoto: © privat
Innengestaltung: deblik Berlin
Gesetzt aus der Quadraat Pro powered by pepyrus.com
Druck- und Bindearbeiten: CPI books GmbH, Leck

ISBN 978-3-95818-479-4

Zweifel

»Guten Morgen, mein Liebling, gut geschlafen?« Merle Hofer strahlte ihren Mann glücklich an. Sie waren inzwischen über zehn Jahre ein Paar, aber immer noch so verliebt wie am ersten Tag. Merle schwärmte für Sönke, seitdem sie fünfzehn gewesen war. Er hatte wie sie blaue Augen, die sie an einen See in der Morgensonne erinnerten. Sie erinnerten sie an einen bestimmten Baggersee, an dem sie mit siebzehn gezeltet und die körperliche Liebe für sich entdeckt hatten, an den See, an dem sie bei Vollmond ohne Kleidung baden gegangen waren. Merle sah es als ein großes Geschenk an, dass sie immer noch wie damals Gänsehaut bekam, wenn er sie zärtlich in die Arme schloss. In diesen Momenten zogen auch heute noch, wie am ersten Tag ihrer Liebe, Schmetterlinge ein. Bevor Merle ihrem Mann einen Becher Tee reichte, schmiegte sie sich an ihn und küsste ihn innig. Sanft zog er Merle näher zu sich, knabberte zielsicher an ihrem rechten Ohr. Sönke wusste genau, wie er sie verführen konnte. Sofort schnurrte Merle wie ein Kätzchen.

»Ich habe wunderbar geträumt«, flüsterte sie geheimnisvoll. Dann entzog sie sich aus der Umarmung. »Lass das, ich muss gleich los.« Sönke sah sie verwirrt an.

»Habe ich etwas verpasst?«

»Nein«, meinte Merle, »nur wieder mal vergessen. Ich habe einen Termin bei meiner Hausärztin.«

»Bist du krank?« Jetzt sah Sönke sie besorgt an. Merle seufzte. Sönke vergaß grundsätzlich, was sie ihm erzählte. Er war eben ihr zerstreuter Professor. Er hatte den Kopf meistens bei seinen Forschungsarbeiten, die ihn oft auch in der Freizeit nicht losließen. Merle machte es nichts aus, denn sie kannte ihn nur konfus und unkonzentriert, wenn er mit einem neuen Projekt beschäftigt war.

Schon bevor er Chemiker geworden war, hatten ihn Experimente fasziniert, zum Leidwesen seiner Eltern. Es war oft vorgekommen, dass er den Keller in Brand gesetzt oder gar eine Explosion hervorgerufen hatte, Zwischenfälle, die zum Glück nie schwerwiegende Folgen gehabt hatten. Sönke war dann glücklich auf seine Eltern zugegangen, um ihnen von seinen neuesten Erkenntnissen zu berichten. Dem angerichteten Schaden hatte er keine Bedeutung zugemessen. Irgendwann hatten seine Eltern davon abgesehen, den Keller zu renovieren, weil sie gewusst hatten, dass Sönke ohnehin bald den nächsten Versuch starten würde. Damals waren seine Eltern sehr verständnisvoll mit ihrem Sohn gewesen. Leider hatten sie heute kaum noch Kontakt.

Vor fünf Jahren war Merle die Kollegin ihres Mannes im Bremer Chemielabor geworden. Oft hatte sie ihn seither ermahnen müssen, weniger risikofreudig an eine Sache heranzugehen. Was nicht selten mit einem handfesten Streit endete. Der zum Glück nie lange anhielt.

Merles Eltern waren überrascht gewesen, als sie ihnen mitgeteilt hatte, dass sie ihre Apotheke verkaufen wollte, um in die Forschung einzusteigen. Ein Entschluss, den sie reiflich überlegt hatte. Das lange Studium mit anschließendem praktischem Jahr in einer Krankenhausapotheke, beides Bedingung für das Staatsexamen, hatte sie viel Kraft gekostet. Im Anschluss daran hatte sie für ihre Doktorarbeit gebüffelt. Merle hätte es bei der Approbation belassen können, jedoch war ihr wichtig, eine Doktorarbeit zu schreiben. Es gehörte für sie zu den Voraussetzungen, um den akademischen Heilberuf auszuüben. Sie war damals eine der jüngsten Apothekerinnen des Kreises gewesen. Alle Hürden der umfangreichen Ausbildung hatte sie mit Bravour gemeistert. Schon auf dem Gymnasium hatte sie unter den Schülern als hoffnungslose Streberin gegolten. Merle hatte sich nicht daran gestört, es war ihre Zukunft, um die sie gekämpft, für die sie geschuftet und die sie letztendlich gewonnen hatte. Sönke war nie müde geworden, seine Frau davon zu überzeugen, ihr Wissen der Forschung zukommen zu lassen. Irgendwann hatte Sönke gewonnen, sodass Merle ihre Apotheke verkauft hatte. Seitdem arbeitete sie mit Sönke zusammen in der Forschung.

»Ich muss zum jährlichen Check-up, danach komme ich ins Labor«, klärte sie ihren Mann zum x-ten Mal auf. Dabei lächelte sie sanft und strich ihm über den Dreitagebart, der ihm verdammt gut stand.

»Ach so, ja natürlich, entschuldige bitte, ich habe es einfach vergessen.« Reumütig blickte er Merle an.

»Ach, das ist ja völlig untypisch für dich«, antwortete sie vergnügt. Frühstück gab es im Hause Hofer nur selten. Aber mit einem Becher Tee auf der Dachterrasse zu sitzen und dabei eine Zigarette zu rauchen, war ein Muss des morgendlichen Rituals vor Arbeitsbeginn.

Merle genoss die Aussicht über Bremens Dächer. Sie liebte es, dabei zuzusehen, wie der Tag langsam erwachte. Es gab selten genug die Gelegenheit für eine Auszeit und dazu, die Seele baumeln zu lassen. Die Wohnung mit der Dachterrasse war ihrer beider Traum gewesen, den sie sich vor einigen Jahren erfüllt hatten. Merle hatte Blumen und mediterrane Pflanzen aufgestellt und eine Oase des Glücks geschaffen, die sie und Sönke jeden Tag aufs Neue genossen.

Doch es belastete sie etwas, das sie nicht zur Ruhe kommen ließ. Sie zündete sich eine weitere Zigarette an und nahm einen tiefen Zug, bevor sie zu sprechen begann: »Sönke? Hast du mal ein aufmerksames Ohr für mich?«

Sönke sah seine Frau erstaunt an. »Hast du Probleme mit Sina?« Sina war eine Kollegin, die Sönkes Assistentin gewesen war, bevor Merle in dem Labor angefangen hatte. Seither ließ Sina keine Gelegenheit aus, um Merle ins schlechte Licht zu rücken. Merle war aber auf der Hut und gab Sina keine Grundlage für Kritik.

»Nein, mit der komm ich doch klar«, sagte Merle rasch.

»Okay, womit kommst du dann nicht klar?«

Merle zögerte, bevor sie weitersprach. »Meine Gyn meinte neulich, ich sollte mir noch mal überlegen, ob nicht doch ein Baby für mich infrage kommen würde. Ich bin jetzt siebenunddreißig, meine biologische Uhr läuft langsam ab.«

Sönke lachte schallend, dabei schlug er die Hand auf sein Knie. »Die ist ja hartnäckig. Du hast ihr hoffentlich endgültig deine Einstellung zu vollen Windeln und schlaflosen Nächten klargemacht? Die muss dich ja für ziemlich blöde halten, wenn sie glaubt, dass du nicht weißt, worauf du dich da einlassen würdest.« Sönke schüttelte verständnislos seinen kurz geschorenen Kopf. Er steigerte sich in seinen Ärger hinein. »Warum kann die Frau nicht einfach akzeptieren, dass es Ehepaare gibt, die nicht an Fortpflanzung denken?«

Merle verkrampfte sich und rutschte weiter in den Sessel mit den dicken Kissenauflagen hinein.

Sönke, dem ihre Reaktion offenbar nicht entgangen war, verstummte abrupt. Mit Engelszungen redete er auf sie ein.

»Liebling, du willst doch nicht im Ernst unsere Entscheidung canceln?«

»Nein ... doch ... ich weiß es nicht. Was ist, wenn ich es später bereue? Bald ist es zu spät für eine Schwangerschaft, und ich habe tatsächlich Angst eine Fehlentscheidung getroffen zu haben.« Merle sah ihren Mann unsicher an.

Sönke lachte freudlos auf. »Viel schlimmer wäre es doch, wenn wir später bereuen, ein Kind zu haben. Erinnerst du dich daran? Zurückschicken geht dann nicht mehr.« Sönke sah Merle liebevoll an. »Du bist eine begnadete Forscherin und eine super Apothekerin, auch wenn du diesen Beruf nicht mehr ausübst. Ich glaube nicht, dass du eine treusorgende Mutter werden könntest. Dazu arbeitest du zu gerne. Wer soll denn die Betreuung des Kindes übernehmen? Fremde oder deine Eltern? Das ist doch keine Basis für ein Kind.«

Sinnierend trank Merle den letzten Schluck Tee aus ihrem Becher. Dann blickte sie in Sönkes Augen, in denen sie Panik und Verzweiflung erkannte. Sie lächelte besänftigend. »Du hast natürlich recht, ich musste es aber mit dir besprechen. Es hat mich zu sehr beschäftigt.«

»Wir bleiben also bei unserer Entscheidung?« Erwartungsvoll sah

Sönke seine Frau an. Er wirkte erleichtert, als sie nickte. »Liebling, wie wäre es, wenn du heute mal frei nimmst und deine Eltern in Nordfriesland besuchst? Es wird dir sicher guttun, Mara und Gerd freuen sich bestimmt, wenn du dich mal blicken lässt.«

»Ich kann dich nicht alleinlassen, ich habe auch Verpflichtungen, wie stellst du dir das vor?«

Sönke schien zu überlegen. »Ich habe noch einen gut beim Chef, lass mich mal machen.«

Sönke mochte es, die Dinge für Merle in die Hand zu nehmen. Er hatte den Ehrgeiz, seine Frau auf Händen zu tragen. Nur selten gab er Merle die Chance, eigene Entscheidungen zu treffen. Merle störte das nicht. Nur mit dem Kinderwunsch war sie sich nicht mehr sicher. Sönke würde niemals einlenken, dazu kannte sie ihn zu gut. Aber sie hatte ein schlechtes Gewissen ihrem ungeborenen, noch nicht einmal gezeugten Kind gegenüber.

Bestimmt war die Idee zu ihren Eltern zu fahren richtig. Ihre Mutter hatte bisher immer einen Rat für Merle gehabt. In solchen Fällen war ihre Mutter seit jeher die beste Adresse. Ihre einfühlsamen Ratschläge waren bei Merle schon oft der Schlüssel zu einer Erkenntnis gewesen.

Sie schreckte hoch, als Sönke aufsprang. »Ich muss los, Liebling, denke darüber nach, ich regle das für dich. Außerdem komme ich manchmal auch ohne dich klar.« Er lachte Merle aus belustigten Augen an.

Warum sagte er das so sarkastisch? Merle hatte mal wieder das Gefühl, von ihrem Mann nicht ernstgenommen zu werden. Dies waren die Momente, in denen sie sich fragte, ob es richtig gewesen war, ihre Apotheke zu verkaufen. Die Herausforderung hatte sie durchaus gereizt. Sönke hatte mit leuchtenden Augen über seine Arbeit erzählt und mit der Zeit hatte Merle die Neugier gepackt. Sie konnten gemeinsam viel erreichen. Ihr größter Traum war es gewesen, für die Krebsforschung einen bahnbrechenden Erfolg verbuchen zu können. Leider hatte es mit der entsprechenden Abteilung nicht geklappt. So war es dann dazu gekommen, dass sie mit Sönke an Lösungen der Schädlingsbekämpfung forschte.

»Ich finde die Idee gut, nach St. Peter-Ording zu fahren, sobald ich vom Doc zurück bin.«

»Soll ich dir einen neuen Termin vereinbaren? Damit du gleich fahren kannst? St. Peter liegt nicht gerade um die Ecke.«

Merle verstand nicht, warum es sie plötzlich störte, dass Sönke wieder das Zepter für sie in die Hand nehmen wollte. Aber das ging nun wirklich zu weit. »Hallo? Ich bin durchaus in der Lage, selbständige Entscheidungen zu treffen«, sagte sie verärgert, milderte ihren Ton aber dann mit einem Lächeln.

»Dann haben wir uns ja verstanden.« Sönke grinste und gab ihr einen Kuss zum Abschied. Dann sah er Merle prüfend an. »Du triffst aber keine selbstständige Entscheidung bezüglich der Familienplanung?« Er zog die Augenbraue hoch und durchbohrte sie mit einem Blick, den Merle noch nie an ihrem Mann gesehen hatte. Es schien, als ob er ihr tief in die Seele schaute, die plötzlich nicht mehr zu ihr gehörte.

Sie wich ein Stück zurück, verdrängte schnell das aufkommende Gefühl der Schwäche ihrem Mann gegenüber und sagte leise: »Wo denkst du hin, was soll diese Frage? Du machst mir heute irgendwie Angst, Sönke.«

Sie folgte ihm in die Küche. Er griff sich einen Apfel aus dem Obstkorb, in den er herzhaft hineinbiss. Kauend näherte sich sein Mund dem ihren. Die Düfte von Apfel und Rasierwasser verfehlten nicht ihre Wirkung. Merle schloss die Augen. Der Zauber endete jedoch abrupt, denn Sönke griff sich die Autoschlüssel und verließ die Wohnung.

»Das führen wir heute Abend weiter, Liebling«, rief er, als er sich bereits im Fahrstuhl befand, der direkt zu ihrer Wohnung führte. Offenbar war ihm Merles schwacher Moment nicht entgangen.

»Alter Schlingel«, flüsterte sie mit einem Lächeln auf den Lippen. Unter seinen Händen war sie Wachs. Sie schmolz dahin, wenn er sie aus den schönsten Augen Bremens anschaute. Sie liebte seine Hände, seinen Körper, der trotz der vielen sitzenden Tätigkeiten muskulös und straff war. Er hatte einen modernen Kleidungsstil und wirkte in einem seriösen Anzug gleichermaßen anziehend wie in einer Jeans oder im saloppen Jogginganzug. Letzteren trug er jedoch so gut wie nie, denn er sagte stets: »Wer Jogginghosen trägt, hat sein Leben nicht im Griff.«

Merle lachte zu gerne mit ihm. Er hatte einen Humor, den nicht jeder verstand, aber Merle wusste immer genau, was er meinte. Merle wusste, dass Sönke ihre Aufrichtigkeit schätzte. Besonders verliebt war er in ihren Körper, der trotz ihrer mickrigen ein Meter sechzig Körperlänge über sexy Kurven verfügte. Er liebte es, sie in Spitzenunterwäsche zu sehen, die sie ihm zuliebe trug. Sönke ließ keinen Tag vergehen, ohne Merle zu sagen, wie schön sie war.

Plötzlich hielt sie in ihren Gedanken inne. Fahrig suchte sie ihr Handy und fand es schließlich im Schlafzimmer. Schwer atmend wählte sie Sönkes Nummer. Verdammt, er hatte es ausgeschaltet. Sie sprach auf die Mailbox. »Sönke! Du machst doch heute keine Experimente mit der neuen Schädlingsbekämpfung? Du weißt, die Formel ist noch nicht ausgereift, es ist zu gefährlich! Bitte melde dich noch mal bei mir.« Merle überlegte, ob sie ihm ins Labor folgen sollte. Er würde es fertigbringen, die Tinktur zusammenzumixen, ohne Rücksicht auf die Folgen.

Sie hatte bereits ihre Autoschlüssel in der Hand, als er zurückrief.

»Sönke, gut dass du ...«

»Liebling, ich weiß schon, was ich tue. Außerdem ist das unser gemeinsames Projekt, ich schließe dich so kurz vorm Ende nicht aus. Was denkst du von mir?«

Merle schloss die Augen. Ja, was dachte sie von ihm? Sie kannte ihren Mann lange genug, um zu wissen, wie er tickte. Schnell sagte sie: »Ich wollte nur sichergehen, es kam so ein ungutes Gefühl auf, ich hätte keine Ruhe, wenn ich versäumt hätte, dich anzurufen. Sorry, aber ...«

»Schon gut, Liebes, ich mache keinen Blödsinn ohne dich.«

»Sehr gut, ich freue mich übrigens auf meine Eltern, danke für die nette Idee. Sie werden sich sicher ebenfalls sehr freuen. Ich liebe dich Sönke. Bis heute Abend.«

»Warum bleibst du nicht über Nacht, du hast morgen deinen freien Tag?«

»Mal schauen.« Merle zögerte.

»Überleg es dir, bis bald.« Sönke war aus der Leitung verschwunden.

Merle sah auf die Uhr. Wenn sie den Termin beim Arzt schaffen wollte, musste sie sich beeilen. Wie ferngesteuert, nahm sie erneut das Telefon in die Hand. Ungeduldig wartete sie auf das Freizeichen. Die nette Sprechstundenhelferin ihrer Ärztin nahm das Gespräch an.

»Guten Morgen, Frau Bender, hier spricht Merle Hofer, leider muss ich den heutigen Termin absagen, es tut mir furchtbar leid, aber ...«

»Frau Doktor Hofer, kein Problem, soll ich Ihnen gleich einen neuen Termin geben?« Die sanfte Stimme von Frau Bender bedrängte ihr schlechtes Gewissen. Sie mochte keine Notlügen. *Warum sage ich ab? Hatte ich nicht vor, den Termin wahrzunehmen?*

»Frau Hofer, sind Sie noch dran?«

»Was? Ja, ich melde mich wegen eines neuen Termins. Danke, Frau Bender.« Merle legte auf und starrte ins Leere.

Dann raffte sie sich auf. Sie freute sich auf ihre Eltern. Es war lange her, dass sie in St. Peter-Ording gewesen war. Viel zu lange.

Sie suchte das Wohnzimmer ab. Irgendwo hatte sie das hübsche Tuch liegen lassen, welches sie vor einigen Tagen für ihre Mutter gekauft hatte. Sie musste mehr Ordnung halten. Dann wäre sie jetzt nicht so ratlos. Sie betrachtete das stilvoll eingerichtete Wohnzimmer, von dem sie auf die Dachterrasse gelangte. Sie hatten sich für helle Möbel entschieden. Im Einklang mit den leicht grau getönten Wandfarben und der indirekten Beleuchtung erschien das Wohnzimmer modern, aber trotzdem gemütlich. Der große Ohrensessel am künstlichen Kamin verlieh dem Raum zusätzlich eine optische Wärmequelle. Dicke Teppiche schluckten den Hall auf den vierzig Quadratmetern Wohnraum. Die offene Küche benutzten sie nur selten. Weder Sönke noch Merle hatte je eine Leidenschaft fürs Kochen entdeckt. Umso mehr freute Merle sich auf ihre Mutter. Es war jedes Mal ein Hochgenuss für die Gäste des Hauses, wenn Mara Fischer in ihrer Küche Kulinarisches zauberte.

Plötzlich spürte Merle, wie sehr sie ihre Mutter vermisste. Sie freute sich immer, ihre Tochter in die Arme schließen zu können. Merle gab ihre Suche auf und rief den Fahrstuhl. Rasch nahm sie die Autoschlüssel und ihre Handtasche an sich und die Fahrt nach Nordfriesland konnte losgehen.

Der Fahrstuhl beförderte sie sekundenschnell in die Tiefgarage. Von Weitem öffnete Merle mit der Funkfernbedienung das Auto und stieg daraufhin ein.

Wahrscheinlich wäre es besser gewesen, ihren Besuch anzumelden. Sie wusste schließlich nicht sicher, ob ihre Eltern zu Hause waren. Merle lächelte.

Nein, die Überraschung gelang viel besser, wenn sie wie aus dem Nichts im Garten ihrer Eltern erschien. Sie werden austicken vor Begeisterung.

Während Merle ihren Wagen durch Bremens Berufsverkehr steuerte, dachte sie an ihr Kind, welches es nie geben sollte. Sie fragte sich, was es wohl wäre, ein Junge oder eine Tochter? Hätten sie sich gut verstanden, so wie es bei ihr und ihren Eltern der Fall war? Vielleicht ginge sie ihm auf die Nerven, wenn es groß geworden war? Ein Gefühl von Wärme erfüllte sie. Der Gedanke an weiche Babyhaut. Vor ihrem inneren Auge besaß dieses Kind die schönsten blauen Augen der Welt.

Als ein lautes ungeduldiges Hupen ertönte, zuckte sie zusammen und erwachte aus ihren Tagträumen. Die Grünphase der Ampel wechselte gnadenlos auf Rot. Die Fahrzeuginsassen hinter ihr hatten allen Grund sauer zu sein. Bestimmt mussten einige von ihnen ihren Arbeitsplatz erreichen und die rote Ampel hinderte sie am Weiterfahren. Beschämt winkte Merle ihren Hintermännern zu. Dann heftete sie ihren Blick an das rote Licht. Als es endlich auf Grün wechselte, brauste sie mit aufheulendem Motor davon, um gleich darauf an der nächsten Ampel wieder stehenzubleiben. Mit den gleichen Hintermännern und Frauen, die vorhin ein einheitliches Hupkonzert veranstaltet hatten, um Merle zu wecken. Merle war das zutiefst peinlich, sie hoffte, bald die Autobahn zu erreichen. Bildete sie sich das ein oder spürte sie tatsächlich die missmutigen Blicke der Insassen der nachfolgenden Fahrzeuge? Sie seufzte. »Ja, ja ihr habt alle recht, dennoch kann ich es nicht rückgängig machen.«

Noch einmal ließ sie es zu, dass der unerfüllte Kinderwunsch in ihre Gedanken trat. Warum sehnte sie sich plötzlich so sehr nach einem Kind? War ihr Leben nicht längst ohne Kinder verplant?

»Ich kenne dich doch gar nicht«, sagte sie zu dem unbekannten Wesen. »Warum vermisse ich dich jetzt?« Merle fand keine Antwort auf ihre konfuse Frage. Sönke hatte am Morgen in einer für ihn untypischen Weise beinahe zornig reagiert; für weitere Diskussionen würde sie keine Basis finden, die halbwegs erfolgversprechend wäre. Für ihn hatte dieses Thema keine Grundlage. In der Vergangenheit hatte es für Merle nie Gründe gegeben, an ihrer Entscheidung gegen ein Kind zu zweifeln. Ob es sein konnte, dass ihre Gynäkologin sie wachgerüttelt und in diese tiefe Trauer um ein nicht vorhandenes Kind befördert hatte?

Sönkes Reaktion darauf war eindeutig genug gewesen. Er hatte Angst, sie könnte es sich überlegen und den Kinderwunsch ohne sein Einverständnis verwirklichen. Merle liebte ihren Mann über alles, das Leben, das sie führten, mit all dem Luxus, war ein erfüllter langersehnter Traum für beide gewesen. Merle fragte sich verwirrt, ob es nur Sönkes Wunsch war keine Kinder zu bekommen. Hatte sie seine Einstellung dazu übernommen? Wenn sie einmal ehrlich zu sich war, geschah dies bei vielen anderen Dingen so.

Merle schüttelte heftig ihren Kopf. »Unsinn, ich bin Frau Doktor Merle Hofer, ich habe eine lange Entwicklung meiner Selbstständigkeit hinter mich gebracht.« Merle sprach die Worte laut aus, dabei erschrak sie über ihre eigene Stimme, die den Innenraum des Autos füllte. Aber dennoch hatte sie recht. Sie liebte Sönke und er liebte sie. Vielleicht fing er ja doch an, sie zu verstehen und über ein Kind nachzudenken. Dafür musste seine Liebe doch ausreichen, oder? Andererseits, sollte ihre Liebe nicht auch ausreichen, seine Wünsche zu verstehen?

Merle musste plötzlich lachen. »Ich bin aber auch eine dusselige Kuh.« Die Jahre an Sönkes Seite, ihre lange Ehe, ihre Liebe hatten ihr nie Grund gegeben daran zu zweifeln, dass alles richtig gelaufen war in ihrem Leben. Wahrscheinlich befand sie sich gerade inmitten einer Midlife-Crisis? Sie wischte alle dunklen Wolken aus ihrem Hirn fort. In wenigen Augenblicken würde sie St. Peter-Ording erreichen, Merles Zuhause aus Kinderzeiten. Hier war sie aufgewachsen und ihre Eltern wohnten immer noch hier. Sie kannte jeden Stein, jede Düne und war mit den meisten Bewohnern per Du. Der rosa-graue Himmel über ihrem Geburtsort empfing sie mit den ersten Sonnenstrahlen des Tages. Sie öffnete das Seitenfenster einen Spalt, um die Nordseeluft einzuatmen. Es roch nach Heimat, Geborgenheit und Salz.

Ihre Eltern bewohnten ein Reetdach-Häuschen mit Anbindung an die Dünen St. Peter-Ordings. Grüne Fenster mit den passenden Türen rahmten das Äußere des Hauses. Merles Mutter verbrachte viel Zeit damit, ihren Vorgarten in eine kleine Oase zu verwandeln. Hier bauten Vögel ihre Nester, Eichhörnchen huschten an den hohen Fichtenstämmen empor. Wunderschöne Rosen erblühten den Sommer über in Rosa und Weiß. Ihre Mutter ließ nichts unversucht, um neue Sorten zu züchten. Zwar hatte sie nur mäßig Erfolg damit, aber es störte sie nicht weiter.

Merles Herz klopfte leicht. Die Freude gleich in die überraschten Gesichter ihrer Eltern zu blicken, beherrschte sie. Zögernd drückte sie, obwohl sie einen Schlüssel besaß, auf den Klingelknopf. Aufgeregte wippte sie auf den Zehenspitzen auf und ab. Merle vernahm Schritte. Vermutlich die ihrer Mutter. Die Tür öffnete sich einen kleinen Spalt. Merle sah in fragende Augen, die jedoch nicht ihrer Mutter gehörten.

»Merle, Liebes, schön dich zu sehen. Deine Eltern sind nicht da, die sind vorgestern in den Urlaub geflogen.« Merle blickte enttäuscht in die bedauernden Augen der Nachbarin, die in ihren Händen eine Gießkanne hielt. Merle bezweifelte, dass die Blumen ihrer Mutter nach drei Tagen Wasser brauchten. Sie vermutete, dass es reine Neugier der Nachbarin war, die sie schon jetzt ins Haus getrieben hatte. Ihre Eltern wussten von der Leidenschaft ihrer Nachbarin, das Haus zu durchsuchen, aber sie nahmen die grenzüberschreitende Frau so, wie sie war. Ihre Mutter war froh, dass die Zimmerpflanzen ihre Abwesenheit auf diese

Weise unbeschadet überstanden. Und schließlich hatten ihre Eltern ohnehin nichts zu verbergen. Merle war nicht verwundert, dass sie von der Nachbarin freundlich zum Kaffee eingeladen wurde und diese außerdem wie selbstverständlich an den Küchenschrank ging, um den Kaffee zu kochen.

Leichtsinn mit Folgen

Sönke war mit gemischten Gefühlen ins Labor gefahren. Er grübelte über das morgendliche Gespräch, das er mit Merle geführt hatte, nach. Warum wollte Merle plötzlich ein Kind? Gott im Himmel, wie sollte er Sina das erklären?

Er zog einen neuen weißen Kittel an und öffnete die Glastür zum Labor mit seinem Code. Nur er hatte Zugang zu diesem sich nahe an der Hölle befindenden Raum. Nur er besaß die Formel für das anschließende Experiment. Selbst Merle hatte er nicht erzählt, woran er in den vergangenen Monaten geforscht hatte. Wie könnte er auch. Sie hätte alle Hebel in Bewegung gesetzt, um ihn daran zu hindern.

Er grinste. Natürlich war es nicht ungefährlich, dennoch hatte er alles gedanklich durchgespielt. Wenn sich die Gelegenheit ergeben hatte und Merle oder Sina nicht im Haus waren, hatte er es auch in der Praxis getestet. Dann war er mit einem Kribbeln im Bauch an die Arbeit gegangen. Er liebte die Herausforderung, vor allem aber die Gefahr. Er war bisher immer mit einem blauen Auge davongekommen, im Anschluss daran waren ihm die vorwurfsvollen Blicke der Kollegen sicher gewesen. Leider hatte er sich bei seinem Chef bereits eine Abmahnung eingefangen. Er musste jetzt höllisch aufpassen, keinen Fehler zu machen. Dennoch waren es *sein* Sieg und *seine* Anerkennung, die es zu ernten galt, sollte dieses Experiment glücken.

Die Glastür schloss sich mit einem leisen Zischen. Sofort löste dieses Geräusch ein Flattern in Sönkes Magengegend aus. Er lachte leise in sich hinein. Anspannung, Nervosität und sogar ein wenig Angst lagen in der Luft, die er kaum noch in seine Lungenflügel pressen konnte. So sehr war er, ja, fast schon erregt. Merle musste einfach einsehen, dass ein Kind nicht in ihr gefahrenvolles Leben passte. Er sah durch die Glastür. Wenn alles glatt lief, würden sich bald die Nasen der Kollegen daran plattdrücken.

»Ich werde euch schon beweisen, wie einfach es ist«, flüsterte er, dabei rieb er die Hände aneinander. Ein halbes Jahr lang hatte er experimentiert und andere Möglichkeiten einbezogen, Berechnungen angestellt und sie in seinem Hirn abgespeichert. Notizen hatte er nicht gemacht, damit diese nicht in Merles Hände gelangten.

Am heutigen Tag aber notierte er den Vorgang in ein Berichtsbuch. Damit sichergestellt war, dass ihm der bahnbrechende Erfolg zugeschrieben wurde. Die Kolben stellte er in die dafür vorgesehenen Ständer. Dann gab er die erste Chemikalie hinein. Der Versuch nahm Form an, jetzt nur noch die zweite Zutat hinzugeben. Sönke hielt einen Augenblick inne. Er genoss dieses überwältigende Gefühl der Macht. Die Macht über das Leben und Sterben. Denn dieses Schädlingsbekämpfungsmittel sollte alles bisher Dagewesene übertreffen. Das Beste daran war, dass es seine Handschrift tragen würde.

Er beobachtete gespannt, wie gelblicher Dampf aus den Kolben aufstieg, gleich kam der Moment, an dem er reagieren musste. Er bemerkte zu spät, dass ein scharfer, beißender Geruch aufstieg, der seine Schleimhäute reizte. Er hustete. Verdammt, etwas lief falsch! Sönke konnte kaum die Augen offenhalten. Er zwang sich zur Konzentration. Auf keinen Fall durfte er nachlässig werden.

Ah, das Brodeln im Glaskolben ließ etwas nach. Sönke atmete erleichtert auf, was schlimme Folgen für ihn hatte. Der beißende Dampf strömte in die Lunge und verursachte einen Hustenreiz. Schmerzlich wurde ihm bewusst, dass er diesen Versuch zu voreilig unternommen hatte. Aber es war zu spät für Reue. Er musste weitermachen, auch wenn es das letzte Experiment dieser Art für ihn sein würde. Nach dieser Aktion musste er damit rechnen, von seinem Chef gefeuert oder zum Pillendrehen versetzt zu werden.

»Das wird nicht passieren«, krächzte er. Langsam nahm er den Kolben heraus. Er musste ihn abkühlen. Er sah zur Wanduhr über der Glastür. In dem Augenblick, als er wieder in den Kolben blickte, geschah die Explosion.

Sönke musste nicht lange überlegen, ihm waren die Folgen bewusst, er war am Ende. Die ätzende Dampfwolke umhüllte ihn wie ein Mantel des Bösen. Er spürte die nun aufsteigende Flüssigkeit auf seinem Gesicht. Heiße Spritzer landeten in seinen Augen. Er schlug die Hände vor das Gesicht und ein markerschütternder Schrei entwich seiner Kehle. Die Hitze, diese verdammte Hitze! Er fuhr sich langsam mit den Fingern über die Augen. Sein Kopf drohte zu zerplatzen. Als er kurz darauf polternd zu Boden stürzte, fühlte er sich der Hölle nahe.

Bevor der Alarm ausbrach, versank er in eine tiefe Dunkelheit. Das Sicherheitssystem öffnete die Glastür zum Labor, in dem Sönke reglos lag. Nur aus der Ferne vernahm er die aufgebrachten Stimmen. Merle, dachte er, bitte verzeih mir. Jemand rüttelte an ihm, doch er war nicht fähig, darauf zu reagieren. Heftige Schmerzen machten ihn fast wahnsinnig. Die Worte des eintreffenden Notarztes brannten sich ihm dennoch ins Hirn.

»Mein Gott, der wird nicht mehr schön, so viel ist klar.«

»David«, zischte eine weitere Stimme, »halt's Maul.«

Sina Klein stürzte herein und fiel vor Sönke auf die Knie. »Sönke! Kannst du mich hören?« Sie hielt den Atem an. Tränen rannen haltlos über ihr Gesicht. Der Sanitäter schob sie sanft, aber bestimmt fort von Sönke.

»Sie müssen hier weg, Sie können hier nicht helfen«, polterte er ungehalten. Sönke versuchte, einen Laut von sich zu geben, scheiterte aber kläglich.

Oben auf dem Flachdach des Chemiekonzerns landete ein Hubschrauber, um Sönke in ein Spezialkrankenhaus nach Hamburg zu fliegen. Als der Pilot zum Landeanflug ansetzte, kam Sönke zu sich. Der Notarzt hatte ihn mit Schmerzmitteln zugedröhnt, die einigermaßen Wirkung zeigten und Sönke etwas klarer werden ließen.

»Wo bringen Sie mich hin?« Er versuchte, den Kopf anzuheben, aber er konnte nichts erkennen. »Warum kann ich nichts sehen?« Voller Panik wälzte er sich hin und her.

»Bleiben Sie ruhig, Sie tragen einen Verband, der ist so gut wie undurchsichtig, was durchaus gewollt ist. Ihre Augen benötigen Lichtschutz und Ruhe. Bitte haben Sie Geduld.« Geduldig redete der Notarzt auf Sönke ein.

»Ich muss meine Frau anrufen, sie wird verrückt vor Sorge, wenn ich mich nicht melde!«

»Ich erledige es gern für Sie, Herr Hofer«, sagte eine weibliche Stimme leise an seinem Ohr.

Sönke drehte den Kopf in die Richtung, wo er sie vermutete. »Danke, sehr lieb von Ihnen«, murmelte Sönke kraftlos.

»Haben Sie die Nummer im Kopf?«, erkundigte sich die Stimme.

»Scheiße ... mein Handy ... ich weiß nicht ...«

»Das spielt keine Rolle, ich finde die Nummer Ihrer Frau sicher auch so.«

»Wie heißen Sie?«, fragte Sönke, der zunehmend auf die Schmerzmittel reagierte.

»Lisa.« Die Stimme schien zu lächeln.

»Danke, Lisa.« Lisas beruhigende, dennoch besorgt wirkende Stimme begleitete Sönke in den Schockraum. Sönke fasste Vertrauen zu der fremden Person.

»Lisa?«

»Ja, ich bin hier, neben Ihnen.«

»Haben Sie ein Handy dabei?«

»Ja.« Sie schien zu zögern.

»Könnten Sie bitte die Nummer meiner Frau wählen? Ich möchte selbst mit ihr sprechen.«

»Verschieben Sie es besser auf später.« Sönke hörte ein Zittern in Lisas Stimme.

»Nein«, sagte er fest. »Ich muss sofort mit Merle sprechen. Es dauert nicht lange. Sie käme um vor Sorge, wenn jemand Fremdes sie anriefe.«

»Also gut, wie Sie wollen. Wie lautet die Nummer?« Stockend sagte er ihr die Nummer auf, die plötzlich aus seinem Gedächtnis aufgetaucht war. Die Trage hielt im Schockraum und Sönke lauschte dem Freizeichen.

Das Wiedersehen

Merle hätte sich ohrfeigen können. Natürlich, ihre Eltern waren in den Urlaub geflogen. Warum hatte sie nur nicht daran gedacht? Zähneknirschend trank sie mit der Nachbarin einen Kaffee. Eigentlich hatte sie keine Lust dazu, aber es wäre unhöflich gewesen, wenn sie abgelehnt hätte. Merle kannte Gisela Sauer von Kindesbeinen an, aber sie konnte Gisela nie richtig leiden.

Um nicht völlig umsonst nach St. Peter-Ording gefahren zu sein, ging sie im Anschluss noch in die Badallee, um ein wenig zu bummeln. Bevor sie den Heimweg nach Bremen antrat, aß sie bei ihrem Lieblingsitaliener eine Kleinigkeit zu Mittag. Sönke freute sich sicher ebenso wie sie, dass er sie früher wieder in die Arme schließen konnte als vorgesehen. Sie zuckte zusammen, als ihr Handy klingelte. Sie konnte sich selbst nicht erklären, warum ein ungutes Gefühl sie erstarren ließ. Eilig suchte sie das Telefon in der Handtasche. Misstrauisch starrte sie auf die ihr fremde Nummer.

»Hofer«, meldete sie sich zögernd.

»Liebling, ich bin es.« Merle erstarrte.

»Schatz, was ist los? Stell dir vor …« Merle wollte ihm berichten, dass ihre Eltern nicht zu Hause waren, aber Sönke sprach weiter.

»Alles bestens, du kannst übrigens gerne länger in SPO bleiben, ich habe eben unseren Arbeitsplatz zerstört.« Sönke lachte gedämpft.

»Geht es dir gut?« Merles Stimme wurde schrill.

»Klar, Unkraut vergeht nicht. Ich werde gleich ein bisschen zusammengeflickt und danach darf ich nach Hause.«

»Zusammen... was? Du bist verletzt?« Merle keuchte. Sie spürte eine Gefahr auf sich zukommen, konnte jedoch nicht ausmachen, was es war.

»Wie gesagt, verlängere deinen Aufenthalt bei deinen Eltern, vielleicht komme ich bald nach. Ich muss Schluss machen, die nette Schwester neben mir wird ungeduldig, ich melde mich, sobald ich hier raus bin. Schöne Zeit und grüß die Alten.« Klick!

Merle starrte wie betäubt auf das Telefon. Sönkes Stimme hatte sich verändert angehört. Er hatte versucht, möglichst unbeschwert zu klingen, aber Merle kannte ihren Mann nur zu gut. Er hatte versucht, sie nicht zu beunruhigen, das war ihm leider gänzlich misslungen. Ihre Hände zitterten, als sie die Rechnung beglich. Der Kellner bedankte sich überschwänglich für das großzügige Trinkgeld. Merle wusste nicht, wie viel sie ihm gegeben hatte. Das interessierte sie auch nicht. Sie musste auf dem schnellsten Weg nach Bremen.

Als sie loslief, stieß sie mit jemandem zusammen. Es hätte nicht viel gefehlt und Merle wäre rücklings über die Stühle gefallen, wenn nicht ein fester Griff sie daran gehindert hätte. Wütend riss sie sich los.

»Können Sie nicht aufpassen?«, fauchte sie.

»Doch, aber Sie sind blind in mich reingerannt.« Ein belustigtes Lachen ertönte.

Merle wurde noch ärgerlicher. Der Mann überragte sie um Längen, sodass sie zu ihm aufschauen musste, um ihm böse Blicke zuzuwerfen.

»Püppi?! Bist du es wirklich?« Offenbar benötigte der Mann keine weitere Antwort, denn er hob sie hoch und umarmte sie freudig. Merle sah ihm in die Augen und wusste dann, wer sie so übermütig begrüßte.

»Mika?« Merle konnte es nicht fassen. Mika war mit ihr in dieselbe Klasse gegangen. Viele Jahre waren sie Freunde und Vertraute gewesen, bis ihre beruflichen Wege sich getrennt hatten. Nannte er sie tatsächlich Püppi? Er hatte sie früher so genannt, weil sie eine überzeugte Puppenmutter gewesen war. Bewundernd hatte er ihr dabei zugeschaut, wie sie versucht hatte, ihrem Puppenbaby Brei in dessen geschlossenen Mund zu stopfen. Da war sie acht Jahre alt gewesen. Ihre Mutter hatte es, lachend, als grenzenlose Sauerei bezeichnet. Mika hatte sich auf die Reste gefreut und sie verschlungen. Er wohnte damals in der Nachbarschaft. Sie verbrachten nach der Schule die Freizeit miteinander. Wenn Merle nicht mit ihren Puppen spielte, zog sie mit Mika durch die Wälder St. Peters oder sie bauten Sandburgen in der größten Sandkiste der Welt.

»Du kannst mich jetzt wieder runterlassen«. Sie landete sanft auf ihren Füßen.

»Hättest du Zeit für einen Kaffee?« Mika sah sie aufmunternd an. Die Gelegenheit hätte nicht schlechter sein können, denn Merle musste zu Sönke, der irgendwie in Schwierigkeiten steckte. Jedoch schwanden die Sorgen allmählich. Hatte er nicht gesagt, dass es ihm soweit gut ginge? Ihre vor wenigen Minuten aufgekommene Unruhe hatte sich etwas gelegt. Sie würde noch schnell genug erfahren, wie es um ihren Arbeitsplatz stand. Darum nickte sie kurz und suchte einen freien Platz in den Strandkörben, die das Lokal in beschaulichen Ecken bereithielt.

»Gerne, aber ich muss heute noch zurück nach Bremen.«

Sichtlich erfreut führte Mika sie an einen frei gewordenen Platz. Beide ließen sich lachend in den Strandkorb fallen und saßen nun dicht nebeneinander. Merle bestellte einen Friesentee und Mika nahm ein Bier. Zunächst schwiegen beide. Merle spürte sofort die Vertrautheit von damals aufkommen. Als wären die Jahre dazwischen, in denen sie sich aus den Augen verloren hatten, gelöscht geworden.

Mika erzählte vom Klassentreffen von vor zwei Jahren und dass er gehofft hatte, sie dort zu treffen.

Merle blickte erstaunt auf. »Davon wusste ich nichts. Schade eigentlich.«

Mika legte die Stirn in Falten. Schon als kleiner Junge hatte er unheimlich skeptisch dreinschauen können. Dabei verdunkelten sich seine grünen Augen und er rümpfte zusätzlich die gerade Nase. »Aber ich habe mir extra von deinen Eltern deine aktuelle Adresse geholt und die Einladung sogar selbst in die Post gegeben.«

»Verstehe ich nicht«, meinte Merle nachdenklich. »Dann müsste meine Mutter mir doch zumindest bei einem Telefongespräch davon erzählt haben. Ich habe keinen Brief erhalten, das wäre mir doch aufgefallen.« Fieberhaft grübelte Merle darüber nach, wie es möglich gewesen war, dass der Brief nicht ankam. Sie gab der Post die Schuld und widmete ihre Aufmerksamkeit wieder ihrem langjährigen Freund. »Machst du Urlaub bei deinen Eltern?«, fragte Merle.

»Ich bin wieder in die Heimat zurückgekehrt, als mein Vater die Apotheke nicht mehr weiterführen konnte. Entgegen meiner Einstellung habe ich sie übernommen.«

Merle sah Mika erstaunt an. »Aber du wolltest doch immer etwas Handwerkliches lernen? Wann hast du dir das anders überlegt?« Neugierig betrachtete sie Mika. Er sah verdammt gut aus und hatte sich kaum verändert. Etwas breitere Schultern und einige kleine Fältchen um seine Augen herum waren hinzugekommen, aber ansonsten entdeckte Merle in seinen Zügen den Jungen aus ihrer Schulzeit.

Mika lachte beschämt. »Sehr bald, ich kam ziemlich schnell an meine Grenzen, als ich bei Nässe und Kälte auf den Baustellen herumtoben musste. Da habe ich mich schnell an mein relativ gutes Abiturzeugnis erinnert und mit dem Studium begonnen.«

Merle schmunzelte. »Sandburgen bauen war da eine deiner leichtesten Übungen, nicht wahr?«

Mika fiel in ihr Lachen ein. »Ja, nicht zu vergleichen mit der Realität.« Er schmunzelte verlegen. »Aber eine Apotheke zu führen, ist leider auch nicht so lukrativ wie es früher einmal war. Die sich jährlich ändernden Bestimmungen durch die Politik und die Krankenkassen machen es nicht leicht. Ich weiß nie, was das neue Jahr bringt. Außerdem sind die Betriebskosten gerade in einem Urlaubsgebiet wie St. Peter-Ording nicht von Pappe. Wenn ich daran denke, wie schwer es ist, geeignetes Personal zu bekommen, müsste ich eigentlich meine Tore schließen, bevor ich gänzlich meine Energie verschwende.« Mika sah Merle bewundernd an. »Du bist wunderschön, Merle. Wir hätten auf unsere Eltern hören sollen, als sie uns im Sandkasten verloben wollten.«

Merle kicherte. »Genau, dann wären wir jetzt das Apothekerehepaar von SPO.«

Mika war sichtlich überrascht. »Jetzt sag nicht, du bist…« Er strahlte, als er Merles Nicken sah. »Echt? Das ist ja der Hammer.«

Merle erzählte ihm von ihrer Arbeit im Labor und erntete Mikas Bewunderung.

»Hört sich spannend an. Ich dagegen bin glücklich über eine Grippeepidemie und im Sommer verkaufe ich den Touristen die beste Sonnencreme der Saison.« Mika wirkte nachdenklich. »Vielleicht sollte ich mir im hinteren Teil der Apotheke ein kleines Forschungslabor einrichten.« Er grinste. »Dann hole ich dich dazu, wenn ich nicht mehr weiterweiß.«

»Nein danke, mir genügt mein Mann, dem ich auf die Finger klopfen muss, wenn die Leidenschaft für seine Experimente mit ihm durchgeht.« Merle wusste von den Problemen, auch sie hatte sich während sie die Apotheke gehabt hatte mit solchen Dingen auseinandersetzen müssen, aber sie vermisste die Apotheke trotzdem manchmal. Am besten hatte ihr der Umgang mit den Kunden gefallen, die sich vertrauensvoll an sie gewandt hatten. Gedankenverloren sah sie auf die Fußgänger, die an ihnen vorbeischlenderten.

Mika stieß sie an. »Hallo? Erde an Merle! Wo bist du mit deinen Gedanken?« Er lächelte.

»Och, ich glaube, ich war ein wenig in der Vergangenheit versunken.« Merle dachte an Sönke, sie sollte bald aufbrechen, um endlich Antworten zu finden, die ihren Arbeitsplatz betrafen. Vor allem aber, um nach Sönke zu sehen. Ob er schon zu Hause war?

»Sag, wie viele Kinder habt ihr?«

Merle sah ihn verwirrt an. Für Mika war es offenbar klar gewesen, dass sie eines Tages Kinder haben würde. Ihre Leidenschaft als Puppenmutti war ihm wahrscheinlich in guter Erinnerung geblieben. Langsam wandte sie ihr Gesicht zu ihm.

»Kinder sind anstrengend und passen nicht in unser Leben«, sagte sie wenig überzeugend.

Mikas Überraschung darüber, dass Merle kinderlos war, sah sie ihm deutlich an. Er schüttelte langsam seinen Kopf. »Sagt wer? Dein Mann oder du?«

Merle spürte, wie Ärger in ihr hochstieg. Auch wenn es Zeiten gegeben hatte, in denen sie sich gnadenlos ihre Meinung gesagt hatten, war das doch lange her. Sie fragte sich, woher er die Dreistigkeit nahm, ihr Leben in Frage zu stellen. »Wir«, sagte sie etwas zu laut und mit geröteten Wangen.

Mika blickte ihr verständnislos ins Gesicht. Dann nickte er bedächtig. »Verstehe. Entschuldige, ich wollte dir nicht zu nahetreten. Nimmst du noch einen Tee?« Merle sah verstohlen auf ihr Handy. Sönke wollte sich melden, sobald er aus dem Krankenhaus entlassen war. Es könnte nicht schaden, sich langsam auf den Heimweg zu machen.

»Nein danke, bis Bremen ist es noch weit und ich möchte nicht zu spät ankommen.«

»Schade«, meinte Mika betroffen. »Aber du schaust beim nächsten Mal bei mir vorbei und ich zeige dir dann mein Reich? Wir sollten wirklich nicht wieder zehn Jahre bis zu unserem Wiedersehen verstreichen lassen.«

»Ganz bestimmt«, versprach sie. Dann rief sie die Kellnerin.

»Ich übernehme das.« Mika legte sanft seine Hand auf ihren Arm.

»Danke.« Merle erhob sich und umarmte ihren Freund aus Kinderzeiten zum Abschied. Sie musste den Kopf in den Nacken legen, um ihm in die Augen zu schauen. Das war früher nicht so gewesen. Er war damals zwar auch ein paar Zentimeter größer als sie gewesen, aber als erwachsener Mann überragte er sie um einiges. Mika nutzte die Chance der Nähe und gab ihr einen Kuss aufs Haar.

Merle wich zurück. »Bis bald, vielleicht«, murmelte sie verunsichert und ging eilig davon. Auf dem Weg zu ihrem Fahrzeug dachte sie an Mikas Worte. Ausgerechnet heute war die Frage nach Kindern keine gute Idee vom ihm gewesen. Natürlich hatte er nicht wissen können, dass dieses Thema am Morgen beinahe einen Streit zwischen ihr und Sönke hervorgerufen hatte.

Mika hatte nicht erzählt, ob er verheiratet war. Im Grunde war es auch nicht wichtig. Mika war Mika, ein Freund aus früheren Zeiten, die längst Vergangenheit waren. Sie hatte das Zusammentreffen mit ihm genossen. Ein Hauch von Nostalgie war zwischen ihnen gewesen, und eine gemeinsame, nie erloschene Vertrautheit. Eine Zukunft spielte für sie beide keine Rolle.

Verwundert fragte Merle sich, warum diese Gedanken ihr Hirn beschäftigten. Zugegeben, er war überaus attraktiv und seine bewundernden Blicke waren schmeichelhaft für sie gewesen. Aber sie liebte ihren Mann und Sönke liebte sie.

Sie hatte die A 23 erreicht und der Verkehr floss ohne Staus. Sie rechnete damit, gut durch den Elbtunnel zu kommen und bald ihre Wahlheimat Bremen zu erreichen. Merle holte mit einer Hand ihr Handy aus der Tasche hervor, sie wollte Sönke benachrichtigen, dass sie nicht in St. Peter-Ording geblieben war, sondern bald zu Hause bei ihm sein würde. Er ging ja davon aus, dass sie bei ihren Eltern geblieben war. Mit einem Lächeln nutzte sie die Kurzwahl und lauschte dem Freizeichen. Sönke nahm sofort ab.

»Na du hast Nerven, dich jetzt erst zu melden«, tönte Sinas vorwurfsvolle Stimme an ihr Ohr.

»Sina? Warum gehst du an das Handy meines Mannes?«, fragte Merle misstrauisch. Sie wusste zwar, dass Sina heimlich in Sönke verliebt war, aber das ging dann doch zu weit.

»Er kann es ja wohl schlecht«, giftete Sina.

Merle liefen kalte Schauer über den Rücken. »Ist Sönke noch nicht zu Hause?«, fragte Merle verstört und ahnte nichts Gutes. »Wo ist er?«

»Er ist im Krankenhaus Boberg, in Hamburg.«

Merle erschrak. Boberg war ein Krankenhaus für schwer Verletzte, die überwiegend Verbrennungen erlitten hatten. Sie beendete das Telefongespräch und gab Gas. Mit hohem Tempo fuhr sie durch den Elbtunnel. Sie musste auf dem schnellsten Weg zu Sönke. Die Hinweistafeln, die höchstens achtzig km/h anzeigten, ignorierte sie.

Verdammt, verdammt, wäre sie doch nur rechtzeitiger aus St. Peter-Ording losgefahren. Jetzt erst verstand sie Sönkes lockeren Plauderton.

Er wollte, dass sie sich keine Sorgen machte. Warum nur hatte sie nicht auf die Alarmglocken ihres Inneren gehört? Warum hatte sie nicht ... Es war zwecklos, sich nun mit Vorwürfen zu belasten. Sönke hatte es offenbar so gewollt.

»Dir werde ich was erzählen«, brummte sie vor sich hin. Dabei spürte sie, wie die Angst in ihre Glieder kroch und sie beinahe lähmte.

Die verzweifelte Suche nach einem Parkplatz löste Merle auf ihre eigene Art. Sie stellte sich quer auf die gestrichelte Linie vor dem Eingang. Sie knallte die Tür ihres Autos zu und eilte zur Information am Eingang.

»Mein Mann ist hier heute eingeliefert worden«, sagte sie atemlos, »wo finde ich ihn?« Sie starrte die mürrische Dame hinter dem Schalter an. Diese verzog die Mundwinkel und nahm die Brille ab, dann sah sie Merle eindringlich an.

»Den Namen müssen Sie mir schon verraten, junge Frau, sonst kann ich Ihnen nicht weiterhelfen.«

»Sönke Hofer«, antwortete Merle ungeduldig. Die Frau tippte einige Male auf ihre Tastatur, runzelte die Stirn und nickte.

»Gerda! Du musst kurz allein weitermachen, bin gleich zurück!« Dann erhob sie sich aus ihrem Stuhl und lächelte Merle freundlich an. »Kommen Sie, ich zeige Ihnen den Weg, hier verläuft man sich schnell.« Sie berührte Merle am Arm und ging neben ihr her. Merle hatte Mühe ihr zu folgen, mit ihren langen Beinen kam die freundliche Krankenhausangestellte schneller voran als sie mit ihren weitaus kürzeren Beinen. Die Angestellte verlangsamte ihr Tempo, sodass Merle ihr besser folgen konnte. Ob es daran lag, dass sie ihrem Ziel näherkamen oder die Frau ein Einsehen mit Merle hatte, konnte Merle nicht ausmachen. Es war ihr auch egal. Sie musste endlich ihren Mann sehen. Ihn sehen, spüren, fühlen und sich überzeugen, dass es ihm gut ging, oder er zumindest auf dem Weg der Besserung war. Tränen schossen in ihre Augen. *Sönke, mein Liebling, ich bin gleich bei dir.* Sie schluchzte auf.

Sofort blieb ihre Begleitung stehen und sah sie feinfühlig an. »Geht's wieder?«

Merle nickte.

Beim Öffnen der Tür zur Station schlug ihnen stickige Luft entgegen. Der Geruch nach Schmerz und Leid lag in der Luft. Angstvoll starrte Merle die Patienten an, die ihr im Flur der Station begegneten. Einige waren bis zu den Haarspitzen in Mullbinden gewickelt. Die Augen der Patienten lagen tief in den Höhlen und Merle sah deutlich, dass Schmerz in ihren Seelen brannte.

Mein Gott, mein Gott, Sönke! Warum bist du hier?

Am Ende des Flures lief Sina aufgeregt auf und ab. Als sie Merle sah, stürmte sie auf sie zu.

»Du hast Schuld an allem! Warum hast du ihn nicht daran gehindert? Dann warst du auch noch verschwunden!« Sina kreischte hysterisch.

Merle entwich die letzte Farbe aus dem Gesicht. Ihre Knie zitterten, sodass sie befürchtete, jeden Augenblick den Halt zu verlieren. Hinter ihr wurde eine Tür geöffnet. Ein Arzt in weißem Kittel kam auf den Flur und eilte auf Sina zu.

»Frau Klein, es reicht! Wie oft sollen wir Ihnen noch sagen, dass Sie die Intensivstation nicht betreten dürfen. Sie sollten nun wirklich gehen.«

Sina zeigte mit dem Finger auf Merle. »Die aber auch nicht, die ist schuld an dem ganzen Unglück.«

Der Schock saß tief. Merle spürte, wie ihre Beine nachgaben. Im letzten Moment fing ihre Begleitung sie auf. Merle hörte Sina vor Verzweiflung weinen, als diese von einer Schwester von der Station geführt wurde. Der Arzt, der zuvor mit Sina gesprochen hatte, wandte sich an Merle, die, gestützt von der Frau neben ihr, nur noch ein Schatten ihrer selbst war.

»Frau Hofer?« Merle nickte kraftlos. »Schön, dass Sie es einrichten konnten, kommen Sie doch in mein Büro.«

Dass ich es einrichten konnte? Was soll das?

Innerlich schrie sie und ein Sturm fegte durch ihre Gefühle, die voller Wut und Verständnislosigkeit waren. Sie wollte endlich zu Sönke, da gab es nichts einzurichten. Warum sollte sie schuld an allem sein? Vor allem an was?

Es war Professor Breitenbach persönlich, der Merle zu sich ins Büro einlud. Einfühlsam lenkte er sie zu einem Sessel, auf den Merle sich fallen ließ.

»Wie geht es meinem Mann?«, hauchte Merle kraftlos.

Professor Breitenbach sah sie eine Weile schweigend an, bevor er sprach. »Leider nicht gut.« Die Worte füllten den Raum, der jetzt über Merle zusammenzubrechen drohte.

»Aber er wird doch wieder gesund?« Flehend sah sie den Professor an.

»Die Verätzungen im Gesicht.« Der Professor legte eine kurze Pause ein. »Es gibt hervorragende Chirurgen, es werden kaum sichtbare Verletzungen zurückbleiben.«

Was für Verätzungen, dachte Merle. Dann hörte sie geschockt zu, als er weitersprach.

»Aber wir wissen inzwischen, dass sein Augenlicht für immer verloren bleibt.« Die Nachricht traf Merle wie ein Schlag in die Magengrube. Sie krümmte sich und warf die Hände vor das Gesicht. Verzweifelt suchte sie in ihrer Angst um Sönke Halt. Das würde er nicht verkraften, wenn er nie mehr sehen könnte. Sönke würde seine Forschungen aufgeben müssen, er könnte seinen Beruf nicht mehr ausüben. Er war ... verkrüppelt? Merle umklammerte die Stuhllehne, bis ihre Fingerknochen weiß hervortraten.

»Das ist doch nicht wahr, oder?« Ihren Blick hatte sie flehend auf den Professor gerichtet.

»Doch, Frau Hofer, Ihr Mann ist blind«, sagte er tonlos.

Ein Aufschrei! Dann sank sie zusammen und weinte haltlos. Nach Minuten im Kampf mit der Verzweiflung schluchzte sie nur noch.

»Sie dürfen jetzt zu ihrem Mann. Geben Sie ihm Ihre Liebe, zeigen Sie ihm, dass Sie für ihn da sind. Er braucht Sie.«

Mit dem Handrücken wischte Merle die Tränen fort. Er durfte sie so nicht sehen. Ihr Kopf zuckte hoch. Blankes Grauen stand in ihren Augen. Er würde sie gar nicht sehen! Er würde nie wieder ... etwas sehen. Es würde immer tiefe Nacht um ihn sein. Dabei hasste er die Dunkelheit. Im Schlafzimmer hatte er immer auf ein kleines Licht bestanden.

»Sie müssen jetzt stark sein, Frau Hofer. Für Ihren Mann!« Eindringlich sah Professor Breitenbach Merle an.

»Weiß Sönke ... mein Mann davon?«

»Nein, noch nicht.«

»Aber wer soll es ihm sagen?« Merle fürchtete sich davor.

»Ich werde es tun«, sagte der Professor ruhig. »Gehen Sie zu ihm, ich komme dann zu Ihnen.« Der Professor sah sie verständnisvoll an. Die klugen grauen Augen ruhten väterlich auf Merle.

»Danke, Herr Professor«, schniefte sie leise.

Für Sönke Hofer war der erste seelische Schock einigermaßen verdaut. Man hatte ihm noch nicht gesagt, dass er blind war, aber er wusste es auch so. Er hatte nicht vor, sein Schicksal zu beweinen, er musste den Tatsachen ins Auge sehen. Er lachte bitter auf. Welches Auge? Zukünftig musste Merle sein Augenlicht ersetzen. Er wandte das Gesicht zu der Seite, auf der er das Fenster vermutete. Durfte er Merle damit belasten? Wäre es nicht besser, sie gehen zu lassen? Sina! Sina würde sofort an seine Seite eilen und ihm jeden Wunsch von den ... Verdammter Mist. Die Augen, sie waren das Wichtigste im Leben. Jedes Sprichwort, jede Tätigkeit begann mit den Augen. Er würde niemals mehr in die wunderschönen Augen seiner Frau sehen, auch die immer fröhlichen grünen Augen von Sina blieben für immer für ihn verborgen. Würde er irgendwann vergessen, wie sie aussahen? Oder konnte er sie visuell hervorrufen, wann immer er es wollte?

Plötzlich hatte er Angst davor zu vergessen. Das Licht, die Erinnerungen oder auch die Dunkelheit? Erneut lachte er bitter auf. Die Dunkelheit war allgegenwärtig.

Er musste die Dinge logisch angehen. Wer wollte schon seiner entstellten Fratze gegenüberstehen? Viel konnte von seinem Gesicht nicht übriggeblieben sein. Ein kleiner Trost war, dass er nicht in den Spiegel schauen konnte, um selbst erkennen zu müssen, dass er sein gutes Aussehen in die Tonne kloppen konnte.

Ob Merle ihn noch lieben konnte? Fragen über Fragen. Ihm fielen keine befriedigenden Antworten ein. Für Merle würde es schwer werden. Sie hatte einen Krüppel am Hals. Jedoch, wenn sie seinen Rat, den er ihr mit unmenschlichem Kraftaufwand am Telefon mitgeteilt hatte, befolgte, blieb ihm zunächst ein Aufeinandertreffen erspart. Plötzlich war ihm doch zum Heulen zumute. Er vermisst Merle, ihre sanfte Stimme, ihren Trost. Er hatte mitbekommen, dass Sina nicht zu ihm vorgelassen wurde. Ihre hysterischen Rufe konnte er bis in die Intensivstation hören. Die gute Sina, schön war es mit ihr gewesen, aber es wurde Zeit, Abschied zu nehmen. Merle hatte bisher nichts von seiner Affäre mitbekommen, und so sollte es auch bleiben.

Er wandte den Kopf, weil er Schritte auf dem Flur gehört hatte. Sie wurden deutlicher. Er glaubte Merles Stimme dazwischen zu erkennen. Vielleicht war es aber auch Wunschdenken? Denn auch wenn er es sich nicht eingestehen wollte, vermisste er Merle.

Die Schritte verhallten und wurden durch ein Klopfen abgelöst, dann öffnete sich die Tür. Leises, unterdrücktes Schluchzen lenkte von den Geräuschen des Überwachungsgerätes ab. *Mein Gott!* Es war Merle.

Sönkes Hals war wie zugeschnürt. Merle in seiner Nähe zu wissen, war einerseits tröstlich, andererseits löste sie Emotionen in ihm aus, auf die er in seiner Situation lieber verzichtet hätte.

Die Liebe bleibt

Merle hatte Angst, den Raum zu betreten. Was würde sie hinter der Tür zum Krankenzimmer ihres Mannes erwarten? Konnte sie ihn trösten oder ihm bestenfalls Mut machen, nicht der Verzweiflung zu unterliegen? In seiner ausweglosen Situation konnte in diesem Augenblick alles passieren.

Sie hoffte inständig, dass er nicht weinte. Denn Sönke weinen zu sehen, war ein Extrem. Extrem für ihn und für sie. Merle kannte ihn kontrolliert, fröhlich und zuversichtlich. Alles Zustände, die nun womöglich der Vergangenheit angehörten. Oder zumindest für lange Zeit keinen Raum finden würden. Er war blind. Unwiderruflich. Als sie das Zimmer der Intensivstation betrat, suchten ihre Augen den Raum ab. Es befand sich nur ein Bett darin. Der Anblick dieses Menschen, der offenbar ihr Mann sein sollte, erschütterte sie. Sie konnte ihre Gefühle kaum unter Kontrolle halten. Sie schluchzte betroffen. Nur nicht in Tränen ausbrechen, es könnte Sönke beunruhigen. Er wandte seinen Kopf in ihre Richtung. Es schien, als ob er versuchte auszumachen, wer den Raum betrat. Es wäre unfair, wenn sie weiter schwieg. Sönke war angewiesen auf Stimmen, die ihm klar verdeutlichten, wer in das Zimmer hineinkam. Sie atmete tief durch.

»Hallo, mein Liebling, ich bin es, Merle.« Die Stimme versagte ihr. Tapfer schluckte sie den Kloß, der sich im Hals breitmachte, herunter. Sie lächelte, als sie auf sein Bett zusteuerte, auch wenn sie wusste, dass er es nicht sehen konnte. Merle ergriff seine Hand, die er ihr entgegenstreckte. Eine Hand, die sich nach Nähe und Liebe sehnte, die sie streichelte und festhielt, wenn es sein musste, stundenlang. »Ich würde sagen, du hast den Durchbruch erreicht, zumindest in Sachen Abmahnungen.«

»Richtig, aber ich bin immer noch dein Held, oder?« Sönkes Stimme brach.

»Für immer, mein Herz«, flüsterte sie und küsste seine Hand, die in ihrer lag.

Sönke lachte leise. »Da hast du dir nett was eingehandelt.«

»Ich wollte es so, schon vergessen?« Es lief ganz gut. Sönke sprach auf ihre Unterhaltung an.

»Liebling, es wird nie ...«

»Pst ...« Merle unterbrach Sönke. »Es ist wie es ist, du musst nur erst gesund werden.«

»Rede nicht so mit mir, ich weiß, es wird die Hölle. Aber da komme ich gerade her, so schlimm war es nicht.«

Schlimmer, dachte Merle betrübt. Aber sie durfte Sönke das nicht spüren lassen. Ihre Blicke strichen über die roten, unansehnlichen Wangen, die nur mit leichten Mullbinden bedeckt waren, die aufgeplatzten Lippen und das verkrüppelte rechte Ohr. Es würde Jahre dauern, bis die OPs, die erforderlich waren, um sein Gesicht wiederherzustellen, vorbei sein würden. Aber spielte das für Sönke noch eine Rolle?

Sönke hob den Kopf. »Wer ist noch im Zimmer?« Fast hätte Merle meinen können, er könne durch den dicken Verband, der seine Augen abdeckte, sehen. Hilfesuchend drehte Merle sich zu Professor Breitenbach, der abwartend an der Tür stehen geblieben war.

»Ihr behandelnder Arzt, Professor Breitenbach. Guten Tag, Herr Hofer.«

»Professor? Bin ich ein besonders schwerer Fall, oder womit verdiene ich die Sonderbehandlung?« Sönkes Sarkasmus erschreckte Merle.

»Ich fürchte Ihnen recht geben zu müssen.« Professor Breitenbach sprach in einem festen Ton mit seinem Patienten, während er mit langen ausschweifenden Schritten näher an das Bett trat.

»Ich glaube, ich weiß, was Sie mir jetzt sagen müssen, machen Sie es nicht so spannend. Ich werde mein Augenlicht nicht zurückerlangen, nicht wahr?«

Merles Kopf flog in Professor Breitenbach Richtung. Er würde doch nicht ... jetzt? Sie sank zusammen, als sie die Worte des Arztes hörte.

»Richtig, es tut mir sehr leid, Herr Hofer, aber die Verletzungen sind zu schwerwiegend, als dass ich Ihnen Hoffnungen machen kann.« Bedauernd blieb sein Blick an Merle hängen.

Sönke sank tiefer in sein Kissen. »Ich habe mir schon meine eigenen Gedanken gemacht. Mich trifft die Nachricht nicht so sehr, ich habe es geahnt.«

»Aber es gibt doch sicherlich Operationsmöglichkeiten, vielleicht gibt es doch noch eine Chance?« Merle sah Professor Breitenbach flehend an.

»Ich denke, wir bekommen es hin, dass Ihr Mann die Dunkelheit von der Helligkeit unterscheiden kann, aber leider nicht mehr. »Wir werden Sie, sobald die Verletzungen abgeheilt sind, zu einer Reha schicken. Dort lernen Sie, sich im Alltag zurechtzufinden.«

»Ich glaube nicht, dass ich das will.« Sönke klang resigniert.

»Das hat auch noch Zeit, ich lasse Sie nun mit Ihrer Frau allein. Bitte, Frau Hofer, bleiben Sie nicht all zu lange. Ihr Mann braucht noch Ruhe.« Er nickte Merle aufmunternd zu und verließ das Zimmer.

»Ich liebe dich, Sönke«, stieß Merle zwischen haltlosen Schluchzern hervor. Vorsichtig bettete sie ihren Kopf auf Sönkes Brust und ließ ihren Tränen freien Lauf. Merle spürte, wie Sönke ihr sanft über das Haar strich.

»Nicht weinen, Baby, mich haut so schnell nichts um.«

Merle heulte auf. Sönke tröstete sie? Dabei musste sie doch die Starke sein. Sie musste ihm Mut zusprechen. Sönke brauchte sie, er war völlig hilflos und desorientiert. Ein langer Weg lag vor ihm, mit disziplinierter Arbeit, bis er sich in der Welt der Dunkelheit würde zurechtfinden können. Merle rang nach Fassung. Doch sofort löste eine erneute Welle der Verzweiflung ihre Tränen.

»Entschuldig Sönke, ich will gar nicht weinen, aber …«

»Weine ruhig um mich, Liebling, dann muss ich es nicht tun.« Sönkes Griff umklammerte ihre Jacke. »Du riechst nach Nordsee, bist du am Strand spazieren gegangen?«

Merle schüttelte den Kopf. »Nein, meine Eltern sind im Urlaub, ich hatte es völlig vergessen. Ich habe einen Kaffee getrunken und bin nach Hause gefahren.« Dass sie ihren Jugendfreund getroffen hatte, verschwieg sie.

Sönke lachte leise. »Das ist mal wieder typisch für meine Frau.«

Merle richtete sich langsam auf, ohne die Hand ihres Mannes loszulassen. »Stimmt«, erklärte sie lachend unter Tränen. »Aber ich gelobe Besserung.«

»Tust du das nicht schon dein ganzes Leben lang?«, fragte er scherzend, doch mit brüchiger Stimme.

»Zum Glück habe ich einen geduldigen Mann.« Sönke seufzte.

»Von nun an musst du die Geduldigere von uns beiden sein.«

Merle glaubte ihrem Mann nicht, dass er den Verlust seines Augenlichts mit Humor nahm. Sönke bemühte sich, Merle nicht zu sehr zu belasten. Sie ahnte aber, wie schwer es für ihn sein musste. Auch für sie war es nicht leicht, denn Sönke musste sein Leben komplett umstellen und das würde auch ihr Leben betreffen.

Langsam legte sie ihren Kopf zurück auf seine Brust. Sie hörte seinen Herzschlag. Er ging schnell, wie nach einem Dauerlauf. Seine feucht gewordenen Hände verkrampften sich um ihre.

»Es wird alles gut«, flüsterte Merle ergriffen. Vielleicht gibt es ja doch noch eine Operationsmöglichkeit, die dir hilft, wieder sehen zu können.«

Sönke verspannte sich. »Merle, hör auf damit, wenn ich dir nicht mehr gut genug bin, geh besser gleich. Ich komme schon zurecht«, sagte Sönke barsch.

Merle zuckte zusammen. Mit großen Augen sah sie ihren Mann an. Es gelang ihr nicht, die Tränen zurückzuhalten. »Warum tust du das?«

»Was?« Wieder dieser scharfe Ton.

»Ich will bei dir bleiben«, schniefte sie verzweifelt. »Ich liebe dich doch.«

Sönke richtete seinen Körper auf. Merle sah deutlich, wie es unter den Schmerzen nur mühsam gelang. »Dann mache mir keine Hoffnungen, die es nicht gibt.«

Merle nickte, aber Sönke konnte es natürlich nicht sehen. »Ich werde mich bessern, versprochen.« Merle unterdrückte ein Schluchzen. Fast war sie dankbar, als die Schwester ihren Kopf durch die Tür steckte und Merle aufforderte, das Krankenzimmer zu verlassen, weil Sönke Ruhe brauchte. Liebevoll gab sie ihm einen Kuss auf die Hand. Seinen verletzten Mund küsste sie lieber nicht. Sie fürchtete, ihm weh zu tun.

»Ich komme später noch mal«, versprach sie und erstarrte, als Sönke sagte: »Lass gut sein, für heute habe ich genug. Morgen bin ich auch noch hier, außerdem ist es von Bremen nach Hamburg nicht gerade ein Katzensprung.« Er versuchte ein schiefes Grinsen und zuckte zusammen. Seine Lippe platze auf und Blut rann hervor.

Als Merle aufstand, wandte sie sich sofort ab und verließ das Zimmer. Draußen vor der Tür rutschte sie, von einem weiteren Weinkrampf gefangen, auf den Boden. Nach einer Weile wischte sie energisch die Tränen fort und stand auf. Sie würden das schaffen, die Liebe würde siegen und bleiben. Nur das zählte.

Merle suchte den Hauptausgang, dort hatte sie ihr Auto abgestellt. Erleichtert stellte sie fest, dass es nicht abgeschleppt worden war. Sie ließ sich in den Sitz fallen und starrte benommen durch die Windschutzscheibe. Sönke hatte sie weggeschickt und wollte sie erst am nächsten Tag wiedersehen. Im Wagen lag noch der kleine Koffer, den sie nicht gebraucht hatte. Wo sollte sie nur hin? In die leere Wohnung auf keinen Fall. Sie fürchtete sich vor der Stille, die dort herrschen würde. Kurz entschlossen startete sie den Motor, um nach Bremen in das Schnoorviertel zu fahren. Dort führte ihre Freundin Lulu ein Café. Merle hoffte, dass Lulu ein wenig Zeit für sie hatte. Sie musste mit jemandem reden. Mit jemandem, der ihre Sorgen um Sönke teilen konnte. Jemandem, der sie in die Arme schloss und ihr Trost spendete.

Lulu war da ihre erste Adresse. Sie kannten einander aus der Studienzeit. Eine Freundschaft, die seit vielen Jahren bestand.

Sie fuhr durch Bremens Straßen und bemerkte, wie unkonzentriert sie war. Fast hätte sie eine rote Ampel übersehen. Sie zitterte, als sie ihren Wagen auf dem Parkplatz außerhalb des berühmten Stadtteils abstellte.

Der Schnoor machte es möglich, hanseatische Tradition und Geschichte zu erleben. Merle liebte diesen Ort, heute jedoch hatte sie für die Schönheiten der Altstadt keinen Sinn. Jährlich zog es Tausende von Besucher in den ältesten Teil der Stadt Bremen. Seinen Namen verdankte der Schnoor den kleinen, pittoresken Häusern, die sich wie Perlen auf einer Schnur aneinanderreihten, denn »Snoor« war das niederdeutsche Wort für »Schnur«. In früheren Zeiten wurde das Viertel hauptsächlich von Fischern und Seeleuten bewohnt, da unmittelbar nebenan die Balge, ein Nebenarm der Weser, verlief. Im Schnoor herrschte eine gemütliche, urige Atmosphäre. Von seinen engen Gassen und Winkeln fühlten sich Besucher und Anwohner gleichermaßen angezogen. Wer an den zahlreichen Restaurants, Cafés und Kneipen vorbeischlenderte, erkannte die noch vielfach vorhandene historische Bausubstanz, die in den vergangenen Jahrzehnten aufwändig und liebevoll restauriert worden war. Bremens ältester Stadtteil verfügte über zahlreiche Kultureinrichtungen wie Theater, Varietés, Galerien und Museen, die Merle mit Sönke alle schon einmal besucht hatte. Darüber hinaus befanden sich dort viele Kunsthandwerksbetriebe und Antiquitätengeschäfte mit einem außergewöhnlichen Sortiment. Schriftlich wurde der Schnoor zum ersten Mal im 13. Jahrhundert im Zusammenhang mit dem Franziskanerkloster erwähnt. Im 14. Jahrhundert kam die dazugehörige Propsteikirche St. Johann hinzu. Diese zählte noch heute zu den wichtigsten Bauwerken des Schnoors und wurde liebevoll »Der kleine Vatikan im Schnoor« genannt. Der Schnoor war eines der interessantesten Stadtviertel Bremens. Hier vereinten sich Bremer Geschichte, lebendiger Alltag und vielfältige touristische Angebote zu einem Ort mit einer ganz besonderen Atmosphäre.

Lulus kleines Café zog hungrige Besucher magisch an. Merle hoffte inständig, dass es heute nicht so stark besucht war.

Sie hatte es nicht eilig, sie ging langsam über das Kopfsteinpflaster und warf hin und wieder einen Blick auf die Auslagen der Geschäfte. Sie musste sich beruhigen. Sie fürchtete, beim Betreten des Cafés in Tränen auszubrechen, wenn sie in Lulus besorgtes Gesicht sah. Lulu sah ihr sicher sofort an, wie schlecht es ihr ging. Nur nicht mehr weinen. Die neugierigen Blicke der Gäste könnte sie nicht ertragen.

Die alten Fachwerkhäuser wirkten auf Merle in gewisser Weise tröstlich. Hier war die Zeit stehengeblieben, zumindest hatte man den Eindruck. Die Altstadt aus dem dreizehnten Jahrhundert, mit ihren winzigen Gassen und den lebendigen Geschäften, hatte einen besonderen Reiz. Merle bog in die Gasse ein, in der sich das Café ihrer Freundin befand. Sofort strömte ihr der Duft ihrer Backwaren und Torten entgegen. Normalerweise lief Merle an dieser Stelle das Wasser im Mund zusammen. Dann überlegte sie, für welche der fantastischen Torten sie sich entscheiden sollte. Auch wenn das Angebot der Torten regelmäßig wechselte, hatte Lulu ein Stammsortiment, welches Merle gut kannte. Deshalb wählte sie schon vor ihrem Eintreffen ihre Wunschtorte. Aber heute empfand sie bei dem Duft der Köstlichkeiten nur Traurigkeit. Sie hätte sich geschämt, wenn die Gelüste auf süßes Backwerk ihr Interesse geweckt hätten. Schließlich hatte Sönke sein Augenlicht verloren. Da konnte sie unmöglich ... Merle unterbrach ihre Gedanken. Die Liebe blieb, das war das Allerwichtigste. Ihr Herz zog sich schmerzhaft zusammen, als sie an Sönkes Verletzungen in seinem Gesicht dachte.

Tapfer drückte sie die Klinke herunter und schlüpfte in das Café. Auch hier erinnerte die Einrichtung an vergangene Zeiten. Wertvolle antike Möbel luden zum gemütlichen Verweilen ein. Die Ölgemälde an den Wänden fand Merle zu düster, jedoch passten sie zu ihrer Stimmung. Sie sah sich nach Lulu um.

»Merle, welch Überraschung!«, rief ihr die Freundin entgegen und verstummte bei dem Anblick, den Merle bot. Lulu und Merle waren gleich alt. Lulu wirkte allerdings älter. Die Jahre in der Gastronomie hatten ihren Tribut gefordert. Lulu musste morgens um drei aus den Federn, um die Torten und Kuchen vorzubereiten. Danach arbeitete sie bis zum Abend in ihrem Café. Sie hatte für jeden ein freundliches Lächeln und warme Worte übrig. Sie war eine Friesin, durch und durch. Am liebsten steckte sie ihre Füße in Sandalen mit dicken Wollsocken, die sie nach Feierabend zur Entspannung strickte. Lulu verzichtete grundsätzlich auf Make-up. Ihr ebenmäßiges Gesicht mit der Stupsnase hatte es auch nicht nötig. Ihr dunkler Teint, umspielt von ihren braunen Locken, erinnerte an einen südländischen Typ. Dies stand im Widerspruch zu ihren nordisch herben Charakterzügen. Lulu war von Natur aus wunderschön.

»Nicht wahr«, antwortete Merle mit brüchiger Stimme. Lulu eilte auf sie zu. Ihr besorgter Blick verriet, dass sie sofort erkannte, dass mit Merle etwas nicht stimmte.

»Schnucki, du siehst grauenvoll aus.« Lulu führte ihre Freundin auf das alte Barocksofa am anderen Ende des Cafés. Merle ließ sich darauf nieder und kämpfte erneut mit den Tränen. Ihre blauen Augen sahen Lulu traurig an.

»Lu«, schluchzte sie, »es ist etwas Schreckliches passiert.« Merle rang nach Worten. Lu sah Merle aus geweiteten Augen an. Offenbar erfasste sie die Situation sofort und nahm die Hand ihrer Freundin.

»Komm, wir gehen nach oben in meine Wohnung, dort sind wir ungestört. »Susi, du übernimmst bitte auch meine Tische«, ordnete Lu an und nickte ihrer Aushilfe bestimmt zu. Lulu hatte im oberen Stockwerk eine kleine Wohnung, dorthin führte sie die inzwischen aufgelöste Merle.

In Lulus winziger Wohnung, die lediglich aus Wohnzimmer und Schlafzimmer bestand, duftete es ebenfalls nach den Leckereien, die Lulu unten in der Backstube gezaubert hatte. Nur dass hier zudem noch ein Hauch von Lavendel in der Luft lag. Lulu hatte auf die Fensterbänke Sträuße dieser Pflanze gelegt. Sie schwor auf die beruhigende Wirkung des Krautes. Auf dem Wohnzimmertisch befand sich eine Kanne mit frischem Tee. Fürsorglich goss Lu ihrer Freundin eine Tasse ein und reichte sie ihr.

»Hier, trink erst einmal den Tee, der wird dir guttun.«

Merle schüttelte den Kopf. »Ich kann nicht.«

»Okay, vielleicht später«, sagte Lu verständnisvoll, »raus mit der Sprache. Ich höre dir zu.«

Stockend erzählte Merle von dem Schicksal, das Sönke nun für immer tragen musste.

Lu schlug die Hände vor das Gesicht. »Merle, wie furchtbar. Gibt es wirklich keine Hoffnung für sein Augenlicht?«

»Der Professor meinte, nein. Wir müssen es wohl glauben. Und damit fertig werden«, hauchte Merle.

»Aber, wie konnte so etwas geschehen? War Sönke unvernünftig?« Lulu kannte Sönkes Vorlieben für heikle Experimente. Oft genug hatte sie ihn davor gewarnt und ihn gebeten, an Merle zu denken.

»Ich habe den Verdacht, dass er alles im Vorhinein geplant hatte, darum hat er mich vorsorglich zu meinen Eltern geschickt.«

»Oh Mann, dieser Vollidiot ...« Lu brach erschrocken ab. »Entschuldige, Liebes, ich habe es nicht so gemeint.«

»Doch, hast du. Ich gebe dir auch recht, aber die Folgen, die er nun tragen muss, hat er nicht verdient.« Merle sprach nun sachlich und nüchtern. Ob es an den Lavendelstielen lag, oder daran, dass ihr bewusst war, wie recht Lulu hatte, war ungewiss. Ihr Leben musste komplett umgestaltet werden. Wie es einmal gewesen war, würde es nie mehr werden. »Ich musste einfach mit jemandem reden«, flüsterte Merle. »Zu Hause würde mir nur die Decke auf den Kopf fallen.«

»Aber natürlich, Liebes, ich bin immer für dich da, das weißt du hoffentlich.« Lulus braune Augen suchten in denen von Merle. »Merle? Hab ich recht?«

»Danke, Lu, ich bin froh, dass es dich gibt. Aber da ist noch etwas.«

Lu schaute auf. Sie kniff die Augen zu Schlitzen zusammen. »Was noch?«, bohrte sie nach.

»Ich kann mich täuschen, aber ich werde das Gefühl nicht los, dass Sönke eine Affäre hat.«

»Unsinn, du musst dich irren. Erstens liebt er dich abgöttisch, zweitens hatte er für Abweichungen aus seinem Alltag gar keine Zeit.«

Merle zog die Schultern hoch. »Er hat sich heute im Krankenhaus so abweisend verhalten. Hat zu mir gesagt, ich solle ihn verlassen, wenn die Situation mir zu viel wäre. Außerdem weiß ich seit langem, dass Sina ein Auge auf ihn geworfen hat. Ihr Auftritt im Krankenhaus war schon sehr aussagekräftig. Man hätte meinen können, sie wäre die besorgte Ehefrau.«

Lu wirkte ratlos. Als suchte sie nach passenden Worten. Dann hellte ihr Gesicht sich auf. »Das war sicher nur die Frustration nach dem Unfall. Ich kann mir eine Affäre bei ihm wirklich nicht vorstellen. Du solltest mit ihm darüber sprechen. Er muss wissen, dass du dich in eurer Ehe unsicher fühlst.«

»Ich kann doch jetzt nicht mit so etwas kommen. Das wäre doch völlig daneben.« Merles Stimme klang schrill. Der Zweifel nagte an ihr, aber Sönke darauf hinzuweisen, hielt sie für ausgeschlossen.

»Na ja, was soll's«, meinte Lulu trocken. »Jetzt ist er auf dich angewiesen, für eine andere Tussi wird ihm die Kraft fehlen. Es sollte mich doch sehr wundern, wenn er es überhaupt noch schafft, dich zu befriedigen.«

»Lulu! ... Was redest du da?« Merle war, obwohl sie die direkte Art ihrer Freundin mochte, schockiert.

Lulu grinste. »Nur Tatsachen, ganz allein nur ... Tatsachen.« Nach einer Pause fügte sie hinzu: »Ihr werdet das Kind schon schaukeln.« Ohne es zu ahnen, hatte Lu bei Merle die nächste Wunde aufgerissen.

»Ich hoffe es«, meinte Merle niedergeschlagen. Ihrer Freundin von ihrem plötzlichen Kinderwunsch zu erzählen, unterließ sie lieber. Lulu brachte es fertig, bei einer Samenbank nach den nötigen Spermien zu fragen und sie Merle mit fröhlichem Grinsen zu präsentieren. Lulu fackelte nie lange, wenn es darum ging, Lösungen zu finden.

»Willst du heute Nacht bei mir schlafen? Du musst nicht allein sein, mit deinen Sorgen.«

Merle zögerte. »Das ist lieb von dir, danke, aber ich möchte doch lieber nach Hause.«

»Verstehe, aber du kannst jederzeit auf mein Angebot zurückkommen.« Lu sah ihre Freundin besorgt an.

»Ich werde mal losfahren, ich muss einige Sachen für Sönke einpacken, die ich ihm morgen mitbringen möchte. Er muss ja leider noch lange im Krankenhaus bleiben. Danach wird er eine Reha machen, um für den Alltag zu lernen.«

Lu umarmte ihre beste Freundin zum Abschied. Merle sank dankbar in die Arme ihrer Freundin.

Als Merle durch die Dämmerung zu ihrem Wagen ging, schloss sie für einige Sekunden ihre Augen. Wie wäre es, wenn sie nichts mehr sehen könnte? Sie tastete sich vorsichtig am Rinnstein entlang. Bis sie an einem Laternenpfahl stoppte. Sie stieß mit der Stirn gegen den kalten Mast und sah sich verwirrt um.

»Junge Frau, Augen auf beim Laternenlauf, sonst gibt es Beulen«, rief ihr ein älterer Herr vergnügt zu. Am liebsten wäre sie ihm an die Gurgel gegangen. Wut stieg in ihr auf. Was wusste der den schon?

Sie beeilte sich, zum Parkplatz zu kommen.

Sonnenuntergang

Merle betrat die gemeinsame Wohnung mit gemischten Gefühlen. Am Morgen war noch alles ganz normal gewesen. Nein, nicht alles, sie hatte Streit mit Sönke gehabt, der ihren Kinderwunsch nicht hatte nachvollziehen können.

Stunden später war alles anders. Nichts war mehr wichtiger, als dass ihr Mann wieder auf die Beine kam. Den Mut nicht zu verlieren, das stellte Merle sich schwierig vor. Sönke war sein ganzes Leben auf der Sonnenseite gewesen. Nun umgab ihn die bittere Dunkelheit, ohne Vorankündigung stand der Sonnenuntergang bevor.

Merle schluchzte, rang nach Fassung und gewann gegen ihre Angst um Sönke. Zielstrebig holte sie den großen Koffer aus der Abstellkammer und trug ihn in das Schlafzimmer. Sorgfältig suchte sie Sönkes Lieblingsklamotten hervor und legte sie fast liebevoll in den Reisekoffer. Gedankenverloren strich sie mit der flachen Hand über den Koffer. Auf unzähligen Reisen hatte er sie begleitet. In fernen Ländern, aber auch auf Deutschlandreisen war dieser braune Koffer immer dabei gewesen. Nun ging er mit auf eine unbestimmte, unsichere Reise in eine Zukunft ohne Licht und Freude.

Merle wischte die aufkommenden Tränen fort. Sie musste positiv denken, stark sein, für sie beide. Die Dunkelheit hinter sich lassen. Ja, das war ihre Aufgabe. Licht in das Dunkel von ihrem Mann bringen. Unschlüssig durchsuchte sie den Kleiderschrank.

Sönke legte Wert auf teure Unterwäsche. Merle suchte auch hier die Schönste heraus. Er benötigte einen Morgenmantel, für den Fall, dass er auf den Flur ... Er könnte nicht allein aufstehen, ebenso wenig wie er die gute Wäsche sehen könnte.

»Aber er kann sie fühlen«, sagte Merle laut.

Als sie fertig war, setzte sie sich auf das Bett und betrachtete den gepackten Koffer erneut. Was blieb von einem Menschen übrig, der stets in Bewegung war, nie Müßiggänger oder gar faul gewesen war, nachdem alle Lichter ausgeschaltet waren? Dieser Koffer mit den wenigen Habseligkeiten, damit er sich halbwegs als Mensch fühlen durfte? Ein Mensch, der nicht wusste, wie er ohne Augenlicht zurechtkommen würde? Ihr Lieblingsmensch, ihr Mann, ihr Freund, ihr Liebhaber und ...

Merle dachte an den Verdacht, der sich seit Kurzem in ihrem Inneren festbrannte. Hatte Sönke überhaupt Zeit gehabt, sie zu betrügen? Plötzlich hasste sie sich selbst für diese Gedanken. Sönke liebte sie, er bewies ihr täglich, wie sehr. Er nahm sie in die Arme, küsste sie leidenschaftlich und machte Komplimente für ihr gutes Aussehen.

Ihre Erinnerungen an die unbeschwerte Zeit, die hinter ihnen lag, nahm sie in den Bann. Sie waren wild und verrückt gewesen. Sie hatten davon geträumt, gemeinsam auf weißen Pferden am Strand zu reiten, aber es nie geschafft, Reitunterricht zu nehmen. Dennoch hatten sie viele ihrer Träume verwirklichen können. Die tolle Wohnung war einer ihrer Wünsche gewesen. Die vielen Urlaube, die sie genossen hatten. Visuelle Sonnen in die Nacht gezaubert und Wolken am Himmel einfach weggesungen. Jeder Tag war ein besonderer gewesen, voller Glück und inniger Liebe.

Merle saß zusammengesunken auf der Bettkante. Was war aus ihren Träumen geworden? Würde es je wieder Raum für Träume geben? Wann hatte Sönke damit angefangen, alles für sie in die Hand zu nehmen? Warum hatte sie es vorher nie bemerkt und nicht rechtzeitig eingegriffen? Es kostete Merle Kraft, ihre Gedanken ins Hier und Jetzt zu bringen.

Sönke war blind und das nicht vor Liebe, er konnte nicht mehr sehen. Merle starrte immer noch auf den Koffer, den sie mit in die Klinik nehmen musste. Sie unterdrückte ein Schluchzen.

Abrupt stand sie auf und ging die Räume ihrer Wohnung ab. Hier gab es keine Stufen, das Bad war groß genug, aber die vielen Möbel! Sollte sie einige davon entfernen, damit Sönke sich leichter zurechtfand? Ihr Blick blieb an ihrem Ohrensessel hängen, den Sönke nie gemocht hatte. Der karierte Sessel stand im völligen Kontrast zu den restlichen modernen Möbeln. Merle hatte ihn aus ihrer Studentenwohnung mitgenommen, weil sie ihn einfach liebte. Die kuschelige Wohnlandschaft aus lindgrünem Leder war der Mittelpunkt des Wohnzimmers.

»Unsere Spielwiese«, hatte Sönke das Sofa genannt. Auf Merles Hinweis hin, man könne auch auf dem Sessel Sex haben, hatte er nur gelacht. »Aber auf dem Sofa ist es bequemer, Liebling«, hatte er gesagt. Trotzdem konnte Merle sich nicht dazu durchringen, den Sessel zu entfernen. Sie verbrachte immer noch viele Abende darin, mit einem Buch bewaffnet, und fühlte sich wohl in dem Ding.

Inzwischen war es fast Mitternacht, aber Merle würde sicher keinen Schlaf finden. Trotzdem ging sie ins Bad und putzte ihre Zähne. Dann ließ sie ihre Kleidung einfach auf dem Boden liegen und schlich ins Bett. Der rettende Schlaf überkam sie nur wenige Minuten später.

Bis sie mit einem Schrei aufschreckte. Die Klamotten! Sie durfte sie nicht einfach liegenlassen. Sönke könnte stürzen, wenn sie in Zukunft nicht auf solche Kleinigkeiten achtete. Auf unsicheren Beinen tapste sie ins Bad und hob alles auf, um es in den Wäschebehälter zu stopfen. Danach kroch sie zitternd ins Bett.

Merle lauschte dem nächtlichen Stadtverkehr, den Sönke so mochte. Sie empfand ihn eigentlich als störend. Sie war Sönke nach Bremen gefolgt, obwohl sie lieber auf dem Land gelebt hätte. Tatsächliche hatte sie Bremen inzwischen gern. Aber ihre Nordsee in der Heimat fehlte ihr ab und zu. Die Weser hatte zwar auch ihre Schönheiten, aber ersetzte die Naturgewalten in Nordfriesland nicht.

Mit der Fernbedienung ließ sie die Außenrollos herunter. Nun lag das Schlafzimmer in völliger Dunkelheit. Merle schlug die Decke weg und tastete mit den Füßen den Teppich ab. Dort musste irgendwo der Stuhl stehen. Sie richtete sich auf und riskierte einige Schritte. Dabei stieß sie an den Nachttisch. Sie musste sich geirrt haben, so nahe hatte sie ihn nicht vermutet. Jetzt tastete sie sich vor zum Schrank, dabei stieß sie mit dem Zeh gegen den Bettpfosten.

»Verflucht«, zischte Merle. Panik überkam sie, weil sie plötzlich die Orientierung verloren hatte. Warum hatte sie nur diesen Blödsinn ausprobiert? Langsam beugte sie die Knie, um auf den Fußboden zu gelangen. Auf allen vieren kroch sie zurück zum Bett und tastete ängstlich nach dem Lichtschalter. Kurz bevor sie das Licht anknipste, überkam sie eine neue Welle der Panik, dann fand sie ihn endlich und das helle Licht blendete sie schmerzlich.

Benommen sah sie sich in ihrem Schlafzimmer um. Alles war noch an der ursprünglichen Stelle. Aber warum hatte sie in diesem Maße die Orientierung verloren? Dabei hatte sie fest daran geglaubt, ihre eigenen vier Wände blind zu kennen. Wie würde es Sönke in fremder Umgebung ergehen?

Merle hoffte inständig, dass er nicht an seiner neuen Situation verzweifeln und aufgeben würde. Dann wäre diese Wohnung sein Gefängnis. Kraftlos fiel sie auf das Bett und löschte das Licht nicht. Irgendwann in den frühen Morgenstunden fiel Merle in einen unruhigen Schlaf.

Was wird aus den Plänen?

Sönke lag grübelnd in seinem Krankenbett. Die Nachschwester hatte ihm eine Dosis Schmerzmittel in die Venen gespritzt. Langsam wurden die Schmerzen erträglicher.

»Sie werden damit auch besser schlafen«, versprach sie sanft und legte ihm die Hand auf den Arm. An Schlaf war aber trotzdem nicht zu denken. Sönke schwebte in einer Wolke, die ihn durch das Zimmer zu tragen schien. Ein unheimliches Gefühl, zumal alles um ihn herum im Dunkeln lag. Er konnte nicht erkennen, wohin die Wolke ihn trug. Würde er gleich an der Zimmerdecke hängen? Oder gar am Boden liegen? Am Boden lag er schon. Merle hatte er nicht spüren lassen, wie verzweifelt er war. Warum auch? Sie würde versuchen ihn aufzuheitern, ihm Mut zu machen. Dies wiederum ihn wütend machen. Wie sollte er Mut schöpfen, während sein Leben in Trümmern lag?

»Ich armselige Kreatur«, murmelte er und spürte Wut aufsteigen. »Ich verdammter Idiot! Warum bin ich nicht vorsichtiger gewesen?« Er spürte, wie die Tränen in seinen Augen brannten. Konnten sie überhaupt noch fließen? Oder blieben sie für immer in den Augenhöhlen verborgen? Sönke hatte kein Gefühl dafür, ob er weinen konnte. Aber er hätte es so gern getan. Rotz und Wasser geheult, damit sein Inneres nach außen gelangen konnte. Vielleicht bestand dann die Möglichkeit, es neu auszurichten? Auszurichten, für ein anderes, ein Scheißleben.

Sönke lachte bitter auf. »Darüber hättest du dir Gedanken machen müssen, bevor du dich in Gefahr begeben hast.« Sönkes brüchige Lippen platzten an einigen Stellen auf. Er schmeckte, wie das Blut über seine Lippen herunterrann. Offenbar hatten seine Geschmacksnerven keinen Schaden erlitten. Vielleicht könnte er es noch als Weintester zu etwas bringen. Die Aussicht auf eine Zukunft voller Trunkenheit gefiel ihm. Denn er würde die Weinprobe nicht ausspucken, sondern schlucken. Er grinste kalt. Dann könnte er weiter auf dieser Wolke schweben und müsste der bösen Realität nicht ins Auge schauen.

»Der war gut, Sönke Hofer, du wirst in niemandes Auge mehr schauen. Deine Sinnesorgane beschränken sich von nun an auf das Schmecken, Fühlen und Hören.« Er durfte Merle nicht mehr sehen, aber er konnte sie schmecken. Und er wusste nur zu gut, wie seine Frau schmeckte. Er dachte an Sina. Sie würde endlich ihren eigenen Weg einschlagen müssen. Sie hatte jahrelang von einer Zukunft mit Sönke geträumt. Dafür hatte sie ihm den heißesten Sex geboten. Sönke bemerkte eine Regung unter der Decke.

»Okay, da wäre noch etwas, was funktionieren könnte«, sagte er leise. Aber wer wollte Sex mit einem Mann, dessen Gesicht aussah wie das eines Zombies? Der Professor hatte ihm versichert, dass sein Gesicht nach etlichen Operationen wieder zu erkennen wäre. Aber konnte er das glauben? Was, wenn alle sagten, er wäre wieder er Alte? Er könnte es nicht überprüfen. Zaghaft tastete er sein Gesicht ab. Die Fingerkuppen glitten leicht über die Wangen. Er trug dort keinen Verband, lediglich leichte Mulltücher schützten die Verletzungen. Er traute sich noch mehr. Langsam löste er die klebrigen Tupfer. Er sollte die Stellen nicht berühren, aber er musste es einfach tun. Er hatte ein unbändiges Bedürfnis, sich neu zu entdecken. Er wollte wissen, wie es sich anfühlte, abgesehen von den Schmerzen. Er biss die Zähne zusammen, um nicht laut aufzuschreien. Der Hautkontakt tat nicht weh, aber das, was er dort mit seinen Fingern spürte, ließ einen Aufschrei aus seiner Kehle entweichen. Resigniert ließ er die Hände zurück auf die Decke fallen.

»Du blöder, blöder Idiot«, rief er verzweifelt in die Dunkelheit. Er wusste noch nicht einmal, ob es Tag oder Nacht war. Wenn die Schwester gleich das Frühstück brächte, würde er es wissen. Aber es kam niemand, mit dem er reden konnte. Plötzlich vernahm er ein leises Klicken der Tür. Er horchte. Es trat jemand ins Zimmer. Warum sagte die Person nichts? Er hörte Atemgeräusche und roch einen vertrauten Duft. Dann spürte Sönke, wie eine kühle, feingliedrige Hand die seine berührte. Sina?

»Ja, ich bin es, ich konnte nicht anders und musste dich sehen.« Sina unterdrückte ein Schluchzen.

»Und, hast du genug gesehen? Hat mein Äußeres dich geschockt? Ich könnte in einer Geisterbahn auftreten. Als der gruseligste Mann Norddeutschlands.«

Sina zog ihre Hand erschrocken zurück.

»Red keinen Unsinn, du bist immer noch der Mensch, den ich liebe.«

»Okay, dann hol mir einen runter. Ich bin scharf auf dich.« Er wollte ihr den Abschied von ihm nicht schwer machen. Die Affäre musste beendet werden, bevor Merle dahinterkam.

»Sönke«, wisperte Sina, »rede nicht so mit mir. Das ist nicht deine Art, du kannst mir nichts vormachen.«

»Stimmt, du bist ein kluger Kopf. Dann lass uns bitte wie vernünftige Menschen miteinander reden. Sina, es muss mit uns vorbei sein. Ich kann Merle nicht länger betrügen.«

»Aber ... aber, Sönke, du meinst es sicher nicht ernst, oder?« Mit tränenerstickter Stimme wandte Sina sich ab.

»Doch, mein Honigbienchen. Du kannst einen Krüppel, wie ich er nun bin, ohnehin nicht gebrauchen.«

»Verdammt noch mal, ich will dich nicht gebrauchen, ich liebe dich!«, rief sie aufgebracht.

»Es geht nicht, bitte, geh und komme nie wieder.«

»Nein! Ich werde nicht ...«

»Geh!«, schrie Sönke sie an. Dabei hob er seinen Kopf aus dem Kissen. Dann sank er kraftlos zurück.

Sina heulte auf. Bestürzt rannte sie aus dem Krankenzimmer und schlug mit einem Knall die Tür ins Schloss.

»Glaub mir, Honigbienchen, es ist besser so«, hauchte Sönke und weinte lautlos in den Verband, der seine Augen verdeckte.

»Herr Hofer, ist alles in Ordnung? Ich bin Schwester Beate, ich habe eben den Dienst angetreten und bin für Sie da. Warum klingeln Sie nicht?« Beruhigend legte sie eine Hand auf Sönkes Schulter.

»Ich bin okay, keine Sorge«, flüsterte Sönke.

»Möchten Sie frühstücken? Einen heißen Kaffee vielleicht?«

»Wie soll ich das denn hinbekommen?«

Mit einem Lächeln in der Stimme sagte Beate: »Ich helfe Ihnen. Dafür bin ich schließlich da. Also, möchten Sie?«

»Sehr lieb von Ihnen, aber nein, ich habe keinen Hunger. Aber wenn Sie mir hin und wieder die Tageszeit mitteilen, wäre das gut.«

»Gerne, ich bringe Ihnen später eine Uhr, die Sie fragen können, wie spät es ist. Jetzt vielleicht doch einen Kaffee?« Die Stimme der Krankenschwester wirkte heiter und freundlich. Sönke war dankbar für Ihre Freundlichkeit, es fiel ihm nur schwer, sie zu erwidern. Ihm war nicht nach Smalltalk und heiter Sonnenschein, er hatte sein Leben neu zu ordnen, wobei er keine Vorstellung hatte, ob es ihm gelingen würde.

»Ich sagte doch nein. War das nicht deutlich genug?«

»Doch, aber manchmal ändern sich die Wünsche der Patienten im Minutentakt. Wenn Sie wünschen, werde ich ab sofort keine Fragen doppelt stellen.« Auch diesmal klang Beate freundlich und klar. Kein Vorwurf, keine Verärgerungen in ihrer Stimme.« Beate grüßte kurz und schloss die Tür hinter sich.

Sönke freute sich über die Aussicht auf eine Uhr, die ihm die Tageszeit vermittelte. »Ich bin schon ein genügsamer Mensch«, murmelte er. Ob es auch ein Handy für Blinde gab? Er musste gestehen, dass er darauf am wenigsten verzichten wollte. Er könnte Sina anrufen ...

Verdammt, hatte er sie nicht vor wenigen Augenblicken verjagt? Schon jetzt tat es ihm leid, er vermisste ihre Zärtlichkeiten und die gemeinsamen Stunden voller Erotik. Sönke lachte bitter auf. Erotik war sicher das Letzte, womit er in Zukunft dienen konnte. Es sei denn, die Partnerin konnte auch nicht sehen.

Ein zaghaftes Klopfen erweckte seine Aufmerksamkeit.

»Ich bin's, Merle.« Mit leichten Schritten kam sie auf ihn zu. »Wie geht es dir heute, mein Liebling?«

»Könnte nicht besser gehen«, brummte Sönke genervt. Merle schluckte. Sönke machte es ihr schwer, aber sie hatte damit gerechnet.

»Ich habe dir ein Handy besorgt, schau mal …« Merle brach ab.

»Echt?« Sönke schien nicht bemerkt zu haben, dass sie *schau mal* gesagt hatte. »Ich kann jetzt telefonieren?«

Merle lächelte liebevoll. Dann legte sie die neue Verbindung zu Sönkes Außenwelt in seine Hand.

»Du musst nur die Hometaste drücken und dem Telefon sagen, mit wem du sprechen möchtest. Auch die Uhrzeit kannst du abrufen.« Merle führte Sönkes Finger über den Bildschirm des Smartphones. »Ich habe alle deine Kontakte gespeichert. Mit dem kleinen Mikrofon ist es möglich, Sprachnachrichten zu senden. Aber vorerst machst du dich am besten mit dem Telefonieren vertraut.«

Sönke freute es tatsächlich, dass er nun vielleicht sogar mit Sina telefonieren konnte. Er war ihr eine Entschuldigung schuldig. Er hatte sich wie ein Vollidiot benommen und es tat ihm inzwischen leid.

»Du bist eben mein Engel. Damit hast du mir eine große Freude gemacht.«

»Das habe ich mir gedacht, ich weiß doch, wie wichtig dir das Handy ist. Vielleicht verkürzt es dir ja auch die Tage im Krankenhaus. Ich habe dir einige Musiktitel heruntergeladen, Kopfhörer sind dabei. Und glaub mir, mein Liebling, wenn du die Reha hinter dir hast, wirst du am Leben teilhaben können wie ein Sehender. Die machen dich fit für den Alltag.«

Sönke lächelte schief. »Mach dir aber keine Hoffnungen auf ein Baby, auch wenn wir von nun an genügend Freizeit haben werden«, ermahnte er seine Frau.

Die Stimmung sank auf einen Tiefpunkt. Merle überkam eine tiefe Traurigkeit. Sie konnte Sönkes Gemütsschwankungen verstehen, sie waren sicher normal, trotzdem schmerzten sie Merle. Sie versuchte, es zu ignorieren.

»Du musst mich nicht daran erinnern, ich habe es verstanden«, erwiderte sie, bemüht um einen sanften Ton.

»Merle?«

»Ja?«

»Ich bin ein Hornochse, bitte verzeih mir.«

Merle kämpfte mit den Tränen und verlor. »Ich liebe dich, Sönke Hofer, daran können auch deine Angriffe auf mich nichts ändern«, sagte sie tränenerstickt.

»Wir haben einen steinigen Weg vor uns, ich weiß nicht, wie wir das schaffen sollen«, stöhnte Sönke verzweifelt.

»Aus den Steinen bauen wir uns anschließend etwas Schönes. So etwas Ähnliches hat Goethe mal geschrieben. Merle umklammerte die Hand ihres Mannes. Dabei legte sie ihren Kopf auf Sönkes Brust. Sie hielt inne, als sie seine zitternden Finger in ihren Haaren spürte.

»Meine kluge Frau, was wäre ich ohne dich?«

Lange lagen sie beide engumschlungen nebeneinander, jeweils den anderen tröstend. Sie versuchten, Kraft aus ihrer Liebe zueinander zu schöpfen, aus ihren gemeinsamen Jahren der Forschung und ihrer langen Beziehung. Sie kannten sich und jeder wusste von den Schwächen des anderen. Nun galt es, die Suche neu zu starten. Denn niemand wusste, was die Zukunft bringen würde oder wie Merle und Sönke sich aufgrund der neuen Situation verändern würden. Sie wollten es mit dem Unbekannten aufnehmen. Darüber waren sie sich einig.

»Warum hast du nur …«

»Keine Vorwürfe, bitte, ich mache sie mir selbst oft genug.«

Merle nickte. »Das mache ich nicht, ich bin nur so unendlich traurig über das, was geschehen ist.«

»Ich weiß, aber ich kann es nicht ändern. Also lass uns nicht davon sprechen«, meinte Sönke resigniert.

Merle saß nun aufrecht auf der Bettkante. »Willst du mal versuchen, deine Eltern anzurufen?«, fragte sie freundlich.

»Lieber nicht, sie wissen doch noch nichts. Oder?«

»Nein, ich dachte, es wäre besser, wenn du es ihnen selbst sagst. Vielleicht ist der Schock dann nicht so groß, wenn sie deine Stimme hören.« Sönkes Eltern lebten in Flensburg und hatten nur wenig Kontakt zu ihrem Sohn. Von den Pflichtbesuchen an Geburtstagen oder Feiertagen abgesehen, kamen sie nie nach Bremen. Sönke hatte auch nie Interesse daran gehabt, seine Eltern zu besuchen. Sie machten ihm ständig Vorwürfe, dass er von seinem Beruf zu besessen war.

»Nee!«, stöhnte Sönke verärgert auf. »Ich mache es nicht und du bitte auch nicht. Wenn meine Eltern nicht von allein auf die Idee kommen anzurufen, sollen sie bleiben, wo der Pfeffer wächst.«

»Aber sie haben keine Ahnung von deinem Unfall. Warum ...«

»Ich will nicht, dass sie es erfahren. Zumindest, so lange es geht.«

Merle seufzte. »Das muss ich dann später ausbaden.«

Sönke tastete nach ihr und erwischte dabei ihren Po. »Den kenn ich.« Er lachte heiser.

»Ich weiß«, meinte Merle. »Wen möchtest du sonst zur Probe anrufen?«, ermunterte Merle ihren Mann, mit dem Handy zu üben.

»Ich rufe dich an, jeder andere wäre mir jetzt zu viel.« Sönke betätigte die Hometaste und äußerte seinen Wunsch.

»Merle anrufen.« In Merles Handtasche begann es zu vibrieren. »Du musst auch rangehen«, drängelte Sönke ungeduldig. Merle lächelte, Sönke war an allen technischen Dingen interessiert. Neues musste sofort ausprobiert werden. Diese neue Errungenschaft würde seine Dunkelheit ein wenig erhellen, zumindest im übertragenen Sinne. Merle freute sich, ihrem Mann damit eine Freude gemacht zu haben. Sie nahm das Gespräch an.

»Ich bin es«, sagte sie mit ernster Miene.

»Nun übertreibst du aber, wir müssen doch nicht telefonieren. Wenn ich es richtig deute, sitzt du direkt neben mir.« Sönkes Tonlage änderte sich. Er war verärgert.

»Ich dachte, du wolltest es üben«, sagte Merle entschuldigend.

»Willst du damit sagen, ich wäre zu blöd zum Telefonieren?« Sönkes

Gesichtsmuskeln verhärteten sich. Merle war bemüht, ihren Mann bei Laune zu halten. Jedoch war das nicht so einfach.

»Natürlich nicht«, erwiderte Merle schärfer, als sie es gewollt hatte. Sie litt unter der Anspannung, dass sie möglicherweise etwas Falsches sagen oder tun konnte. Sie wusste nie, wann Sönke wütend wurde. Wenn das so weiter ging ... Merle dachte lieber nicht daran.

»Ich besorge mir mal einen Kaffee, willst du auch?« Merle drückte Sönke sanft.

»Nein danke, kommst du heute noch wieder?«

Merle zuckte. »Natürlich, ich hole mir nur einen Kaffee.« Verständnislos schüttelte sie ihren Kopf und verließ das Krankenzimmer. Als sie die Tür hinter sich verschlossen hatte, lehnte sie sich dagegen und rutschte in die Knie. Verzweiflung tat sich auf, die Merle kaum zu bändigen vermochte. Innerhalb weniger Stunden war ihr Leben zerstört worden, und sie hatte das Gefühl, mutterseelenallein damit fertig werden zu müssen. Sönke war momentan unberechenbar. Sie verstand ihn ohne Frage, aber Merle brauchte jemanden, an dem sie sich anlehnen konnte. Lu fiel ihr dabei ein. Aber sie war mit ihrem Café so sehr beschäftigt, dass es Merle schwerfiel, sie zu belasten.

Plötzlich spürte sie eine Person in ihrer Nähe. Sie hob ihren Blick und sah in die liebevollen Augen von Schwester Beate. Sie griff nach ihrer Hand und zog Merle hoch.

»Kommen Sie, wir trinken zusammen einen Kaffee.« Dankbar folgte Merle der Krankenschwester in das Schwesternzimmer. Kluge kleine Augen blinzelten Merle an. Die grünen Augen Beates hatten schon viel gesehen. Ihr rundliches Gesicht wirkte gütig und weltoffen.

»Für Sie beide ist es hart. Lassen Sie sich von Ihrem Mann nicht kleinkriegen. Es wird sonst schnell zur Gewohnheit. Glauben Sie mir, ich habe es selbst erlebt und weiß, wovon ich rede. Gehen Sie weg, wenn er komisch wird. Er muss merken, dass er mit Ihnen nicht spielen darf wie eine Katze mit der Maus.

»Aber ich lass ihn doch nicht einfach zurück, ich muss bei ihm sein«, protestierte Merle kraftlos.

Ein Lächeln huschte über Beates Mundwinkeln. »Das sage ich ja nicht, aber wenn es zu viel wird, lassen Sie Ihren Mann allein und kommen am nächsten Tag zurück und beginnen von Neuem.«

»Sönkes Unfall ist erst wenige Tage her, da verlange ich nicht von ihm, dass er in jeder Situation beherrscht ist. Jeder wäre in seiner Lage verzweifelt.« Tränen sammelten sich in Merles Augen.

Fürsorglich reichte Beate ihr ein Papiertaschentuch. »Wie gesagt, verlangen können Sie es nicht, aber er muss trotzdem vernünftig mit Ihnen umgehen. Sonst werden Sie für den Rest Ihres Lebens als Opferlamm durch die Gegend laufen, mit Schuldgefühlen und Verständnis für die Gemeinheiten Ihres Mannes.«

»Aber er ist nicht so ... unbeherrscht. Er liebt mich und trägt mich auf Händen. Für gewöhnlich.« Merle seufzte.

»Gewöhnlich war gestern, heute ist der Ausnahmezustand, unter dem Sie nicht zugrunde gehen dürfen.«

Merle sah zu Boden. Beate hatte vermutlich recht, aber sie würde es nicht schaffen, Sönke fallen zu lassen.

»Ich habe Sönke beobachtet, er ist stärker, als Sie glauben. Nur Sie sind nicht stark, um Sie mache ich mir Sorgen.«

Merle straffte ihren Körper. »Nicht nötig, aber danke für Ihre Worte. Ich muss nun zu meinem Mann.« Merle erhob sich und reichte Beate die Hand.

»Melden Sie sich bei mir, wenn Sie Hilfe brauchen, ich bin für Sie da.« Die Krankenschwester hielt Merles Hand fest gedrückt.

Merle zögerte, bevor sie sagte, was ihr auf der Seele brannte. »Glauben Sie mein Mann hat eine Affäre?«

Beate sah rasch zur Seite, dann sah sie Merle direkt in die Augen.

»Ich glaube nicht«, sagte Beate gepresst.

»Warum nicht?« Merle sah Beate eindringlich an.

»Ich würde es merken, ich bin selbst eine.« Verschmitzt blickte Beate zur Decke. Jetzt musste Merle lachen, die ehrliche Art dieser fremden Person gefiel ihr. Trotzdem glaubte Merle, dass die lebenserfahrene

Beate sie beschwindelte. Dennoch, Merle wollte keine andere Antwort hören.

»Danke«, flüsterte Merle befangen.

»Hier, nehmen Sie den Kaffeebecher mit, deswegen sind Sie doch losgegangen.« Merle nahm den leeren Becher entgegen und schob ihn zurück zu Beate.

»Ich will nicht damit anfangen, meinem Mann etwas vorzumachen. Ich hatte eben ein nettes Gespräch mit der Oberschwester.« Merle hob selbstbewusst das Kinn.

»Richtig so.« Beate unterstrich ihre Zustimmung mit einem kräftigen Nicken. Merle konnte die Meinung der Krankenschwester zwar nicht unbedingt teilen, aber sie hatte sich in ihrer verzweifelten Unsicherheit geborgen gefühlt, verstanden und aufgefangen. Beate würde ihr die Stütze sein, die Merle dringend brauchte.

Erleichtert betrat Merle das Zimmer ihres Mannes. »Da bin ich wieder«, sagte sie möglichst heiter.

»Ich dachte schon, du kommst nicht mehr. Wo bist du so lange gewesen?«

»Ich habe die nette Schwester Beate getroffen und wir haben zusammen einen Kaffee getrunken«, antwortete Merle befreit.

»Ach, die Schwester Rabiata? Die hat ganz schön Haare auf den Zähen«, sagte Sönke abwertend.

»Nein, du musst dich irren, sie ist direkt und ehrlich, damit muss man umgehen können.« Merle hielt die Luft an. Jeden Moment konnte Sönke einen Wutausbruch bekommen.

»Na, wenn du meinst, ich weiß noch nicht, wie ich sie einschätzen soll. Ich kann ihr ja nicht in die Augen schauen«, sagte Sönke in einem bitteren Ton.

»Warte nur ab, bald kannst du deine Mitmenschen einschätzen, ohne ihnen in die Augen zu sehen.«

»Bis dahin liegt noch viel Arbeit vor mir. Ich hoffe, du hast recht und ich verspreche dir, mich anzustrengen«, sagte Sönke leise.

Der Professor stand plötzlich zögernd in der Tür. »Störe ich?«

»Nein, kommen Sie näher«, antworte Merle rasch. Sie ließ den prüfenden Blick des Professors über sich ergehen und sah ihn abwartend an.

»Herr Hofer, wir haben für morgen einen OP angesetzt. Ich denke um acht Uhr geht es los. Dann werden wir uns um Ihr Gesicht kümmern.«

»Okay, dann machen Sie mal, eine Verjüngungskur kann meiner Visage nicht schaden.«

Professor Breitenbach nickte Merle zu, die ihn alarmiert ansah. »Ist es nicht zu früh für eine Operation?«

»Nein, ganz im Gegenteil, je früher wir die Haut wiederherstellen, umso besser.«

»Dann können die Wunden sicher besser abheilen, oder?« Sönkes Stimme vibrierte.

»Richtig und je schneller Sie zur Reha kommen, desto schneller können Sie wieder ein normales Leben führen. Wir wollen Sie baldmöglichst auf den Alltag loslassen. Ich sehe, Sie besitzen bereits ein Handy mit Sprachfunktion.«

»Meine Frau hatte die Idee, mir so ein Gerät zu besorgen«, sagte Sönke und ließ Stolz in der Stimme mitschwingen.

»Prima, Herr Hofer, wir treffen uns morgen im OP.«

»Wir sehen uns«, rief Sönke ihm hinterher und fand seinen Scherz offenbar köstlich.

Merle besuchte ihren Mann jeden Tag, dabei versuchte sie ihn aufzumuntern oder war ihm bei der Körperpflege behilflich. Sie spürte, dass es für Sönke schwer war, sich zu beherrschen. Nicht immer gelang es ihm. Dennoch machte er Fortschritte in dieser Hinsicht.

Gemeinsam übten sie die ersten Schritte im Krankenzimmer. Wobei sie manchmal sogar ausgelassen lachten. In diesen Momenten schöpfte Merle Hoffnung für das Gelingen ihrer Zukunft mit einer Sehbehinderung. Die Wunden der Operationen am Gesicht waren gut verheilt und der Professor hatte nicht übertrieben, als er versprochen hatte, es fast wie vor dem Unfall aussehen zu lassen. Kleine Narben am Haaransatz erinnerten an zahlreiche Eingriffe, die erforderlich gewesen waren, um Sönkes Aussehen wiederherzustellen. Merle opferte sich für ihren Mann auf. In den vergangenen Wochen hatte sie stark an Gewicht verloren und ihre Haut wirkte blass und fahl.

»Liebling, du musst mir versprechen, dass du dich bei deinen Eltern erholst, wenn ich die Reha antrete. An der Nordsee wirst du Kraft tanken und danach mit neuer Energie an die Arbeit gehen können. Ich habe mit unserem Chef telefoniert. Er würde dich wieder in der Forschung einsetzen.«

Merle schluckte. Warum erfuhr sie das erst jetzt? Offiziell war ihr Arbeitsplatz an Sina übergeben worden. Merle hatte nicht das Bedürfnis, mit Sina als ihre Vorgesetzte im Labor zu arbeiten.

»Hatte ich dir nicht gesagt, dass ich nicht in das Labor zurückgehen will?«

Sönke hielt in der Bewegung inne. Er versuchte gerade, einen Stuhl zu umrunden, ohne anzuecken. »Doch, schon, aber ich dachte, wenn du dort arbeitest, könnte ich dir Ratschläge geben und an deiner Arbeit teilhaben.«

Daher wehte der Wind also. Sönke wollte den Einfluss auf die Forschungen behalten. Und dies würde nur gehen, wenn Merle ihn einbezog.

»Sönke, du solltest endlich aufhören, für mich zu denken«, sagte Merle empört. Sie achtete nicht darauf, wohin Sönke ging. Er stolperte über seine Hausschuhe. Fluchend warf er den Blindenstock in Merles Richtung.

»Dann fange endlich damit an, eigenständig zu denken. Das hat dir noch nie gelegen!«

Merle öffnete den Mund, bekam jedoch keinen Ton heraus. Sönke hatte den Bogen reichlich überspannt. Wortlos schnappte sie ihre Tasche und verließ das Krankenzimmer. Dann schlug sie die Tür laut ins Schloss und rannte blind vor Tränen zum Ausgang in die Arme von Schwester Beate, die offenbar eben ihren Dienst beginnen wollte. Merle wollte ihr noch ausweichen, aber Beate hielt sie fest. Erschöpft sank Merle in ihre Arme und weinte.

»Befolgen Sie endlich meinen Rat? Sie machen das richtig«, betonte Beate ausdrücklich. Dabei streichelte sie Merle über die Haare. Merle löste sich aus der Umarmung.

»Ich muss zurück, ich habe ihn mitten im Zimmer stehen lassen, er ist doch hilflos ohne mich«, rief sie aufgebracht und wollte schon losrennen, doch Beate hielt sie am Ärmel zurück.

»Der ist gar nicht so hilflos und wenn doch, muss er das auch mal merken. Sie gehen nicht zu Ihrem Mann. Ich schaue gleich nach ihm. Sie, liebe Frau Hofer, gehen nach Hause, oder wo immer sie hinmöchten.«

»Aber …«

»Nix aber, ich kümmere mich um Ihren Mann. Wenn Sie es schaffen, bleiben Sie ruhig zwei Tage weg.« Merle riss die Augen weit auf. Zwei Tage? Das konnte sie nicht tun. Wenn sie nicht in Sönkes Nähe war, war sie die Unruhe in Person. Sie fühlte sich schuldig und war es ihrer Meinung nach auch. Hektisch schüttelte Merle ihren Kopf.

»Ich kann nicht …«

»Versuchen Sie es zumindest.« Beate drückte Merles Arm und ließ sie stehen. »Ich nehme ihn mir mal vor«, rief sie fröhlich vom Fahrstuhl her und nickte Merle noch einmal aufmunternd zu, bevor sich die Tür des Fahrstuhls schloss.

Merle blieb wie betäubt stehen. Schwerfällig wandte sie sich zum Gehen. Es war, als ob ihre Füße ihr nicht gehorchten, als ob sie Merle zur Umkehr zwingen wollten.

Bleib tapfer, sagte ihr Innerstes. Geh zurück, sagte der Kopf. Es schrie förmlich in Merle.

Zitternd trat sie an die frische Luft. Was wäre, wenn Sönke gestürzt war und nicht allein aufstehen konnte. Sie hätte Schuld! Schuld! Dieses verflixte Wort mit ungemeiner Bedeutung für Merles Gewissen. Sie schaffte es, tatsächlich ihr Auto zu öffnen. Schwer atmend warf sie sich in den Sitz. Entschlossen drehte Merle den Zündschlüssel um. Das

Motorengeräusch wirkte sonderbarerweise beruhigend auf ihre angespannten Nerven.

»Gut, ich komme morgen wieder«, sagte sie laut und fuhr nach Hause.

Unruhig wanderte Merle in der Wohnung auf und ab. Sollte sie Sönke anrufen? Ihn auf morgen vertrösten? Ihm sagen, wie sehr sie ihn liebte? Beate hatte ihr vom Fahrstuhl aus zugezwinkert. Ihre grünen, leuchtenden Augen sah Merle unmittelbar vor sich. Als ob die Krankenschwester ihr etwas zurufen wollte. Gleichzeitig schob sich Sönkes vorwurfvolles Gesicht dazwischen. Fast höhnisch grinste er sie an.

»Es reicht, Sönke Hofer.« Beate hatte es ihr prophezeit. *Sie werden den Rest Ihres Lebens ein Opferlamm für Ihren Mann sein, wenn Sie nicht aufpassen.* Merle musste anfangen, ihre eigenen Bedürfnisse zu ordnen und umzusetzen.

Als Erstes nahm sie sich die Stellenausschreibungen vor. Ihre Rücklagen vom Verkauf ihrer ehemaligen Apotheke würden ausreichen, um eine neue kaufen zu können. Aber Merle fürchtete die Verpflichtungen. Sie schaltete den Computer ein und suchte nach freien Stellen. Sönke würde ausrasten, wenn sie nicht wie von ihm verlangt im Labor arbeiten wollte. Dies stellte Merles erste Herausforderung dar. Sie würde lernen müssen, Sönke die Stirn zu bieten. Wie hatte es nur so weit kommen können? Sie erkannte ihren Mann nicht wieder. Plötzlich wurde Merle bewusst, wie sehr Sönke die Zügel in der Hand gehalten hatte, ohne dass sie es bemerkt hatte. Damit musste jetzt Schluss sein.

Der Stellenmarkt war nicht gerade vielversprechend. Frustriert fuhr sie den PC herunter und kochte einen Tee. Sie nahm in ihrem Lieblingssessel Platz und schlürfte in sich gekehrt an ihrem Heißgetränk.

Merle fuhr zusammen, als es an der Tür Sturm klingelte. Auf wackligen Beinen ging sie zum Türöffner und betätigte den Sprechknopf.

»Ja, bitte?« Sie wich zurück, als die dröhnende Stimme ihres Schwiegervaters durch den Lautsprecher hallte.

»Mach sofort die Tür auf!«

Merle schloss die Augen. Auch das noch. Wie ferngesteuert drückte sie den Türsummer. Gleich würde sie ihren Schwiegereltern Rede und Antwort stehen müssen. In wenigen Augenblicken würden Vorwürfen auf sie einprasseln. Sie wartete vor dem Fahrstuhl, mit dem Susanne und Bert Hofer in ihre Wohnung einfallen würden. Die geladene Stimme Berts hatte sie bereits vorgewarnt. Der Fahrstuhl rauschte und stoppte. Vor ihr standen Sönkes Eltern, die Merle aus zornerfüllten Augen anstarrten.

»Kommt doch näher«, lud Merle die beiden ein.

»Da kannst du Gift drauf nehmen«, brummte Bert.

Schluchzend drückte Susanne sich an ihrem Mann vorbei. Es schien, als wollte sie sich jeden Augenblick auf Merle stürzen, um ihr an den Hals zu gehen. Merle wich vorsichtshalber zurück.

»Wie konntest du nur?«, fauchte Susanne. »Warum müssen wir von dem schweren Unfall unseres Sohnes aus der Zeitung erfahren? Und das nach Wochen! Haben wir kein Recht darauf, zu erfahren, wie es um unseren Sohn steht?«

Merle hob abwehrend die Hände. »Susanne, lass es dir erklären«, stammelte Merle. »Sönke hatte es mir verboten, euch zu informieren.«

»Verboten«, erwiderter Bert trocken. »Und du hörst auf ihn?«

»Natürlich«, setzte Merle zur Gegenwehr an. »Ich muss seine Wünsche respektieren.«

»So ein Blödsinn«, polterte Bert Hofer. »Du bist verpflichtet, seine Angehörigen, in diesem Fall uns, zu benachrichtigen.«

Merle straffte ihren Rücken.

»Ich bin niemandem verpflichtet, euch am allerwenigsten. Wenn ihr nur hergekommen seid, um mich zu beschimpfen, dürft ihr gerne wieder gehen. Ich habe genug eigene Sorgen.« Merle zitterte, als sie in die erschrockenen Augen ihrer Schwiegereltern sah. Solche Töne kannten sie von ihr nicht. »Sönke liegt im Krankenhaus Boberg in Hamburg, versucht dort euer Glück. Ihr könnt gerne die Pflege für Sönke übernehmen. Das wäre doch mal eine Lebensaufgabe, für die ihr sicher eines Tages belohnt werdet.« Merle forderte den Fahrstuhl an und wies Susanne und Bert die Tür. Perplex schoben sie sich gegenseitig in den Fahrstuhl und starrten Merle verständnislos an, bis die Tür selbstständig schloss.

Zärtlichkeiten

Jede Minute konnte es so weit sein. Die letzte Visite des Professors stand bevor. Sönke durfte nach langen Wochen das Krankenhaus verlassen. Aufgeregt saßen Merle und Sönke auf der Bettkante und warteten auf das Abschlussgespräch. Sönke musste in zwei Tagen die Reha antreten. Er war zwar immer noch nicht überzeugt von der Notwendigkeit einer Reha, aber er hatte den Überredungskünsten von Merle und den Ärzten nachgegeben. Es passte ihm gar nicht, dass er so weit weg musste. Chemnitz, in Sachsen. Ausgerechnet Sachsen, Sönke kannte dort niemanden. Warum konnte er nicht nach Kiel oder Lübeck? Dann hätte Merle es nicht weit gehabt und hätte ihn an den Wochenenden besuchen können.

Schwester Beate hatte dazu geraten, die Reha weiter weg durchzuführen. Dadurch hätte er bessere Chancen auf Selbständigkeit und Merle konnte sich erholen, denn sie war sehr ausgelaugt und wirkte kränklich. Sie hatte es bisher nicht geschafft, Sönke loszulassen. Jedoch war der Umgang mit Sönke leichter geworden. Darüber waren alle glücklich. Sogar seine Eltern hatten ihn besuchen dürfen und wollten für ihren Sohn da sein.

Merles Nervosität stieg. Wie würden die Tage zu Hause funktionieren? Das Krankenzimmer war zu einem geschützten Raum geworden. Hier fühlten beide die Sicherheit durch die Anwesenheit des Pflegepersonals sowie der Ärzte.

Sönke tastete nach Merle und griff ihre Hand. »Danke, mein Liebling, dass du mich so lange ertragen hast. Ich weiß, es war nicht einfach für dich. Ich möchte, dass wir wieder so glücklich wie früher vor dem Unfall werden und ich glaube, wir sind auf dem richtigen Weg.« Vorsichtig küsste er ihre Schläfe. Merle legte ihren Kopf auf seine Schulter.

»Ich liebe dich, Sönke, nur das zählt.«

Sönkes Augen lagen leblos in den Höhlen. Lediglich ein Zwinkern erlaubte einen Hinweis darauf, dass er Zeichen des Verstehens setzte. Aber wenn er sie küsste, stand die Welt still, wie sie es immer getan hatte.

»Über alles«, flüsterte Sönke und küsste Merle zärtlich.

Die Tür sprang auf und Professor Breitenbach rauschte herein.

»Abschiedsmelodie ...« Doktor Breitenbach stimmte ein Lied an. Merle lachte ihm gelöst entgegen.

»Machen Sie es uns nicht so schwer, Professor. Womöglich wollen wir gar nicht weg hier.«

Sönke stieß seine Frau mit gespielter Empörung an. »Liebling, ich will aber raus hier und ohne dich gehe ich nicht. Also überleg dir gut, was du sagst.« Er grinste sie an.

Wohlwollend blickte Professor Breitenbach auf das glücklich wirkende Paar, dessen Zukunft zwar noch ungewiss war, aber gute Chancen hatte.

»Ich brauche das Bett, eine Verlängerung kommt nicht in die Tüte«, meinte der Mediziner schmunzelnd.

»So schnell ist man also ersetzbar«, erwiderte Sönke. Merle drückte seine Hand fester.

»Bei mir nicht«, hauchte sie.

Der Professor ermahnte Sönke eindringlich, die Reha nicht abzulehnen. Sie wäre ein wichtiger Baustein für ein selbstständiges Leben. Auch wenn dies bedeutete, eine weitere lange Zeit fern der Heimat zu sein.

»Ich habe es verstanden, Doc. Ich ziehe nicht zurück.« Er wandte seinen leeren Blick zu Merle. »Ich habe eine wundervolle Frau und ich werde einen Teufel tun, es mir mit ihr zu verscherzen.«

Der Professor nickte zufrieden. »Ich wünsche Ihnen beiden alles erdenklich Gute«, sagte Professor Breitenbach nachdenklich. Es schien, als ob ihm der Abschied schwerfiel. Dann ging er mit eiligen Schritten zum Flur hinaus, ohne sich noch einmal umzudrehen.

Merle starrte diesem großen Mann nach. Er hatte für Sönke vieles getan, ohne ihn wäre er nicht so weit, wie er es nun vor Antritt der Reha war.

»Die Kirsche ist gelutscht«, unterbrach Sönke die Stille und boxte Merles Arm. »Wollen wir nach Hause?«

Merle strahlte glücklich. »Ja!«, rief sie übermütig und rutschte vom Bett. »Ich freue mich so, Liebling.« Sie nahm Sönkes Gesicht in beide Hände und küsste ihn liebevoll. »Ich bringe am besten deinen Koffer als Erstes zum Auto, dann können wir uns in aller Ruhe auf den Weg konzentrieren.« Sönke hatte zwar in Begleitung schon öfter Ausflüge zum Außengelände des Krankenhauses unternommen, dennoch hielt Merle es für besser, wenn sie den Koffer vorher wegbrachte, damit sie ihre Aufmerksamkeit voll und ganz Sönke widmen konnte.

Sönke war nicht einverstanden, dass Merle ihn zurücklassen wollte. Er bestand darauf, sie zu begleiten. »Ich schaffe das, keine Sorge.« Sönke erhob sich und tastete nach seinem Blindenstock. »Ich bin bereit, wenn du den Koffer nimmst?«

Merle lachte. »Der ist schwer, du bist der Stärkere von uns beiden«, meinte sie.

»Gib ihn mir«, forderte Sönke und hielt die Hand hin.

»Kommt nicht in Frage.« Merle kicherte. »Ich gebe dir eine Schonfrist bis nach der Reha.« Sie schnappte sich den Koffer und hakte sich bei ihrem Mann unter.

»Okay, wie du willst, danke.« Es war ein wochenlanger Kampf gewesen. Inzwischen hatte Sönke seine unkontrollierten Wutausbrüche weitgehend im Griff. Es kam ab und zu vor, dass er die Beherrschung verlor, dann wusste Merle damit umzugehen. Sie konnte seine Ungeduld sehr gut verstehen. Der Unfall hatte alles verändert. Sönke war blind. Unwiderruflich. Er gab vor, damit klar zu kommen, dass er dies selbst verschuldet hatte, aber in unbeobachteten Momenten hatte Merle die tiefe Trauer in seinem Gesicht ablesen können. Es brach Merle jedes Mal das Herz, ihren Mann so hilflos zu sehen.

Merle spürte, die Nervosität ihres Mannes. Er umklammerte ihre Hand und überließ ihr die Führung. Draußen an der frischen Luft verharrte Sönke und genoss die warmen Sonnenstrahlen. Er atmete tief durch.

»Wow, ist das herrlich, ich fühle mich wie aus dem Knast entlassen.«

Merle drückte liebevoll seine Hand. Nur zu gut wusste sie, was er meinte. Trotzdem sagte sie schmunzelnd: »Lass das mal nicht Schwester Beate hören.«

Sönke lachte befreit. »Na ja, aber sie war ein Teil meines Knastaufenthaltes.«

»Ich bin gespannt, ob es dir zu Hause bei mir besser gefällt.«

Sönke wandte sein Gesicht der Sonne entgegen. »Ich bin mir ziemlich sicher. Wo steht dein Auto?«

»Nicht weit von hier.« Merle führte ihn zum Wagen. Sie spürte die plötzliche Unsicherheit ihres Mannes. Deshalb stützte sie ihn ein wenig mehr. Damit er in der neuen Freiheit nicht die Orientierung verlor. Beim Einsteigen hielt sie schützend die Hand zwischen Sönkes Kopf und den Türholm des Fahrzeugs. Sie vergewisserte sich, dass er gut saß, und lief zur Fahrerseite.

Während der Fahrt zu ihrer Wohnung umklammerte Sönkes Hand Merles Schenkel.

»Bist du sicher, nicht zu schnell zu fahren?«, fragte er ernsthaft besorgt.

»Bin ich, aber ich kann gerne das Tempo drosseln, wenn es dir dabei besser geht.« Prüfend sah Merle ihn an. Sönke war blass. Er fürchtete sich nicht vor dem schnellen Fahren. Er fürchtete sich vor dem, was nun vor ihm lag.

Merle hatte frische Blumen in der Wohnung verteilt. Leise Musik empfing sie, als sie den Fahrstuhl verließen. Ganz früh am Morgen hatte sie seinen Lieblingskuchen gebacken. Der Duft vermischte sich mit den Rosen.

»Hier riecht es aber gut, bist du sicher, die richtige Wohnung erwischt zu haben?«

Merle lächelte. »Alles nur für dich, mein Liebling.«

»Es gibt Apfelkuchen? Mit Zimt?« Ein Lächeln huschte über Sönkes Gesicht.

»Und richtig guten Tee. Möchtest du ihn auf der Dachterrasse trinken?«

Sönke zögerte. »Du meinst, wegen der tollen Aussicht?«

Merle zuckte. »Genau und wegen des Stadtverkehrs, dessen Geräusche du so sehr liebst.« Merle stand dicht neben Sönke. »Möchtest du es allein versuchen, oder soll ich dich hinbringen?«

Sönke schien zu überlegen. Er suchte Merles Hand. Er legte die Hände um ihre Hüfte und zog sie zu sich. »Ehrlich gesagt, hätte ich auf etwas anderes mehr Appetit.«

Merle ließ ihn ihren Körper abtasten. Dabei war er nicht besonders zart. Merle hielt den Atem an, als er mit festem Griff ihre Brust bearbeitete. Sie stöhnte nicht vor Lust, der Schmerz lähmte ihre Glieder und ganz besonders ihre Gefühle.

Sie fasste Mut. »Liebling, du tust mir weh, lass dir Zeit, ich laufe nicht weg.«

»Entschuldige, aber ich hatte solche Sehnsucht nach deinem Körper.« Jetzt war Sönke vorsichtiger und Merle ließ ihn ihren Körper erkunden. Nach einer Weile harmonierten sie wieder wie ein funktionierendes Uhrwerk. Jeder kannte die Bedürfnisse des anderen. Sie waren beide in eine Welt abgetaucht, in der die Gefühle an erster Stelle standen. Die blinde Vertrautheit zueinander bekam eine neue Bedeutung.

Später lagen sie dicht beieinander auf dem dicken Teppich des Wohnzimmers. Merles unbeschwertes Glücksgefühl war gedämpft worden, als Sönke in seiner Erregung Sinas Namen gerufen hatte. Sie erwähnte es nicht, sondern ließ Sönke in dem Glauben, dass er ihr den Himmel auf Erden beschert hatte.

Sina also! Merle hätte es wissen müssen. Es wäre nur Sina in Frage gekommen. Die Zeichen dafür hatte sie ignoriert. Übersehen? Hatte sie sie überhaupt bemerken wollen? Sinas Aufstand in der Klinik, als sie niemand zu Sönke vorlassen wollte. Jetzt sah Merle die Augen ihrer Konkurrentin deutlich vor sich. Merle atmete schwer. Es war zu erwarten gewesen, dass Sönke dies auffallen würde. Jeden Augenblick würde er sie fragen, was sie bedrückte.

»Merle?«

»Ja?«

»Können wir morgen losfahren und mir eine Sonnenbrille kaufen? Du kennst meinen Geschmack und dir vertraue ich.« Das Wort *Vertrauen* hatte aus seinem Mund für Merle einen bitteren Beigeschmack. *Vertrauen*. Welch ein großes Wort. Wie viele Lügen konnten in diesem Wort stecken? Oder wie viele Wahrheiten lagen in Wirklichkeit darin?

Sönke hatte nicht gefragt, wie es ihr ging. Wie sie sich fühlte. Nach diesem ernüchternden Ruf nach Sina war es auch nicht mehr wichtig.

»Gerne, können wir machen. Du benötigst sicher noch einiges für deine Reha. Wenn du willst, erledigen wir das gleich mit.«

Sönke griff nach Merle. Er berührte ihre Schenkel und pfiff. »Mein Liebling, du hast mächtig zugenommen, aber ich glaube, es steht dir«. Er grinste in ihre Richtung, aber dort, wo er sie vermutete, war sie nicht mehr. Sie hatte sich abrupt aufgesetzt. Zugenommen? Sie war nur noch Haut und Knochen. Ein Schatten ihrer selbst. Durch die Belastungen der letzten Wochen hatte sie kaum regelmäßige Mahlzeiten zu sich genommen. Lulu hatte sie mehrfach ermahnt, besser auf sich zu achten. Dann hatte sie Merle Mahlzeiten vorgesetzt, von denen sie nur wenig essen konnte. Lu hatte die Reste eingepackt und ihr das Versprechen abgenommen, es später noch mal zu versuchen. Merle hatte sich jedes Mal geschämt, wenn die Reste am nächsten Tag in den Biomüll wanderten.

Zugenommen, echote es in ihrem Hirn. Zum ersten Mal war sie erleichtert, dass Sönke in zwei Tagen für zwölf Wochen nach Chemnitz zur Reha musste. Langsam hatte sie das Bedürfnis, ihr Innerstes aufzuräumen und nach Überbleibseln der Merle Hofer, die sie gewesen war, bevor dieser schreckliche Unfall geschehen war, zu suchen. Oder musste Merle noch weiter zurück in der Vergangenheit suchen?

Mit bleischweren Herzen erhob sie sich aus ihrem Liebesnest. Sönke war eingeschlafen. Fürsorglich breitete sie eine warme Decke über seinen nackten Körper. Ob er später noch wusste, wo er sich befand? Merle war es in diesem Moment gleichgültig. Er konnte sich ja lautstark bemerkbar machen. Merle hatte das Bedürfnis, ins Bett zu gehen. Sönke schlief weiter, als Merle ihm die Decke bis zum Kinn hochzog. Sie hörte ein leises Schnarchen, das von einem sanften Lächeln begleitet wurde.

Merle schlich gekränkt ins Schlafzimmer und weinte sich in den Schlaf.

Irgendwann in der Nacht bemerkte sie Sönke neben sich. Er hatte es also allein hinbekommen. Was war nur aus ihrer Liebe geworden?

Merle drehte sich um und starrte in die Finsternis.

Zwei Tage später fuhr Sönke mit einem Taxi nach Chemnitz. Er sah mit der coolen Sonnenbrille, die er trug, gut aus. Die Vernarbungen in seinem Gesicht fielen kaum auf. Der Abschied von ihrem Mann war zärtlich und liebevoll. Merle hatte ihm verziehen. Sicher war er nicht bewusst bei Sina, während sie miteinander schliefen. Lulu hätte ihr ihre Verdrängungskünste vorgeworfen, aber Merle hatte ohnehin keine andere Wahl. Sie musste bei ihrem Mann bleiben. Er brauchte sie und sie brauchte ihn. Eine Ehe warf man nicht so leicht über den Haufen. Schon gar nicht nach diesem schicksalhaften Unfall. Wenn Sönke nach zwölf Wochen Reha wieder zu Hause wäre, begänne ein neues Kapitel ihrer Ehe. Es würde wundervoll werden, Merle glaubte fest daran. Sönke hatte ihr das Versprechen abgenommen, dass sie zu ihren Eltern nach St. Peter-Ording fuhr. Mara sollte ihre Tochter gründlich verwöhnen.

»Wenn ich wieder da bin, übernehme ich das selbstverständlich wieder«, hatte er lachend gesagt und es offenbar zweideutig gemeint.

Merle sah dem Taxi, welches ihren Mann beförderte, lange nach. Es war gut so, dachte sie. Und doch konnte sie sich eines unguten Gefühls nicht erwehren. Finanziell waren sie gut abgesichert, die Unfallversicherung hatte einen schwindelerregenden Betrag auf Sönkes Konto überwiesen. Ob es bis zur Rente reichen würde, wusste Merle nicht, aber für sie war klar, ohne Arbeit wollte sie nicht bleiben. Daher trieb sie sich unaufhörlich auf Internetseiten herum und schaute, was der Stellenmarkt hergab. Aber nun freute sie sich erst einmal auf ihre Heimat an der Nordsee.

Merle hatte ihren Koffer fertig gepackt. Bevor sie zu ihren Eltern fuhr, machte sie einen Abstecher zu Lulu ins Schnoorviertel. Heute hatte sie sogar Lust auf ein besonders großes Stück Torte. Der warmherzige Empfang ihrer besten Freundin schmeichelte ihrer Seele.

»Na du«, sagte Lulu sanft. »Jetzt bist du mal dran, dich zu erholen. Ich hoffe, du legst bei deiner Mutter ein wenig zu. Du fällst mir sonst noch vom Fleisch.« Lulu blickte besorgt in Merles Augen. »Stimmt was nicht?« Merle zuckte mit den Schultern und sah zum Fenster hinaus. Dann wandte sie sich ihrer Freundin zu.

»Sönke sagt, ich bin fett geworden.«

Betroffen öffnete Lulu den Mund. Sie schnappte nach Luft. »Ähm, das hat er nicht im Ernst gesagt, oder?«

»Doch, hat er. Ich war ziemlich fertig, wie kann er nur so was sagen? Dabei waren wir uns nahe wie schon lange nicht mehr. Nach dem Sex ist ihm aufgefallen, dass ich zugenommen habe.«

»Aber Süße, du siehst aus wie ein Hungerhaken, das sieht selbst ein Blinder.« Lulu biss sich auf die Zunge. Aber Merle lächelte über Lulus Worte. »Aber wie ich dich kenne, hast du ihm längst vergeben, nicht wahr?«

Merles Augen verdunkelten sich und über der Nasenwurzel hatte sich eine Falte gebildet. »Schon«, sagte sie zerknirscht, denn sie ahnte, wie Lulu darauf reagieren würde. »Inzwischen bin ich froh, dass Sönke zur Reha ist. Ich muss jetzt mal an mich denken.«

»Schlaues Mädchen, das hättest du ruhig früher schon tun sollen.« Lulu kniff die Augen zu Schlitzen zusammen. »Was noch? Du verheimlichst mir was, ich sehe es dir an.« Merles Blicke schweiften durch das

Café. Drüben am Fenster hockte lediglich eine alte Dame, sonst herrschte Flaute. Sie warf sich auf das barocke Sofa.

»Er hat Sinas Namen gerufen, bevor er den Höhepunkt ...« Merle brach ab. Sie hatte nicht einmal mehr Tränen übrig. Sönke hatte sie ihr in den vergangenen Wochen genommen.

Lulu riss die Augen weit auf. »Nicht dein Ernst?« Merle nickte stumm. »Wie lange willst du die Frau an seiner Seite spielen? Ihm jede Gemeinheit verzeihen und an eurer ach so glücklichen Ehe festhalten?«

Merle zog sie Schultern hoch und ließ sie wieder fallen. »Ich weiß es nicht«, flüsterte sie erstickt.

Lulu seufzte schwer. Sie nahm ihre Freundin in den Arm und hielt sie fest. Tröstend strich sie über Merles Rücken. Worte waren jetzt zu viel. Offenbar war dies Lulu klar geworden, denn sie behielt weitere Belehrungen für sich.

»Torte?«, fragte Merle nach einer Weile.

»Massenweise! Womit fangen wir an?« Lulu lachte. Merle wählte die Schwarzwälder Kirschtorte, dazu einen Pott Tee. Die Frauen vertilgten im Laufe des Vormittags jede drei Stücke. Merle hatte das Gefühl, jeden Moment zu platzen.

»Sag ich doch, Sahnetorte macht glücklich«, meinte Lulu, als sie ihren Löffel ableckte. »Ich wünsche mir nichts mehr, als dass du endlich glücklich wirst. Ich hoffe, SPO wird dir dabei helfen.« Zum Abschied überreichte Lulu Merle ein Stück Apfelkuchen für die Fahrt.

Merle grinste schief. »Ich muss gar nicht mehr los, ich schätze, ich habe heute mindestens fünf Kilo zugenommen.«

»Pass auf dich auf, Liebes, und melde dich zwischendurch.«

»Klar, aber komm mich doch besuchen. Meine Eltern freuen sich bestimmt, dich mal wieder zu sehen.«

»Ich versuche es«, sagte Lulu und blinzelte ihrer Freundin zu. »Fahr vorsichtig.«

Einigermaßen zuversichtlich ging Merle zum Auto, sie freute sich auf Nordfriesland, vor allem aber auf ihre Eltern. Sie hatte am Abend zuvor mit ihrer Mutter telefoniert und ihr mitgeteilt, wann sie ungefähr in St. Peter-Ording ankommen würde. Die sanfte Stimme ihrer Mutter war Balsam für ihre Seele gewesen. Merle konnte es inzwischen kaum erwarten, dass ihre Mutter sie in die Arme schloss. Vater Gerd wollte seine Tochter mit zum Fischen nehmen. Dabei hatte Merle schon früher herrlich abschalten können. Schon als Kind hatte sie ihren Vater leidenschaftlich gern begleitet. Zum Leidwesen Gerds. Denn Merle hatte die Fische mit ihrem Geplapper vom Ufer vertrieben. Später hatte Merle ihm gestanden, dass sie es absichtlich getan hatte, aus Mitleid mit den Fischen.

Heimat

Die Sonne in Nordfriesland meinte es gut mit Merle. Sie hatte das Schiebedach geöffnet und hörte die gemeinsamen Lieblingslieder, die sie mit Sönke verbanden. Mit einem Lächeln auf den Lippen summte sie die Melodien mit. Was zur Folge hatte, dass sie Sönke vermisste. Vielleicht aber auch den Sönke, der er vor seinem Unfall gewesen war. Ob er gut in Chemnitz angekommen war? Merle warf einen Blick auf die Uhr. Nein, es war noch zu früh. Wenn die Autobahnen auch noch verstopft waren, stand er mit seinem Taxi unter Umständen sogar im Stau. Er hatte versprochen sie anzurufen, sobald er gut angekommen war. Merle wurde kurz vor ihrem Ziel an der Nordsee zuversichtlicher, was ihre Ehe mit Sönke betraf. Es gab immer schwierige Zeiten, die es zu bewältigen galt. In guten wie in schlechten Zeiten, hatte damals der Pastor gesagt. Merle und Sönke hatten sich ein Versprechen gegeben, das sie nie brechen wollte. In ihrer Liebe und Zweisamkeit durften keine dunklen Mächte die Fühler ausstrecken und nach ihnen greifen. Merle liebte Sönke, auch wenn es nicht immer leichtfiel.

St. Peter-Ording war voller Touristen. Merle lenkte ihren Wagen langsam durch die Badstraße. Bevor sie zu ihren Eltern fuhr, unternahm sie eine Ortskontrollfahrt, um ihre ehemalige Heimat zu begrüßen. Sie würde einige Wochen hierbleiben und freute sich darüber.

Ihre Eltern wohnten in einer urgemütlichen Sackgasse. Von ihrem Grundstück aus war das Meer zu hören und sie brauchte nur wenige Gehminuten über einen Dünenweg zum Strand. Sie zuckte erschrocken zusammen, als ihr Handy schrill auf ihrem Sitz ertönte. Über die Freisprecheinrichtung nahm sie das Gespräch an.

»Hallo, Liebling«, säuselte sie.

»Hallo, Merle, ich bin gut angekommen, ging schneller, als ich es für möglich gehalten hätte. Die Leute sind wirklich nett, ich bin gespannt, wie es hier weiterläuft.«

»Das freut mich, ich bin auch eben angekommen, gleich stehe ich vor dem Haus meiner Eltern.«

»Liebe Grüße von mir, und lass dich verwöhnen. Ich muss wieder Schluss machen. Bis bald.« Irritiert starrte Merle auf das Display ihres Radios, dort war eben noch das Foto von ihrem Mann zu sehen gewesen. Er hatte aufgelegt.

»Danke, mir geht es gut«, murmelte Merle. Dann lenkte sie ihr Auto auf das Grundstück ihrer Kindheit und drehte den Schlüssel um. Sofort verstummte der Motor. Stille umgab Merle, bis sie ihre Mutter jubeln hörte. Kurz darauf riss sie die Autotür auf.

»Merle, mein Schatz, ich …« Mara brach abrupt ab. Sie schlug ihre Hände vor den Mund und sah ihre Tochter mit geweiteten Augen an. Ihre Mutter musste nichts sagen, Merle wusste auch so, warum Mara sie entsetzt anstarrte. Die Kleidung, die Merle trug, war viel zu groß, sie hing an ihr herunter wie ein Sack. Dabei hatte Merle die beste Kleidergröße aus ihrem Schrank gewählt. Aber Mara hatte in der ersten Sekunde erkannt, wie dünn ihre Tochter geworden war. Merle versuchte ein Lächeln.

»Schon gut, Mami, ich werde alle Teller, die du mir vorsetzt, leer essen.« Merle schwang sich aus dem Sitz und umarmte ihre Mutter glücklich. Glücklich, endlich an nichts denken zu müssen, glücklich, nur noch die Verantwortung für sich selbst tragen zu müssen. Mara wollte ihre Tochter gar nicht mehr loslassen. Erst als Gerd in der Haustür erschien und fragte, ob sie nicht reinkommen wollten, löste Mara ihre Umarmung und hakte Merle ein, um sie ins Haus zu begleiten. Merle blieb vor ihrem Vater stehen. Auch ihm war anzusehen, dass er sich Sorgen machte.

»Moin, Deern«, sagte er zärtlich und schloss sie in seine starken Arme. »Kommt endlich rein, Mama hat Kaffee und Kuchen vorbereitet und ich musste mich zurückhalten, nicht zu naschen.« Gerd zwinkerte Merle zu.

Merle spürte die fragenden Blicke auf sich ruhen. Ihre Eltern hatten sicherlich nicht erwartet, dass ihre Tochter derart an Gewicht verloren hatte. Vor einigen Wochen hatten sie einen Krankenbesuch bei Sönke gemacht, da war Merle noch nicht so sehr abgemagert gewesen.

»Es war in letzter Zeit sehr stressig«, beantwortete Merle die stummen Fragen. »Ich werde mich rasch davon erholen, macht euch keine Gedanken, mir geht es sonst gut.«

Im Wohnzimmer vor dem großen Fenster zum Garten war der Kaffeetisch liebevoll gedeckt. Mara hatte für ihre Tochter eine Kanne Tee bereitgestellt. Merle sah aus dem Fenster. Der Garten war wunderschön und lud förmlich dazu ein, auf einem Liegestuhl die Sonne zu genießen. Am Ende des Grundstücks schlängelten sich bereits die Dünen. Merles Eltern hatten auf einen Zaun verzichtet, so wirkte der Strand, als ob er zum Grundstück dazugehörte. In Kindertagen hatten Mika und Merle oft dort gespielt. Später hatten sie im Schutz der Dünen die erste Zigarette geraucht. Merle hatte die Dünen für ein gutes Versteck gehalten, bis Gerd sie eines Tages vom Gegenteil überzeugt hatte. Er hatte sich von hinten angeschlichen und einen Eimer eiskaltes Wasser über ihre Köpfe gegossen. Als er in die erschrockenen Gesichter der Jugendlichen geschaut hatte, hatte er bedauernd gesagt: »Oh, ihr seid es, ich dachte, die Dünen brennen.« Grinsend hatte er sich abgewandt und die beiden mit ihren Geheimnissen, die gar keine mehr gewesen waren, allein gelassen. Die Zigaretten erwähnte Gerd später mit keiner Silbe.

Merle lächelte. Sie hatte damals die Rosaphase gehabt und Mika hatte in einer rosa Jogginghose nach Hause gehen müssen, weil Mara nicht erlaubt hatte, dass er mit nasser Kleidung nach Hause ging. Mika hatte lange vermieden, Gerd in die Augen zu schauen, es war ihm schrecklich peinlich gewesen, weil Gerd stets gesagt hatte: »Pass gut auf meine Kleine auf, ich vertraue dir.« Die rosa Jogginghose war nicht weniger peinlich gewesen. Zumal er von einigen Mitschülern gesehen worden war. Armer Mika.

Merle hatte erst vor wenigen Stunden mit Lu die Tortenschlacht vollzogen, sodass ihr momentan nicht der Sinn nach weiteren sahnigen Versuchungen stand. Aber sie wollte ihre Mutter nicht enttäuschen.

»Wie geht es Sönke?«, wollte ihr Vater wissen.

»Ich glaube, die Reha wird ihm helfen, mit seiner Behinderung zurechtzukommen. Als er abfuhr, war er hoffnungsvoll und gut gelaunt«, flunkerte Merle. Maras Blicke durchbohrten sie. Mara kannte ihre Tochter und bemerkte sofort, dass etwas nicht stimmte. Merle hielt den Blicken ihrer Mutter stand. Ihre Lider flackerten nervös. Sie traute sich nicht, ihren Eltern zu erzählen, wie sehr Sönke sie gekränkt hatte.

»Ich habe dir dein ehemaliges Kinderzimmer hergerichtet. Ich hoffe, es gefällt dir so. Wenn du möchtest, kannst du es nach deinen Wünschen verändern.« Merle lächelte ihre Mutter dankbar an.

»Danke, Mami, es wird sicher sehr schön sein«, sagte sie und gab ihrer Mutter einen Kuss auf die rosigen Wangen. Mara hatte ihre schlanke Figur nie einbüßen müssen. Sie wirkte immer noch recht mädchenhaft. Lediglich die Fältchen um die Augen herum und die dunklen Flecken auf ihren Handrücken verrieten ihr tatsächliches Alter. Merle hatte die blauen Augen von ihr geerbt. Ihr Vater Gerd sah aus bernsteinfarbenen Augen, die stets aufmerksam jede Kleinigkeit in seinem Umfeld wahrnahmen, in die Welt. Der kleine Bauchansatz fiel kaum auf, denn auch er liebte seinen Sport auf dem Tennisplatz, zu dem Mara ihn seit Jahren begleitete. Beide harmonierten in ihrer Unternehmungslust. Sie waren niemals getrennt unterwegs. Die vielen Urlaube seit ihrer Verrentung waren nun das Sahnehäubchen ihrer Ehe. Sie hatten in jungen Jahren nie genügend Geld gehabt, um Fernziele zu bereisen.

Merle räusperte sich. »Bitte nicht böse sein, aber ich möchte eine Runde am Strand drehen, allein.« Verlegen sah sie ihre Eltern an.

»Mach, dass du an die Luft kommst, du musst dich nicht entschuldigen, wir werden dir keine Fesseln anlegen«, erwiderte Gerd und gab ihrer Nase einen Fingerstups.

»Danke, bis später dann.«

Merle stapfte den Dünenweg zum Strand entlang. Sie lauschte genussvoll auf das Rauschen der Wellen. Ihr Herz hüpfte vor lauter Freude. Wann hatte sie sich zuletzt so unbeschwert und glücklich gefühlt?

Sie eilte zur Wasserlinie, dorthin, wo die Nordseewellen an den Strand heranrollten. Merle blieb einen Moment stehen und atmete den herben Geruch des Salzwassers ein. Das rhythmische Auf und Ab der Wellen tröstete sie wie eine sanfte Umarmung. Am Horizont sah sie Schiffe. Sie schienen so nah, als könnte man sie mit der Hand greifen. Und doch waren sie in unerreichbarer Ferne. Wasserentfernungen ließen sich nur schwer einschätzen. Das hatte Gerd ihr eingebläut und ihr damit die Tücken der See erklärt.

Merle wanderte weiter am Strand entlang. Drüben auf der anderen Seite entdeckte sie den Campingplatz, die weißen Wohnwagen glitzerten wie Silber in der Sonne. Hier hatte sie oft mit Mika gespielt und dabei viele Urlauberkinder kennengelernt, mit denen sie lange Briefkontakte gepflegt hatten. Der Platzwart hatte ihnen dann und wann kleine Aufgaben erteilt, wie Müll einsammeln oder Flyer von Veranstaltungen verteilen. Damit besserten sie ihr Taschengeld auf. Und sie gaben es nicht zuletzt für die Zigaretten aus, die Mika und Merle später kauften und von denen sie bis heute nicht ganz losgekommen waren. Merle griff in ihre Tasche, um die Kippen hervorzuholen. Sie setzte sich in eine Düne, dessen Strandgras umknickte, als sie sich hineinplumpsen ließ. Hier konnte sie ihren Blick über das Meer schweifen lassen. Ihre Hand zitterte leicht, als sie die Zigarette anzündete. Sie nahm einen tiefen Zug. Sofort hatte sie das Gefühl von innerem Frieden. Merle wusste, dass sie sich damit etwas vormachte, aber es war ihr egal.

Sie genoss die vorabendliche Stimmung und das langsame Zusammenfließen der Farben am Himmel. Weiter draußen wurden Drachenflieger gestartet. Das leise Surren drang bis zu Merle herüber. Sie musste nicht nach Worten für die Rechtfertigungen und Entschuldigungen, die in den vergangenen Wochen ihren Alltag bestimmt hatten, suchen.

Merle hätte ewig hier sitzenbleiben können. Sie wünschte, Sönke säße neben ihr. Trotz der Ungewissheit, wie es mit ihrer Ehe weitergehen würde. Es war an der Zeit, ein anderes Kapitel aufzuschlagen, ein neues Buch mit leeren Seiten, welche sie gemeinsam neu beschrieben.

Merle holte ihr Handy hervor und schoss einige Fotos, die sie direkt an Lulu weiterleitete. Sie hatte das Bedürfnis, die Freiheit, die diese Naturgewalten vermittelten, mit ihrer Freundin zu teilen. Sie schickte die Nachricht ab und starrte auf das Display, als ob sie darauf wartete, sofort eine Antwort von Lulu zu bekommen. Ihr Telefon blieb still. Resigniert schob sie es zurück in die Tasche und nahm einen letzten Zug von der Zigarette, bevor sie die Kippe in den Sand steckte.

Merle lief auf der Deichkrone weiter zum Bad. St. Peter Bad war das beliebteste Ziel der Touristen, weil es dort zahlreiche Geschäfte gab, die zum Bummeln einluden. Die Apotheke der Familie Radebusch, Mikas Familie, befand sich dort. Nun wurde die Apotheke also von Mika geführt. Sie hatte ihn vor Sönkes Unfall getroffen. Oder war es nach dem Unfall gewesen? Merle wusste es nicht mehr so genau. Das Treffen war rein zufällig gewesen, dennoch hatte Merle die Vertrautheit von damals gespürt. Wie es dazu gekommen war, dass sie sich aus den Augen verloren hatten, hatten sie sich beide nicht erklären können. Es war auch nicht wichtig. Freunde fragten nicht nach Raum und Zeit. Freundschaft hatte einfach Bestand, über die Nähe und die Ferne. Es würde nun sicher noch häufiger die Gelegenheit geben, dass sie aufeinandertrafen, schließlich würde sie eine Weile in ihrem Heimatort bleiben. Sie war gespannt auf seine Frau. Ob er Kinder hatte? Sie hatte vergessen, ihn danach zu fragen.

Wie gewohnt tummelten die Touristen sich in der Badallee.

Das Eckgrundstück der kleinen Apotheke wirkte einladend. Vor dem Haus befand sich eine antike Gartenbank, die zum Verweilen einlud. Von hier aus war die Badallee in beide Richtungen einsehbar.

Merle zögerte nicht, sondern ging auf die Tür zu. Beim Näherkommen öffnete sich automatisch eine moderne Schiebetür und Merle trat ein. Ein gut bekannter Geruch von Arzneien und Alkoholen stieg in ihre Nase. Der Verkaufsraum wirkte einladend und beinahe etwas tröstend. Der große Holztresen aus der Zeit des neunzehnten Jahrhunderts war das Herzstück der Apotheke. Dahinter befanden sich Wände aus hellem Eichenholz, in deren Schubladen die Arzneien gelagert wurden. Merle hatte diese Apotheke schon als Kind geliebt. Die historische Einrichtung strahlte etwas Geheimnisvolles aus. Dem ersten Eindruck nach hatte Mika keine Veränderungen an der Einrichtung getätigt. Die beschrifteten Porzellanbehälter hatten früher auch nur dekorativen Wert gehabt. Versonnen strich Merle mit der Hand über das glänzende Holz des Verkaufstresens. Es war niemand hinter dem Tresen zu sehen. Ob Mika überhaupt hier war? Sie zuckte zusammen, als er plötzlich aus dem hinteren Bereich erschien. Er sah ihr freundlich entgegen, aber als er sie erkannte, strahlte er über das ganze Gesicht.

»Püppi, das ist aber eine schöne Überraschung!« Mit einem Hüftschwung kam er um den Tresen herum und umarmte sie freudig. Er trug einen weißen Kittel mit seinem Namen drauf. Merle grinste verlegen.

»Wir wollten doch nicht wieder zehn Jahre bis zum Wiedersehen vergehen lassen«, sagte sie leise.

»Komm doch mit nach hinten, heute ist nicht viel los. Mittwochs haben die Ärzte der Umgebung nachmittags geschlossen, dann ist es hier auch ruhiger. Ich mische gerade eine Creme gegen Juckreiz. Das wäre sicher auch eine Aufgabe für dich«, meinte er verschmitzt.

»Ich kann mich kaum noch zurückhalten«, sagte Merle trocken und folgte Mika nach hinten. Die ungezwungene Vertrautheit setzte sofort wieder ein.

Merle atmete den Geruch der Hexenkammer ein. Mika verwendete überwiegend natürliche Zutaten für die Cremes. Seine Spezialität waren die hochwirksamen Schmerzsalben, wie er ihr erklärte. Stolz präsentierte er Merle seine Vorräte, die er in einem Kühlschrank verwahrte. Kleine Tiegel und Mörser in allen Größen standen einsatzbereit auf einem Regal. Merle nahm einen Tiegel in die Hand. Das hochwertige Porzellan lag angenehm in der Hand.

»Die sind wunderschön«, sagte sie bewundernd. Ihr Blick traf auf Mika.

»Die hast du als Kind schon immer bewundert, nur durften wir diese wertvollen Dinge nie anfassen, geschweige denn aus dem Regal holen«, erinnerte Mika. Merle sah ihn entschuldigend an.

»Oh, tut mir leid, ich habe nicht darüber nachgedacht.« Vorsichtig stellte sie das altertümliche Geschirr zurück auf das Regal.

»Das ist in Ordnung. Mein Vater hat diese Sachen nie benutzt, aber ich schon. Es ist doch schade, wenn sie nur dazu dienen, Staub zu fangen.«

Merle lächelte versonnen, sie schwelgte in Erinnerungen daran, wie sie mit Mika hier hinten in der Hexenküche an dem viel zu kleinen Schreibtisch unter den strengen Augen von Mikas Vater ihre Hausaufgaben gemacht hatte. Sie fühlte sich um Jahre zurückversetzt. Die glückliche Kindheit gehörte längst der Vergangenheit an. Aber hier, in der kleinen Apotheke neben Mika, war sie gegenwärtig. Die Einrichtung des Labors war schlicht, auch der Pillenraum war noch wie früher. Erstaunt sah Merle auf eine Küchenmaschine, die seit Neustem in keinem Haushalt fehlen durfte. Fragend sah sie Mika an. Machte er etwa sein Mittagessen im Labor? Mika grinste.

»Du wunderst dich über meinen Mixturbo?« Merle nickte. »Ich benutze ihn für meine Salben.« Merle war sprachlos. »Das Gerät kostet nur einen Bruchteil im Vergleich zu marktführenden Salbenmixern. Es ist fantastisch, die Salben werden sogar darin erwärmt. Besser geht es nicht.«

»Du verwendest ihn für Salben?« Merle lachte. »Damit hätte ich jetzt nicht gerechnet. Werden die Salben denn auch keimfrei?«

Mika überlegte kurz. »Die Salben lassen sich nicht evakuieren, aber in den meisten Fällen ist das auch unnötig. Die Haltbarkeit ist trotzdem gegeben.«

Merle sah sich weiter um. Drüben an der Wand hing ein altes Pillenbrett, damit waren früher Pillen geformt worden. Ein Brett mit Einkerbungen, wie man sie von Streichinstrumenten kannte. Merle strich mit dem Finger über die Rillen.

Wenn die Medikamente angerührt waren, wurde die Masse zu einer gleichmäßigen Wurst geformt. Dabei musste der Apotheker penibel darauf achten, dass die kleine Rolle an den Enden nicht dünner wurde. Danach legte er die geformte Wurst auf die Rillen des Pillenbretts und rollte sie mit dem Walzbrett, dem Gegenstück dazu, hin und her. Dabei entstanden kleine runde Pillen.

Merle nahm den dazugehörigen Rollierer zur Hand. Er sah aus wie ein großer Stempel, nur dass er von innen hohl war. Er war für den Feinschliff gedacht gewesen. Die Pillen legte man hinein und rollte den Stempel dann auf das Pillenbrett, bis sie alle gleichmäßig rund waren. Merle kannte diese Methode nur durch Überlieferungen und aus ihrem Studium, denn heute war das nicht nur zu mühselig, sondern auch nicht mehr erlaubt, da die richtige Verteilung der Inhaltsstoffe der Medikamente bei diesen Vorgängen nicht zu hundert Prozent gewährleistet war.

Das Brett war von dem sogenannten Kapselbrett abgelöst worden, welches noch heute zum Einsatz kam. Es war vor allem für die Herstellung von Kinderarzneimitteln wichtig, wenn die Dosierung der maschinell hergestellten Medikamente zu hoch war und es keine anderen Mittel gab, die der Verordnung entsprachen. Mika musste dann ein niedriger dosiertes Medikament anfertigen. Dem Fortschritt war es zu verdanken, dass es Arzneimittelfabriken gab, die zum größten Teil genau die richtige Dosis in Tablettenform herstellten.

Wehmütig blieb ihr Blick an dem kleinen Schreibtisch hängen.

»War ne schöne Zeit, nicht wahr?« Mika schien ihre Gedanken zu erraten.

Merle nickte stumm. Ihr Nervenkostüm war nicht das Beste. Die Sorge um Sönke und seine Gemeinheiten hatten sie mürbe werden lassen. Sie spürte, dass Tränen hinter ihren Augenlidern brannten. Sie schluckte und wandte sich ab, damit Mika ihre Tränen nicht bemerkte.

»Hey«, sagte Mika leise und berührte sanft ihre zuckenden Schultern. »Püppi, was ist?« Er drehte Merle zu sich und nahm sie wortlos in die Arme. Ein lautes Schluchzen war die Antwort.

Mika stellte keine Fragen, er hielt seine langjährige beste Freundin einfach nur fest. Als die Türglocke im Verkaufsraum läutete, führte er Merle zu einem Stuhl, gab ihr einen Kuss auf die Wange und ging nach vorne, um den Kunden zu bedienen.

Als er zurückkam, hatte Merle sich beruhigt und lächelte ihn zaghaft an. »Entschuldige, ich hatte ziemlich viel Stress in letzter Zeit, irgendwie überrollt mich das gerade. Merle wich Mikas fragendem Blick aus. Sie war noch nicht bereit, ihm von dem Unfall zu erzählen.

»Ich schließe gleich, wollen wir zusammen etwas essen? Im *Täglich* vielleicht?«

»Ich weiß nicht, ob meine Eltern auf mich warten.« Merle überlegte. »Ach was, ich freue mich. Ich rufe bei meinen Eltern an und sage ihnen, dass ich heute auswärts esse.«

»Sehr gut, ich freue mich auch. Beim letzten Treffen hatten wir ja kaum Zeit für ausführliche Gespräche«, meinte Mika unbeschwert.

»Musst du deiner Familie nicht Bescheid geben?«, wollte Merle nun wissen.

»Nein, ich bin niemandem Rechenschaft schuldig.« Offenbar las er Neugierde in Merles Augen, denn er sagte ohne Umschweife:

»Meine Frau ist vor einigen Jahren schon aus St. Peter-Ording verschwunden. Sie konnte meine Arbeitszeiten nicht ertragen und hat sich einen reichen Futzi geangelt. Nun reist sie in der Weltgeschichte herum und lässt es sich gut gehen.«

Betroffen starrte Merle ihn an. »Das tut mir leid, ihr habt keine Kinder?«

»Nein, das war bei uns auch nie ein Thema. Trotzdem merke ich mit jedem Jahr, das vergeht, dass das nicht alles gewesen sein kann. Kinder sind unsere Erben, die nicht nur Materielles weitertragen. Auch unsere Seele wächst mit ihnen, vor allem wenn wir mal nicht mehr sind.«

Merle sah Mika nachdenklich an. Seit wann war er so überaus sentimental?

»Aber du hast dich doch auch gegen Nachwuchs entschieden. Es scheint in unserer Generation zum Trend geworden zu sein.«

»Mag sein«, sagte Merle und hielt es für besser, dieses Thema nicht weiter zu vertiefen. »Ich rufe mal bei meinen Eltern an.«

»Und ich mache die Tore zu«, frohlockte Mika und rauschte davon.

Beide entschieden sich für einen Fußmarsch nach St. Peter Dorf. Sie gingen über den Deich und plauderten über alte Zeiten. Hin und wieder lachten sie herzlich über die Erinnerungen an ihre Streiche, die ihre Eltern zur Verzweiflung gebracht hatten. Nach einer halben Stunde hatten sie das Dorf erreicht. Die kleinen Geschäfte hatten geschlossen, aber Merle schaute interessiert auf die Auslagen in den Schaufenstern.

»Schau, Mika, hier gibt es Lenkdrachen. Unsere sind damals immer zerstört auf dem Strand gelandet. So oft wir auch versucht haben, einen zu bauen, nie blieben die Dinger oben.« Merle lachte. Mika trat an das Fenster und sah nun auch hinein.

»Stimmt«, sagte er belustigt, »mein Vater hatte uns einen gekauften Drachen versprochen, für den Fall, dass ein selbstgebauter mindestens fünf Minuten in der Luft blieb.«

Merle grinste. »Wir hätten einfach nur flunkern müssen, denn begleitet hat er uns nie.« Lachend wandten sie sich vom Schaufenster ab.

»Das hätten wir nie ohne rot zu werden geschafft«, sagte Mika.

»Nee, wir waren einfach zu ehrlich.«

»Oder zu feige«, gab Mika zu bedenken.

»Vielleicht auch das.« Gut gelaunt erreichten sie ihr Ziel.

Das *Täglich* war wie immer gut besucht. Doch Mika und Merle fanden einen freien Fensterplatz im Obergeschoss des Restaurants. Mika reichte Merle die Karte, damit sie wählen konnte. Die Entscheidung war rasch gefallen. Eine Spezial-Currywust mit Sesam und Ananas, dazu Kartoffelspalten und Sour Cream. Mika wählte auch eine Currywurst, aber extra scharf und mit Pommes. Beide bestellten ein Bier dazu.

Während sie auf das Essen warteten, betrachtete Mika seine Freundin mit leuchtenden Augen. Er schien sehr froh darüber, dass endlich Zeit dafür war, sich auszutauschen.

»Sag, wie läuft es bei euch im Labor? Ich brenne, mehr darüber zu erfahren.«

Merle sah auf ihre Hände, die auf dem Tisch ruhten. Sie konnte Mika nicht ansehen. Sollte sie ihm die ganze tragische Geschichte erzählen? Sie war arbeitslos und ihren ursprünglichen Posten durfte sie nicht mehr antreten. Obwohl sie keine Schuld gehabt hatte, war mit Sönkes gesundheitlichem Ausscheiden auch für sie kein Platz mehr im Labor gewesen. Erst vor einigen Tagen hatte sie erfahren, dass sie zwar nun doch weiter dort arbeiten könnte, aber inzwischen wollte sie es nicht mehr. Mit Sina als Arbeitskollegin? Auf keinen Fall tat sie sich das an.

Sie zog die Schultern hoch und sah Mika traurig an. »Ich weiß es nicht«, gestand sie tonlos. Dann brach es aus ihr heraus. Sie berichtete, wie es ihr in den Wochen seit dem Treffen mit Mika ergangen war. Sie ließ nichts aus, auch nicht die Veränderungen ihres Mannes, der momentan zur Reha war.

Mika sah sie bekümmert an. »Meine arme Püppi, das ist ja schrecklich. Nun erklärt sich für mich auch, warum du so dünn geworden bist.«

»Für meine Eltern war es auch ein Schock. Sie werden versuchen mich aufzupäppeln.«

»Du bleibst also länger?«

Merle nickte. »Ich muss Kraft schöpfen. Wenn Sönke nach Hause kommt, brauche ich starke Nerven.«

»Aber Merle, ich verstehe dich nicht ganz, du warst doch immer so eine Taffe. Du hast dir nie die Butter vom Brot nehmen lassen. Wo ist dein Kampfgeist geblieben?«

»Tja, ehrlich gesagt habe ich mich das in letzter Zeit auch gefragt. Leider musste ich mir eingestehen, dass ich nicht erst seit dem Unfall so bin.«

»Dein Mann hat das Sagen in eurer Ehe?«

Merle zuckte. So offensichtlich hatte sie es bisher nicht gesehen.

Aber wenn sie darüber nachdachte, entsprach es den Tatsachen. »Puh«, machte Merle. »Ich glaube schon. Ganz schön schwach, oder?«

Mika ergriff ihre Hände, dabei wirkten sie wie ein Liebespaar, obwohl die lange Freundschaft schwerer wog. Merle war irgendwie erleichtert, sich alles von der Seele reden zu können. Lu war zwar eine gute Zuhörerin, aber leider nicht immer objektiv. Ob Mika es sein würde, konnte sie nicht ausmachen, es war auch nicht wichtig.

»Püppi, es tut mir leid. Ich hätte dir etwas anderes gewünscht. Aber ich bin sicher, du bekommst die Kurve noch. Sönke muss lernen, dass du deine Entscheidungen allein treffen musst. Dass du jetzt hier bist und Abstand von allem suchst, ist der erste Schritt zurück zu dir.«

»Vielleicht hätten wir auf unsere Eltern hören sollen, als sie uns in der Sandkiste verloben wollten.« Merle lachte verhalten. Dabei wusste sie selbst nicht, ob sie es ernst meinte oder als Scherz.

»Dann hätten wir uns in die Haare gekriegt. Es gibt keine Beziehungen, die ewig Bestand haben.«

Merle überlegte. »Aber unsere Eltern, was ist mit ihnen? Ich glaube schon, dass zumindest meine glücklich sind und es auch bleiben werden.«

Mika kratzte sich am Kopf. Dabei sah er sehr jungenhaft aus. »Mag sein, vielleicht spricht ja nur der Frust aus mir.« Seine Lippen wurden schmal. »Meine Ehe war kein Zuckerschlecken. Für manche ist es einfach nicht vorgesehen, glücklich in der Partnerschaft zu bleiben.«

Merle richtete sich entrüstet auf. »Doch, doch, daran glaube ich schon. Seit wann bist du so negativ eingestellt? So kenne ich dich gar nicht.«

Mika sah sie eindringlich an. »Ich dich auch nicht, Püppi«, flüsterte er. Beide sahen gedankenverloren in eine andere Richtung, darauf bedacht, dem anderen nicht in die Augen schauen zu müssen. Wo lagen die Antworten auf ihre Fragen, wo waren ihre Persönlichkeiten, die sie gegenseitig geschätzt hatten, verloren gegangen? Mika, stets gut gelaunt, immer für eine Überraschung gut, mit leuchtenden Augen und seinen Eltern gegenüber herausfordernd. Merle, die sich nie hatte kleinkriegen lassen, hatte ihre eigenen Belange verteidigt und war ein Sonnenschein gewesen, der dem Betrachter den Atem raubte. Eigenschaften, die ihnen das Leben auf dem Weg zum Erwachsenwerden genommen hatte. Wo waren die unbeschwerten Jahre geblieben?

Merle sprach ihre Gedanken aus und sah Mika traurig an. Mika wiederum wirkte jetzt ratlos. Es schien einen Unterschied zu geben, die Dinge beim Namen zu nennen, sie in sich reinzufressen oder gar zu ignorieren. Mika grinste schief. »Wir sind schon Sorgenkinder, nicht?«

»Ich glaube nicht, du hast doch alles richtig gemacht. Deine Frau ist zwar weg, aber dir stehen alle Türen für einen Neuanfang offen.«

Mika sah Merle verständnislos an. »Dir etwa nicht?«

»Nein, mein Mann ist ja da. Er ist nur zur Reha.«

»Aber Merle, du kannst nicht so weitermachen, du gehst kaputt dabei.«

Merle winkte ab. »Ich rapple mich schon wieder auf. Wenn ich erst einen Job habe, werde ich einen Rhythmus finden, der Sönkes Behinderung inklusive seiner Launen erträglicher macht.«

»Du solltest dein Leben leben und nicht ertragen. Wie lange willst du das denn aushalten?«

»Normalerweise bin ich nicht so eine Heulsuse. Ich bin stark und ich werde mein Eheversprechen nicht brechen.«

Zweifelnd sah Mika sie an. »Ich wünsche dir Glück, Püppi. Aber ich befürchte, du scheiterst an dieser Aufgabe.«

Das Essen kam, aber Merle hatte keinen Hunger mehr. Mika erging es ähnlich. Tapfer stopften sie ihre Currywürste in sich hinein, dabei wurden ihre Augen größer und größer. Mika legte das Besteck zur Seite.

»Das Fass ist voll.«

Merle ließ ihre Gabel fallen. »Randvoll«, murmelte sie. »Wir haben uns tatsächlich nach all den Jahren unverblümt unsere Meinung gesagt. Das muss erst verdaut werden.«

»Schön, dass es dich gibt«, murmelte Mika.

»Dito.«

Mika rief die Kellnerin herbei und bat um die Rechnung. Für ihn war es selbstverständlich, Merle einzuladen.

»Gehen wir eine Runde spazieren?«, fragte Mika.

»Gute Idee, dann fällt die Currywurst auch nicht ins Gewicht.« Merle lachte.

Die Sonne war fast untergegangen, sie versank wie ein roter Feuerball im Meer. Der Himmel leuchtete rot, orange und grau. Die Seevögel tummelten sich an der Wassergrenze und flogen ärgerlich auf, wenn die Wellen sie mit Getöse vom Strand verdrängten. Merle atmete tief ein. Sie hatte die raue See vermisst. Als ob nichts Verfängliches dabei wäre, nahm Mika sie an die Hand. Merle schaute unsicher zu ihm auf. War es richtig, Hand in Hand zu gehen, als ob sie ein Liebespaar wären? Warum denn nicht? Es hatte Zeiten gegeben, da hatten sie sich immer bei der Hand genommen, wie Freunde eben. Nur jetzt erschien Merle die Berührung ihres Freundes anders, als sie sie damals empfunden hatte. Mika strahlte eine Wärme aus, die gnadenlos ihr Herz erfasste. Er wirkte so stark, ihn schien nichts aus der Bahn zu werfen, auch wenn ihn vor wenigen Minuten noch Selbstzweifel gequält hatten. Mika war Mika, ein Fels in der stürmischen Brandung. Ein Freund fürs Leben.

Merle überkam ein Glücksschauer, den sie sich unbedingt eine Weile erhalten wollte. Mika schien ähnlich zu fühlen, denn er lächelte sie an. Merle spürte ihr Handy vibrieren und holte es hervor. Sie setzte ein Lächeln auf, bevor sie ranging.

»Hallo, Liebling, schön, dass du dich noch mal meldest.« Sie bemerkte einen Schatten auf Mikas Gesicht. Er wandte sich ab und sah zum Wasser, während Merle mit ihrem Mann telefonierte.

»Wo steckst du? Ich habe bei deinen Eltern auf dem Festnetz angerufen. Sie hatten keine Ahnung, wo du bist.« Merle ignorierte seinen vorwurfsvollen Ton.

»Ich habe eine alte Schulfreundin getroffen, wir haben zusammen gegessen und vertreten uns nun die Beine.« Mika drehte sich in ihre Richtung und verzog das Gesicht, schwieg aber zum Glück.

»Ach so, kaum bist du mich los, schwirrst du um die Häuser?« Merle fuhr zusammen, Sönke hatte schlechte Laune. Seine Stimme klang gefährlich leise.

»Ach, und du? Hast du bereits einen Kurschatten geangelt?« Es sollte scherzhaft klingen, aber Merle versagte die Stimme.

»Was soll der Quatsch? Hast du getrunken?«

»Ein Bier.« Merle kicherte gekünstelt und warf Mika rasch einen besorgten Blick zu. »Wie geht es dir denn, hast du ein schönes Zimmer?«

»Woher soll ich das wissen? Ich kann nicht sehen, schon vergessen?«, fragte Sönke verärgert.

Merle straffte die Schultern. »Liebling, wenn du mich nur angerufen hast, um mich anzupöbeln, kannst du gerne wieder auflegen.«

»Ich störe wohl?«, zischte Sönke.

»Wenn ich ehrlich sein soll, ja!« Energisch drückte sie die rote Taste des Telefons und steckte es zurück in ihre Tasche. Sie zitterte.

»Wow, gut gebrüllt, Löwe.« Mika zwinkerte ihr aufmunternd zu.

»Na ja, geht so, gut fühle ich mich dabei nicht.«

»Man sieht es, komm, wir gehen weiter, ich begleite dich nach Hause.« Mika hielt Merles Hand und ließ sie nicht los, bis sie am Haus der Fischers angekommen waren. Er verabschiedete sich vor der Haustür. »Ich muss noch mal in die Apotheke und einige Salben zaubern, die morgen abgeholt werden. Wir sehen uns?«

»Ich freue mich drauf«, antwortete Merle und gab ihm einen Kuss auf die Wange. Wohl wissend, dass Sönke ausflippen würde, wenn er es wüsste. Aber Mika war Mika.

Sonnenklinik in Chemnitz

Sönke saß in seinem Zimmer auf der Bettkante und grübelte. Mehr und mehr fragte er sich, ob diese Reha wirklich das Richtige für ihn war. Er vermisste sein Zuhause so sehr, dass es in der Brust schmerzte.

Sönke fühlte sich allein. Er dachte an Merle, er hatte sie unfair behandelt, aber wie immer hatte sie es hingenommen. Wahrscheinlich mit einem Lächeln auf den Lippen.

Die Fahrt mit dem Taxi war anstrengend gewesen. Der Fahrer war nicht müde geworden, ihm ein Gespräch aufzudrängen, welches er nicht gewollt hatte. Sönke hatte nur widerwillig Antworten auf seine Fragen gegeben.

Die Begrüßung der Klinikleitung war zum Glück herzlich gewesen. Man hatte ihn zum Speisesaal geführt und ihm einen Tisch zugewiesen, den er mit drei weiteren Patienten teilte. Sönke hätte heulen können. Alles war fremd und er musste gleich allein üben, an seinen Tisch zu gelangen. Merle hatte ihn stets untergehakt, damit er nicht irgendwo gegenlief. Hier hatte man ihm sofort klargemacht, es ohne Führung schaffen zu müssen. Vielleicht war es ja sogar richtig, aber gleich am ersten Tag? Sönke hatte einen Pfleger zugeteilt bekommen, der ihn rund um die Uhr schulen sollte. Pelle war dessen Name. Pelle war offenbar ein fröhlicher Mensch, er lachte viel und ließ sich durch Sönkes Laune nicht einschüchtern.

Trotz allem war es ein wundervolles Gefühl gewesen, seinen Koffer selbst auszupacken. Er ertastete die verschiedenen Kleidungstücke und legte sie, wie er hoffte, fein säuberlich in die Fächer des Kleiderschranks. Jetzt war er allein im Zimmer, Pelle hatte Dienstschluss und die Nachtschicht hatte ihn noch nicht besucht.

Sein Anruf bei Merle war ziemlich schiefgegangen. Leider ließ er seine miese Laune an ihr aus. Normalerweise blieb sie immer freundlich und geduldig, heute hatte sie die Verbindung zu seinem Erstaunen einfach unterbrochen. Was war da los? Merle war mit einer Schulfreundin unterwegs gewesen. Aber hatte sie nicht schon mal von einem Jugendfreund gesprochen? Sie hatte nicht gewusst, wo er hingezogen war. Sagte sie zumindest. Vielleicht lebte er ja doch noch in St. Peter-Ording? Der Gedanke, dass Merle mit einem Freund am Strand spazieren ging, war unerträglich. Schließlich saß er hier allein herum, ohne zu wissen, was auf ihn zukam. Sönke versuchte sich zu erinnern. Wie hieß der Typ? Malte ... Max? Mika! Ja, so hieß er.

Nach dem Telefonat mit Merle hatte er Sina angerufen. Wie sehr sie sich gefreut hatte. Unaufhörlich hatte sie am Telefon geweint. Er war unendlich gerührt gewesen, ihre Stimme zu hören.

»Ob du es willst oder nicht, Sönke Hofer, ich komme dich bald besuchen.«

Sönke hatte still gelächelt. »Ich freue mich darauf«, hatte er gesagt, obwohl er mit Sina Schluss gemacht hatte. Warum noch mal? Er hatte mit Sina Spaß, und Spaß war etwas, das er in seiner miesen Situation dringend benötigte. Merle hatte bisher nicht die leiseste Ahnung von seinen Ausflügen zu Sina. Außer dass er blind war, hatte sich doch nichts geändert. Er musste vorsichtiger werden. Aber er war hier sozusagen im Trainingscamp, sicher würde er einen Weg finden.

Sönke lag auf dem Bett. Bis morgen nach dem Frühstück waren keine weiteren Therapien vorgesehen. Er nutzte die Gelegenheit, sein Leben mit zwei Frauen zu planen.

»Hofer, du bist ein Arsch«, sagte er laut.

Es klopfte kurz an der Tür und ohne auf ein Herein zu warten, trat jemand ins Zimmer.

»Guten Abend, Herr Hofer, Sie liegen im Bett? Ist das ihr üblicher Tagesablauf?« Die Stimme kannte er nicht, er nahm aber an, dass es die

Nachtschwester sein musste. »Ich bin Schwester Ina, die Nachtwache Ihrer Station. Ich schlage vor, Sie kommen mit in den Aufenthaltsraum. Dort läuft ein Fernsehprogramm. Sie können aber auch mit anderen Patienten Gespräche führen. Es gibt einige Skatspieler unter ihnen.«

»Fernsehen ist eine nette Idee für einen Blinden, vielen Dank auch.«

Ina lachte. Es war ein fröhliches Lachen. Sönke gefiel die Stimme. »Es gibt Fernsehprogramme für Blinde, alle hier haben eine Sehbehinderung oder sind blind, genau wie Sie. Sie werden lernen, damit umzugehen. Aus diesem Grund sind Sie hier.«

Genervt schwang Sönke die Beine aus dem Bett und drehte sich in die Richtung, in der er Ina vermutete.

»Ich setze mich zu Ihnen auf das Bett, bitte nicht erschrecken.« Sönke spürte Ina neben sich. Sanft legte sie ihre Hand auf seinen Arm. »Ich weiß, es ist schwer, vor allem in den ersten Tagen. Aber später werden Sie dankbar sein, dass wir Sie ein bisschen antreiben. Im Bett liegen ist keine Option.«

Sönke nickte. »Ich weiß«, hauchte er, »danke für Ihre Geduld.«

Ina klopfte auf die Matratze. »Dafür sind wir da, kommen Sie, ich begleite Sie in den Aufenthaltsraum.

Sönke hielt Ina am Arm fest. »Ina?«

»Herr Hofer?«

»Bitte nennen Sie mich beim Vornamen. Ich fühle mich dann nicht so fremd.«

»Gut, Sönke, auf geht's?« Sönke zögerte noch. »Haben Sie etwas auf dem Herzen?«

»Ich möchte Ihr Gesicht berühren, ist das unverschämt?«

»Nein, überhaupt nicht. Ich bin rothaarig und habe eine Menge Sommersprossen.«

»Ihre Augenfarbe?«

»Grün«, antwortete Ina. »Bitte, Sie dürfen tasten.« Mit zitternden Fingern strich Sönke über das glatte Gesicht der Pflegerin. Sie schien jung und hübsch zu sein. Eine kleine Stupsnase kräuselte sich unter seinen Fingern.

»Ich habe keine Übung darin, aber ich schätze mal, Sie sind wunderschön?«

Ina kicherte. »Danke für das Kompliment. Das versüßt mir den Tag.«

Sönke fiel in ihr Lachen ein. »Nun, ob mein Urteil objektiv ist, weiß ich nicht, aber ich denke schon. Mit Frauen kenne ich mich aus.« Sönke schmunzelte verwegen. Er berührte Inas Hände. Sie waren schmal und zierlich. Trotzdem spürte Sönke, dass sie kräftig waren. Er fühlte keinen Ring. Er stutzte.

»Eine schöne Frau und nicht verheiratet?«

»Ich trage im Dienst keinen Schmuck. Aber ich lebe mit meinem Freund zusammen.«

Sönke lächelte. »Schade.«

»Sie flirten mit mir?«

»Ich muss doch auch das wieder lernen«, sagte Sönke nachdenklich.

»Dafür haben Sie später genug Gelegenheit. Versuchen Sie es am besten bei Ihrer Frau.«

»Ich versuche es«, antwortete Sönke zerknirscht. Ina forderte Sönke auf, ihr zu folgen. Ihm stand nicht der Sinn nach Gemeinschaftsraum und anderen Gästen, aber Ina ließ nicht locker. Sie ging vor und Sönke lief hinterher.

Der Raum war voll mit Menschen. Sönke verlor die Orientierung, dabei spürte er Ungeduld aufsteigen.

»Sie müssen mir schon sagen, wohin ich gehen soll«, rief er ärgerlich, denn er spürte nicht, dass Ina dicht neben ihm war. Er zuckte zusammen, als er ihre Stimme an seinem Ohr hörte.

»Möchte der Herr einen Fensterplatz? Oder lieber einen in der Leseecke?«

Sönke hielt Inas Worte zunächst für einen schlechten Scherz, aber es gab tatsächlich eine Leseecke.

»Ina, ich nehme den Neuen mit an unseren Tisch, vielleicht passt das«, vernahm Sönke eine warme Stimme, die einem älteren Herrn zu gehören schien. »Komm, Junge, ich bin Piet, wir plaudern ein wenig über vergangene Zeiten.« Sönke befand sich plötzlich in einer Gruppe, die ihn herzliche begrüßte. Piet stellte die anderen vor.

»Zu deiner Linken sitzt Peer, er ist ein alter Gauner, nimm dich in Acht.« Piet lachte vergnügt. »Dann haben wir noch Lutz und Greg.«

»Freut mich«, sagte Sönke gepresst. »Ich bin Sönke und neu hier. Am liebsten möchte ich sofort nach Hause«, sagte er ehrlich. Allgemeines Gelächter ertönte.

»Das ging uns am Anfang auch so, aber du wirst dich schnell eingewöhnen.« Sönke vermutete, dass es Piet war, der mit ihm sprach. Unsicher suchte er nach dem Stuhl und ließ sich erst einmal darauf nieder. Sie begannen mit einer Vorstellungsrunde. Sönke hörte gespannt zu, bis er an der Reihe war. Er hatte nun eine ungefähre Ahnung, wie die Menschen um ihn herum aussahen.

»Ich weiß gar nicht, wie ich aussehe. Nach den Operationen hat sich mein Gesicht verändert. In den Spiegel kann ich ja nicht schauen. Vor meinem Unfall galt ich als gutaussehend.« Eine Träne suchte sich den Weg aus seinem Augenwinkel. Plötzlich war die Verzweiflung gegenwärtig. Er war hier in der Klinik, aber angekommen war er nicht. Es würde eine lange Suche werden, bis er wissen würde, wo er in seinem neuen Leben stand.

Piet schien Sönkes Trauer zu bemerken. Er legte seine Hand auf Sönkes Knie. »Glaub mir, genau da, wo du dich jetzt befindest, waren wir alle mal. Und es ist nicht sicher, dass wir nie wieder dort landen werden. Glaube mir, jeder Einzelne hier in diesem Raum macht oder machte das Gleiche durch wie du gerade.«

Sönke schluchzte auf. »Ich fühle mich trotzdem allein in dieser Scheißlage.« Sönke heulte nun hemmungslos. Die Gruppe schwieg betroffen, und doch spürte Sönke ihre Nähe. Als ob alle ein wenig zusammengerückt wären, spürte er Halt und Trost in der kleinen Gruppe. Niemand sagte etwas. Offenbar war hier jedem bewusst, wie wenig Gewicht Worte in solchen Situationen hatten. Dafür war die Nähe dieser fremden Personen ungewöhnlich stärkend. Sönke erlaubte sich die Tränen, die er über Wochen für sich behalten hatte. Die Flut der Tränen kehrte sein Innerstes nach außen.

Später in seinem Zimmer dachte er über den ersten Abend nach. Alle waren nett, verständnisvoll und irgendwie Kameraden. Besonders Piet war ihm sehr sympathisch. Sönke gefiel seine ruppige Art, eine Mischung aus hochsensibel und knallhart. Er hatte ohne Hemmungen erzählt, dass er neben seiner Frau noch ein, wie nannte er es, *Liebchen* hatte? Sönke lachte vor sich hin. Piet, dieser alte Gauner. Er war früher König der Landstraßen gewesen. So nannte er den Beruf des LKW-Fahrers. Als ihm durch einen tragischen Unfall das Augenlicht verloren gegangen war, war es für ihn eine Katastrophe gewesen.

»Für wen nicht?«, murmelte Sönke in die Dunkelheit des Zimmers. Er war froh, mit Ina in den Gruppenraum gegangen zu sein. Manchmal musste er einfach zu seinem Glück gezwungen werden. Auf den morgigen Abend freute er sich bereits. Dann wollten Piet und Peer ihm beibringen, wie man Skat für Blinde spielt. Ina hatte zwar gemeint, es wäre noch zu früh für solche Herausforderungen, aber Sönke hatte zugestimmt. Wer wusste denn schon, was alles im Bereich des Möglichen lag? Wer nicht wagte, der nicht gewann.

Es war zweiundzwanzig Uhr. Ob Sina schon schlief? Es juckte ihm in den Fingern, sie anzurufen. Merle war sauer auf ihn, da kam so ein spätes Telefonat wahrscheinlich nicht so gut an. Aber Sina? Sein Herz klopfte laut, er konnte es förmlich hören. Sönke gab sich einen Ruck und wusste, was er zu tun hatte.

Pfefferminztee und Antibiotika

Merle wurde durch den himmlischen Duft von Pfefferminztee geweckt. Ihre Mutter kannte die Vorlieben ihrer Tochter nur zu gut. Tee war für Merle der angenehmste Wachmacher, den es gab. Der Duft betörte ihre Sinne und läutete den Tag ein.

Zuerst wusste sie nicht, wo sie war. Richtig, in ihrem alten Jungendzimmer. Mit neuen modernen Möbeln. Mara hatte einige wenige Starschnittposter an den Wänden gelassen. Sie erinnerten an eine unbeschwerte Zeit, in der Mika eine große Rolle gespielt hatte. Mika! Als er sie gestern Abend nach Hause begleitet hatte, war in Merle ein Gefühl aufgekommen, welches sie lange nicht erlebt hatte. Mika schenkte ihr seine Aufmerksamkeit, ohne sie zu kritisieren, das hatte er nie gemacht. Aber wenn sie nicht alles täuschte, gingen ihre Gefühle für Mika über eine Freundschaft hinaus. Sie legte ihre Hand auf den Bauch. Was ging da vor? Sie spürte eine Mischung aus Glück und Vertrauen. Waren es Schmetterlinge? Unsinn! Sönke war der Mann, den sie über alles liebte. Mika war Mika. Es war einfach nur gut gewesen, die Sorgen einmal hinter sich lassen zu können. Sie hatte sogar gelacht. Gelacht? Wann war sie zuletzt so gut gelaunt und sicher gewesen?

Na ja, Sönke konnte sie dafür nicht verantwortlich machen. Er musste schließlich mit seiner Blindheit fertig werden. Merles Aufgabe war es, ihn aus dem Sumpf zu ziehen. Da gab es eben nicht so viel zu lachen. Ob sie Sönke anrufen konnte? Plötzlich fehlte er ihr. Die Hand glitt von ihrem Bauch. Ein Sturm schien sein Unwesen darin zu treiben.

Merle kicherte. »Du hast Hunger, nichts weiter«, sagte sie belustigt in den leeren Raum hinein. Es wäre bestimmt schwierig, Sönke ans Telefon zu bekommen. Er musste an den Therapien teilnehmen. Merle beschloss, darauf zu warten, bis er anrief. Sie schnappte sich ihr Handy, steckte es in die Hosentasche des Schlafanzugs und suchte ihre Mutter, die sie in der Küche vermutete.

Das Haus war still, von ihren Eltern keine Spur. Richtig, es war Donnerstag. Einkaufstag ihrer Eltern. Sie fuhren dann früh morgens nach Heide und machten die Stadt unsicher. Merle lächelte. Es gab Dinge, die änderten sich nie. Aber sie hatte doch den Teeduft vernommen. Sie sah sich in der Küche um. Dort lag auf dem Tisch eine Notiz ihrer Mutter.

Liebes, wir sind in Heide. Der Tee ist frisch aufgebrüht. Wir wünschen dir einen schönen Vormittag. Wir sind gegen Mittag zurück.

Merle nahm den Zettel zur Hand. Die schöne Handschrift ihrer Mutter rührte sie zu Tränen. Die gestochen scharfen Buchstaben hatte sie schon als Kind geliebt. Merle hatte oft versucht, die Schrift ihrer Mutter nachzuahmen. Aber Maras Schriftzüge waren einzigartig und sie bewunderte ihre Mutter dafür.

»Heul nicht gleich wieder rum«, schimpfte sie. Mit einem Papiertaschentuch trocknete sie ihre Tränen und griff zur Teekanne. Der heiße Dampf benebelte ihre Sinne, er roch himmlisch nach Natur. Entschlossen zog sie eine Jacke über und ging mit ihrem Becher auf die Terrasse. Das Rauschen des Meeres empfing sie, als sie hinaustrat.

Auf dem Gartenstuhl nahm sie Platz und träumte ihre unbeschwerte Kindheit herbei. In Gedanken saß Mika neben ihr und erzählte von seiner Apotheke. Wie war es möglich gewesen, dass Mika jahrelang aus ihrem Gedächtnis verschwunden war und nun bei jeder Gelegenheit vor ihrem inneren Auge auftauchte? Merle schob die Hand in die Hosentasche. Dort ertastete sie das Handy. Es sollte die Verbindung zu Sönke herstellen, aber da es nicht klingelte, hatte Sönke keine Chance, ihr Herz zu erreichen.

Merle seufzte. Sie war hin- und hergerissen. Einerseits wünschte sie sich, ihre Ehe zu retten, anderseits war da nur wenig Hoffnung, dass sie ihr Leben dort aufnahmen, wo es einmal gewesen war, oder einen anderen, neuen Weg einschlugen, was aus Merles Sicht weitaus wichtiger war.

Merle schloss die Augen. Sie atmete die Nordseeluft ein. Sie trug sie auf einer Wolke zurück in eine Zeit der unbesiegbaren Liebe zu ihrem Mann. Merle dachte an die gemeinsamen Urlaube. Sie hörte ihr Lachen über Dinge, die ihnen passiert waren. Sie dachte an die gemeinsame Arbeit im Labor, aber auch an ihre Apotheke, die sie aufgegeben hatte, um Sönke bei seinen Forschungen zu unterstützen. Er hatte so lange auf sie eingeredet, bis sie eingewilligt hatte, die Apotheke zu verkaufen. Ein unheimlicher Gedanke beschlich Merle. Konnte es sein, dass Sönke sie im Labor haben wollte, um keinem anderen Mitarbeiter Einsicht in seine Forschungen gewähren zu müssen? Um die Forschungen, die er eigentlich nicht durchführen durfte, weiter voranzutreiben? Sönke liebte die Gefahr, aber hätte er auch sie in Gefahr bringen können?

»Nein, er schickt mich dann einfach weg«, sagte sie laut und erschrak über ihre raue Stimme.

Merle entschied sich, an den Strand zu gehen. Anstatt zu duschen, schlüpfte sie in Jeans und einen leichten Pulli und verließ das Haus. Die Nordsee schickte ihre Wellen sanft an den Strand. In weiter Ferne erkannte sie Schiffe der Handelsmarine mit übergroßen Containern. Es schien, als ob man die Schiffe mit wenigen Kraulbewegungen erreichen könnte. Doch der Schein trog. Die Luft und das Salzwasser sorgten für die optische Täuschung. Tatsächlich waren die Schiffe weit draußen auf dem offenen Meer.

Merle lächelte. Mika hatte im Teenageralter unbedingt eine Mutprobe bestehen und bis zum Horizont schwimmen wollen. Nur unter der Androhung, ihm die Freundschaft zu kündigen, hatte Merle es geschafft, ihn davon abzuhalten. Ihr Vater hatte sie früh über die Gefahren im Wattenmeer aufgeklärt und ihr die Folgen ins Bewusstsein eingehämmert. Daher hatte sie gewusst, welche Risiken hinter so einem Unterfangen standen. Sie hatte getobt wie ein Rumpelstilzchen auf Drogen. Mika hatte dann zum Glück nachgegeben.

Merle machte lange, schnelle Schritte. Ihre Lungenflügel füllten sich mit Seeluft und gaben ihrem Kopf den nötigen Sauerstoff, um die bitteren Gedanken loszulassen. Nach einer Stunde bemerkte sie, dass die Spannung in ihren Muskeln nachließ, als ob sie auf einer Wolke schwebte. Abrupt blieb sie stehen und stemmte ihre Fäuste in die Hüften. Dieses Gefühl von Leichtigkeit, einfach unbeschreiblich schön, doch leider selten geworden. Umso mehr freute Merle sich darüber, zur richtigen Zeit am richtigen Ort zu sein.

»Das war allerhöchste Eisenbahn, Merle Hofer«, rief sie gegen den stärker werdenden Wind. Mit ausgebreiteten Armen drehte sie sich um die eigene Achse. Einige Jogger huschten unbeirrt an Merle vorbei. Ein älteres Ehepaar blieb lächelnd stehen und winkte ihr zu. Ein junges Mädchen, das offenbar nur lustlos seinen Hund spazieren führte, zeigte ihr frech einen Vogel. Merle achtete nicht auf ihr Umfeld. Sie genoss das unbeschwerte, lange vermisste Gefühl. Als sie an den Zugang zur Bad Allee gelangte, lief sie wie ferngesteuert zur Apotheke ihres Freundes.

Beim Eintreten öffnete die Schiebetür sich wie von selbst. Ein moderner Eingang zu einem historischen Innenleben. Merle hielt die Luft an. Obwohl sie die Räumlichkeiten aus ihrer Kindheit und von ihrem letzten Besuch nur zu gut kannte, war sie auch jetzt beeindruckt von der Eleganz der Einrichtung. Der vertraute Duft von Kräutern und Salben verzückte ihre Nase. Die Erinnerung an ihre eigene Hexenbude, wie sie ihre Apotheke liebevoll genannt hatte, überwältigte sie abermals. Erst jetzt bemerkte Merle, wie voll der Kundenbereich war. Aber die Apotheke schien verwaist. Wo war Mika? Oder seine Angestellte? In diesem Moment eilte Mika aus den hinteren Räumen herbei. Seine Wangen glühten und er wirkte ein bisschen konfus. Als er Merle unter den Kunden entdeckte, hellte sein Gesicht sich erfreut auf.

»Merle, wie schön, dass du mich besuchst. Aber wie du selbst siehst«, er breitete die Arme aus, »ist hier die Hölle los.« Er sah sie zerknirscht an.

»Ist niemand anders da?«

Mika seufzte, während er ein Rezept einscannte. »Lara hat sich krankgemeldet. Leider ist nach dem ärztefreien Mittwoch meistens der Ansturm am größten.«

Merle grinste. »Soll ich ... versuchen dir zu helfen?«

»Wunderbare Idee, komm rüber, hinten hängt ein Kittel von Lara.«

Merle war etwas aufgeregt, als sie am Tresen vorbei zu Mika ging. Sie sah sich nach dem Kittel um und fand ihn hinten im Aufenthaltsraum. Er war viel zu groß, aber das war nicht wichtig. So verdeckte er wenigsten ihre unpassende Kleidung. Sie sah darin wie eine Praktikantin aus. Lächelnd ging sie in den Verkaufsraum zurück. Sofort drängelte eine junge Mutter sich nach vorn. Ihr Baby schrie herzzerreißend aus voller Seele. Merle bemerkte, dass die Frau kurz vor einem Nervenkollaps stand.

»Wie kann ich Ihnen helfen?« Mitfühlend sah Merle zu dem Baby. Es schien Hunger zu haben. Ununterbrochen lutschte es an seinen Fäusten und schrie nur noch lauter, als es feststellte, dass die Bemühungen an Nahrung zu kommen, erfolglos blieben. Der Mutter standen Schweißperlen auf der Stirn. Vielleicht hatte Sönke ja doch recht damit zu behaupten, dass Babys nur Stress bereiteten. Fasziniert sah Merle, wie die Mutter es schaffte, ihrem Kind ein Fläschchen mit Tee zu reichen, gleichzeitig das Medikament entgegenzunehmen und die Rezeptgebühr zu begleichen. In diesem Augenblick bewunderte sie die Mutter, die nun mit einem Lächeln ihres Babys belohnt wurde. Es schien, als ob die Sonne in ihrem Herzen aufginge. Die Liebe zwischen Baby und Mutter war so gegenwärtig, es war, als ob man ihnen direkt ins Herz blicken konnte. Merle sah den beiden versonnen nach. Vielleicht wollte eine höhere Macht ihr sagen, dass es für sie der richtige Zeitpunkt war. Leider sah die Realität anders aus. Sönke würde ausflippen.

Lächelnd bediente sie den nächsten Kunden. Ein älterer Herr reichte ihr ein Rezept. Merle sah auf die Verordnung und stutzte. Er sollte ein blutdrucksenkendes Mittel erhalten. Aber dieses Medikament war für Merle nicht tragbar und sie hoffte, dass Mika Valsartan nicht in seinem Sortiment führte. Es wurde in China hergestellt und vor einem Jahr war es die Schlagzeile im Ärzteblatt gewesen. Das Medikament war mit der krebserregenden Substanz Nitrosamine verunreinigt und höchst gefährlich. Merle atmete tief durch, bevor sie an den Apothekerschrank ging, um herauszufinden, ob Mika die Arznei führte. Sie spürte Mika neben sich, der über ihre Schulter auf das Rezept schaute.

»Valsartan«, murmelte er nachdenklich, »müssten wir bestellen.«

Merle fuhr herum und funkelte Mika böse an.

»Du denkst nicht im Ernst daran, oder?«

Mika sah sie verständnislos an. »Was sonst? Die verseuchten Medis sind aus dem Verkehr gezogen worden, ich verkaufe sie auch ungern, aber wenn der Arzt die Verordnung gibt, was soll ich da machen?«

»Was du machen sollst? Verantwortung übernehmen! Erst vor zwei Monaten wurden erneut Verunreinigungen gefunden. Ich rate dringend davon ab, dieses Medikament auch nur in Erwägung zu ziehen.«

Mika seufzte. »Ich weiß ...«

»Dauert es noch lange, oder muss ich später wiederkommen?«, rief ausgerechnet der Valsartan-Kunde.

»Augenblick noch«, rief Mika. Merle ging entschlossen zu dem Kunden. Sie setzte ein Lächeln auf, bevor sie sprach.

»Es gibt leider ein kleines Problem, ich kann Ihnen dieses Medikament nicht aushändigen, ich muss Rücksprache mit Ihrem Arzt halten, dann liefern wir Ihnen ein anderes nach Hause.«

»Das ist nicht schlimm, ich habe heute ja bereits meine Portion vertilgt.« Der Herr schmunzelte Merle zu und ging nach draußen.

Mika bediente inzwischen andere Kunden, aber warf Merle immer wieder skeptische Blicke zu. Offenbar war er mit Merles Handeln nicht einverstanden gewesen. Merle nutzte einen kurzen Leerlauf, um die Arztpraxis anzurufen. Sie stieß auf wenig Verständnis, als sie darum bat, ein anderes Mittel als Valsartan zu verordnen, aber sie blieb hart.

»Bitte, wir tragen die Verantwortung für unsere Kunden, genau wie

Sie für Ihre Patienten. Ich kann Ihnen gerne in einem persönlichen Gespräch meine Gründe erläutern. Oder Sie schauen selbst in das Ärzteblatt, dort finden Sie immer noch ausreichende Informationen. Prima, vielen Dank, ein Fax genügt fürs Erste.« Zufrieden legte sie den Hörer auf und ging in den Verkaufsraum zurück.

»Alles geregelt«, flüsterte sie Mika zu, der sie daraufhin verwirrte anstarrte. Sie war etwas verärgert, dass Mika nicht bereit gewesen war, die Sache selbst in die Hand zu nehmen.

Der Vormittag raste dahin, Merle hatte kaum Gelegenheit durchzuatmen. Dennoch hatte sie sich schon lange nicht so glücklich gefühlt. Sie stieß allerdings an ihre Grenzen, als eine alte, gebeugte Frau nach ihren gelben Pillen verlangte. Unschlüssig sah Merle die Frau an. Mika griff zum Glück ein, indem er ihr ins Ohr flüsterte, um welches Medikament es sich handelte - sichtlich zufrieden damit, wieder die Leitung übernommen zu haben.

»Aber die sind rezeptpflichtig«, warnte Merle erschrocken.

Mika lächelte milde. »Ich weiß, es liegt bereits hinten auf dem Drucker, das Original wird von der Arztpraxis später vorbeigebracht.«

Merle sah Mika verständnislos an. »Auf dem Land ist das so, mach dir keine Gedanken.« Merle stimmte nickend zu, aber geheuer war ihr das Ganze trotzdem nicht.

Die Ablenkung, aber auch die Bestätigung, die sie durch Mikas Blicke und durch die Kunden erhielt, gaben ihr neue Energie.

»Vielen Dank, Frau Radebusch, bis zum nächsten Mal.« Eine Kundin lächelte ihr herzlich zu, als sie die Apotheke verließ.

Merle öffnete den Mund, um ihren Namen zu nennen, da war die Frau auch schon verschwunden. Oh Mann, jetzt war sie bestimmt in wenigen Stunden die Ehefrau des Apothekers. In St. Peter-Ording machten Gerüchte schnell die Runde.

Mika schloss um dreizehn Uhr die Tür. Zwei Stunden Mittagspause waren verdient.

»Danke, Püppi, ohne dich hätte ich ganz schön am Rad gedreht. Du hast es immer noch drauf«, lobte Mika. Er gab ihr zum Beweis seiner Dankbarkeit einen Kuss auf die Wange. Merle wich zurück, weil sie merkte, dass diese Berührung mehr auslöste, als gut war.

»Klar, was hast du denn gedacht? Außerdem hat es Spaß gemacht.« Sie strahlte Mika an. »Aber das Blutdruckmedikament ist wirklich nicht tragbar. Ich weiß immer noch nicht, was ich dazu sagen soll«, meinte Merle frustriert.

»Du hast es doch jetzt geändert, wir müssen darüber nicht mehr reden, es tut mir ja selbst leid. Essen wir zusammen Mittag?«

»Meine Eltern warten auf mich, aber wenn du möchtest, komme ich später vorbei, um dir zu helfen.«

»Super, ich muss in der Hexenküche einiges zaubern, es hilft mir ungemein, wenn ich nicht dauernd gestört werde.«

»Gut«, meinte Merle betont sachlich. »Ich bin dann um fünfzehn Uhr wieder im Dienst.« Sie grinste.

Beschämt stellte sie fest, dass eine Dusche überfällig war. Mika bot an, sie mit dem Auto zu fahren, aber Merle lehnte ab. Der Marsch am Meer hatte ihr gutgetan und rief nach Wiederholung. Sie wartete auf Mika, der den Tresor abschloss. Darin befanden sich die Medikamente, die dem Betäubungsmittelgesetz unterlagen. Sie zog die Stirn in Falten. War er die ganze Zeit über offen gewesen?

Sie stellte sich neben ihn und legte die Hand auf seine Schulter. »Der sollte aber immer verschlossen sein, hab ich recht?« Mikas Lippen wurden schmal und er schien etwas verärgert.

»Du hast natürlich recht, aber es ist in der Praxis nicht immer umsetzbar.« Merle bemerkte, dass ihm ihre Einmischungen nicht unbedingt gefielen.

»Ich verstehe«, meinte Merle und beschloss, dass dies nicht ihr Problem war. Mika wusste schon, was er tat. Sie verabschiedete sich von Mika und lief dem Strand entgegen.

Glücklich erreichte Merle das Haus ihrer Eltern.

»Du kommst gerade rechtzeitig, das Essen ist gleich fertig«, rief Mara von der Küche her.

»Das ist wunderbar, habe ich noch Zeit für eine Dusche?«

Mara steckte den Kopf zur Küchentür raus. »Wenn es schnell geht«, sagte sie fröhlich, offenbar überglücklich, ihre Tochter im Haus zu haben.

»Ganz schnell, ich sterbe vor Hunger«, rief Merle zurück.

Mara betrachtete ihre Tochter verwundert. Offenbar bemerkte sie die positive Veränderung sofort, stellte aber keine Fragen. »Es gibt Scholle mit Bratkartoffeln«, sagte sie, als Merle im Bad verschwand.

Merle stöhnte auf. Ein Traum, sie liebte dieses Gericht. Sie beeilte sich mit der am Morgen vernachlässigten Körperpflege.

Merles Vater saß am Küchentisch, als sie eintrat. Sofort richtete sich sein Blick auf sie. Er lächelte. »Wem oder was haben wir dieses Leuchten in deinen Augen zu verdanken? Du siehst wunderschön aus, meine Maus.«

Merle plumpste auf einen Stuhl und blickte ihren Vater an. »Keine Ahnung, weil ich hier bei euch sein darf?«

Mara mischte sich ein. »Sie hat in Mikas Apotheke ausgeholfen. Ich glaube, es hat ihr gutgetan.« Mara zwinkerte ihrer Tochter zu.

Gerd runzelte die Stirn. Dabei rutschte seine Brille ein wenig tiefer. »Dann bist du also die Frau Radebusch, von der ich im Ort gehört habe?«

Ein unangenehmer Schauer lief Merle über den Rücken. Sofort ging sie zur Gegenwehr über. »Wer sagt so was? Ich fasse es nicht«, sagte sie gereizt.

»Ich war eben in der Bäckerei. Dort erzählten sich die Dorfzeitungen, wie es in der Apotheke war. Dass du dahinterstecken könntest, hätte ich nun wirklich nicht gedacht. Ich habe noch gesagt, wie schön es doch für Mika sei, dass er die Scheidung von seiner Frau endlich überwunden hat.« Schuldbewusst sah er zu Mara, die ihn ärgerlich anstarrte.

»Da musst du dich verhört haben. Mika hat keine Freundin und schon gar keine neue Frau. Diese Tratschtanten, ich finde es unmöglich, wie die sich manchmal aufführen.«

»Na ja, was nicht ist, kann ja noch werden«, brummte Gerd und legte sich Kartoffeln auf den Teller.

Merle musste sich zwingen, etwas zu essen. Wenn Sönke von diesen Gerüchten ... aber er war weit weg, warum machte sie sich Gedanken darüber, schließlich hatte sie nichts Verbotenes getan. Eine Kundin hatte irrtümlich geglaubt, sie sei Frau Radebusch. Na und? Merle entspannte sich, und die Scholle schmeckte ausgezeichnet.

»Papa, du bist unmöglich. Ich bin verheiratet. Schon vergessen?«, tadelte sie ihren Vater, der schweigend seinen Teller leer aß.

»Willst du dich nicht für eine halbe Stunde hinlegen?« Mara wandte ihr das Gesicht zu. Merle las Besorgnis darin.

Aber sie schmunzelte. »Ich bin doch keine Greisin, die eine Mittagsruhe braucht. Ich mache mich gleich auf den Weg, ich laufe am Strand entlang und lasse mir die Seeluft um die Ohren wehen.« Merle war wirklich etwas erschöpft. Mara hatte das natürlich erkannt, aber Merle wollte davon nichts wissen.

»Übernimm dich nicht, Maus«, sagte ihr Vater.

Merle spürte ihren Ärger hochkommen. »Ganz ehrlich? Darum hat sich in den letzten Monaten niemand gekümmert. Nun habe ich Zeit für mich und will sie unbedingt nutzen. Aber nicht, indem ich mein Leben verschlafe.« Vorwurfsvoll sah sie ihren Vater an.

Gerd hob beschwichtigend die Hände. »Entschuldige, wir meinen es nur gut.«

Merle sank leicht in sich zusammen. »Ich weiß«, sagte sie leise. »Danke. Ich geh dann mal.«

Mit den Tränen kämpfend, stapfte Merle durch den Sand. Sie schämte sich dafür, dass sie schuld an einem Streit mit ihren Eltern war. Sie meinten es schließlich wirklich nur gut mir ihr. Nie zuvor hatte sie in einem derartigen Ton mit ihnen gesprochen. Warum zum Teufel hatte sie so gereizt reagiert? Sie war erst gestern angekommen und arbeitete in der Apotheke. Vielleicht war es einfach zu viel und sie musste darauf achten, dass sie sich nicht übernahm und endlich anfing sich zu erholen. Aus diesem Grund war sie schließlich hergekommen. Die Arbeit mit Mika hatte ihr aber doch Freude bereit, also konnte das nicht falsch sein? Nun war es egal, sie hatte versprochen zu helfen und würde das Hilfsangebot nicht zurückziehen.

Merle legte einen Gang zu, blieb dann aber plötzlich stehen. Warum hatte sie es eilig? Sie fühlte sich gehetzt, als ob jemand hinter ihr her war. Oder wollte sie ihren Problemen, die sie mit Sönke hatte, davonlaufen, ohne sie in Angriff zu nehmen? Musste sie sich dem nicht stellen?

Merle setzte sich in die Dünen und starrte auf das inzwischen unruhig gewordene Meer. Die Wellen peitschten mit Wucht an den Strand und wirbelten die Gischt durch die Luft. Der grau zugezogene Himmel wirkte zum Greifen nah und es sah nach Regen aus. Das Wetter an der Nordsee war ein Auf und Ab. Plötzlich konnte sich ein Regenschauer über das Land ergießen, um kurze Zeit später von der Sonne abgelöst zu werden, als wäre nie etwas gewesen. Lediglich der feuchte Strand erinnerte dann an den Niederschlag.

»Genau wie Sönke«, platzte es aus Merle heraus. Er überfiel sie mit Vorwürfen und wenig später machte er ihr die schönsten Liebeserklärungen. Wenn Merle an die Zeit vor dem Unfall zurückdachte, war es zwar nicht so häufig vorgekommen, aber grundsätzlich trotzdem nicht anders gewesen. Die Dosis war weniger heftig gewesen, sodass Merle es nicht so deutlich wahrgenommen hatte. Die harmonischen Momente hatten überwogen.

Merle kam zu der Erkenntnis, besser auf Sönke aufpassen zu müssen. Sie durfte ihn nicht gewähren lassen, wie es ihm gerade in den Sinn kam. Er musste endlich lernen, sie zu respektieren. Merle kroch eine Gänsehaut über den Rücken. Ihre Zähne klapperten, als wäre sie in einem Schneehaufen gelandet und nicht in dem immer noch warmen Sand am Strand ihres Heimatortes.

»Er respektiert mich nicht!« Ihre Stimme versagte. »Er hat mich nie respektiert«, presste sie erschüttert hervor. Warum war sie nur so blind gewesen? Musste Sönke erst sein Augenlicht verlieren, damit Merle den Durchblick bekam? Ein Wink des Schicksals? Aber für wen sollte daraus ein Vorteil entstehen? Für sie selbst? Warum auf diese grausame Weise?

Merle fühlte sich nur noch schuldiger. Sie liebte Sönke und es war ihr unerträglich, ihn derart leiden zu sehen. Den Selbstbetrug bemerke Merle dabei nicht.

Langsam rappelte sie sich aus dem Sand auf, um zur Apotheke zu gehen.

Mika sah sie besorgt an. »Hast du geweint?«

Merle zwang sich zu einem Lächeln. »Nein, der Wind hat meine Augen gereizt. Ich vertrage ihn anscheinend nicht mehr.« Sie schob sich an Mika vorbei, um den Kittel überzuziehen.

Der Nachmittag verlief etwas ruhiger, die Kunden kamen nur vereinzelt, Merle schaffte die Bedienung allein. Mika hatte sich in die Hexenküche verzogen, um bestellte Cremes herzustellen. Sobald keine Kundschaft da war, beschäftigte Merle sich ausgiebig mit neu zugelassenen Medikamenten sowie mit der Vorratshaltung. So konnte sie die Kunden schneller bedienen, anstatt lange nach dem Gewünschten suchen zu müssen. Sie zog eine Schublade nach der anderen auf und prägte sich ein, wo die Medikamente gelagert wurden. Den Tresor inspizierte sie sehr genau. Besorgt starrte sie auf die geöffnete Tresortür. Dann zuckte sie mit den Schultern und beschloss, dies nicht auch noch zu ihrem Problem zu machen.

Irgendwann erschien Mika mit einem Tablett voller Cremes. Sie waren namentlich den jeweiligen Kunden zugeordnet. Er schob alles in den Kühlschrank und rieb sich die Hände.

»Fertig, die Sachen können abgeholt werden.« Er strahlte Merle zufrieden an. »Das habe ich dir zu verdanken.«

Merle freute sich über das Lob. »Es hat Spaß gemacht.« Sie sah ihn lange an. Dabei spürte sie, wie seine Blicke tief in ihrem Innersten brannten. Mika schob die Hände tiefer in seinen Kittel. Er schien zu überlegen.

»Was ist?«, fragte Merle die längst bemerkt hatte, dass er etwas auf dem Herzen hatte.

»Wie lange ist dein Mann zur Reha?«

»Drei Monate werden es sicher. Warum?« Sie sah Mika nun irritiert an.

»Meine Angestellte ist krank, sie wird eine längere Zeit ausfallen. Wäre es für dich denkbar, mir noch eine Weile zu helfen, bis ich einen Ersatz gefunden habe?« Merle musste nicht lange überlegen, sie hatte große Lust dazu. Aber wie würde Sönke darauf reagieren? Spätestens jetzt musste sie ihm sagen, dass sie Mika schon länger kannte. Sie fürchtete damit eine Lawine auszulösen, die ihre Ehe in eine unschöne Schieflage bringen könnte. Sönke war eifersüchtig. Durch die Behinderung war die Eifersucht nicht weniger geworden, im Gegenteil. Erschwerend hinzu kam außerdem, dass sie für Mika mehr empfand als nur Freundschaft. Mika sah sie herausfordernd an. »Schwere Entscheidung?«

»Ich weiß nicht, ich fürchte, Sönke wird damit große Probleme haben, die dann unweigerlich zu meinen werden. Dennoch macht mir die Arbeit Spaß.« Merle überlegte krampfhaft. Sie hatte ihren Job verloren. Auch wenn die Versicherungssumme auf ihrem Konto in schwindelerregender Höhe ausgefallen war, sie war noch jung. Ob die Summe bis zum Lebensende reichen würde? Außerdem brauchte sie ihr eigenes Geld. Die Erfahrungen, die sie in Mikas Apotheke sammelte, wären eine gute Grundlage für Bewerbungen. Sie war schließlich eine Weile raus aus ihrem Beruf.

»Überleg es dir, du musst dich nicht sofort entscheiden.« Mikas Stimme drang zu ihr vor.

»Ich mache es«, sagte sie schnell, bevor sie sich anders entscheiden konnte.

»Großartig«, jubelte Mika erleichtert. »Ich mache dir einen fairen Arbeitsvertrag.« Merle nickte gedankenverloren. »Vielleicht doch lieber noch ne Nacht drüber schlafen?« Mika zwinkerte ihr zu.

»Nein, ich habe lange genug geschlafen«, sagte Merle entschlossen. Sie ignorierte Mikas fragende Blicke und begann den Verkaufstresen mit Desinfektionsmittel einzusprühen, um die Fingerabdrücke auf der Glasplatte zu entfernen. Danach sah sie sich prüfend im Verkaufsraum um. Es war alles in bester Ordnung. Als sie an Mika vorbei nach hinten eilte, hielt er sie am Arm fest.

»Püppi?«, fragte er eindringlich. »Ist wirklich alles gut bei dir?«

Merle nickte und löste den festen Griff ihres Freundes mit der linken Hand. Sie spürte Tränen aufsteigen, aber sie wollte nicht mehr heulen, tapfer schluckte sie sie herunter.

»Morgen würde ich gerne eine Stunde später kommen«, rief sie beim Weggehen in Mikas Richtung. »Wäre das ein Problem?«

»Nein, ich komme eine Weile ohne dich klar«, brummte Mika leise, aber Merle hörte seinen Unmut trotzdem. Sie warf einen schnellen Blick zurück.

»Danke, Chef.«

»Bis Morgen, Merle.« Mika holte den Schlüssel, um die Tür zu schließen, danach benutzten beide den Hinterausgang. Sofort nahm Merle einen tiefen Zug der Nordseeluft. Dabei schloss sie für einen Moment die Augen. Wie sie ihre Heimat liebte, wie sie das alles vermisst hatte. Ob Sönke damit einverstanden wäre, von Bremen nach St. Peter-Ording umzuziehen? Merle seufzte, damit wäre Sönke ganz bestimmt nicht einverstanden.

Merle wünschte sich nichts sehnlicher, als dass ihr Zusammenleben mit Sönke wieder einfacher werden würde und sie bald zurück zu ihrer Ehe fand. Ob Sönke diesen Wunsch überhaupt hatte? Vielleicht träumte er immer noch von Sina?

Erschrocken riss Merle die Augen auf, als sie spürte, dass Mika ihr einen Kuss auf den Mund gab. Er stand direkt vor ihr und sah sie mit entschuldigendem Dackelblick an. »Ich musste es testen, entschuldige.« Mika richtete sich wieder auf.

Merle spürte, welche Wirkung der Kuss hinterlassen hatte. Dort, wo vor wenigen Sekunden Mikas Lippen gewesen waren, prickelte es unaufhörlich und ihr Herz schlug in einem schnelleren Takt. Ihre Blicke trafen Mikas, der immer noch aussah wie ein kleiner Junge, den man beim Äpfelklauen erwischt hatte. Merle wurde warm ums Herz, so sehr rührte sie der Anblick ihres Freundes. Ihre Worte straften ihren Blick Lügen.

»Mach das bitte nie wieder«, flüsterte sie gepresst und hatte es plötzlich eilig, von Mika wegzukommen. Sie ließ ihn einfach stehen und lief zur Strandpromenade. Mit zitternden Fingern berührte sie ihre pulsierenden Lippen. Der Duft von Mika begleitete sie dermaßen intensiv, dass sie glaubte, er ginge neben ihr.

Verdammt, Merle Hofer, du musst dich zusammennehmen.

Warum hatte Mika sie geküsst? Wie sollte ihre Zusammenarbeit für die nächsten Wochen funktionieren, wenn sie ihre Gefühle nicht im Griff hatten? Zumindest Merles Gefühle gehörten nach Bremen zu ihrem Mann. Eine andere Option durfte es nicht geben.

Entschlossen stapfte sie durch den Sand und machte sich auf den Weg zu ihren Eltern. Fieberhaft versuchte sie, ihre Gedanken in eine andere Bahn zu lenken. Aber Mika schwirrte in ihrem Kopf herum wie eine Biene um die Blüte. Es hatte zwischen ihnen nie zuvor Gefühle gegeben, die über eine Freundschaft hinausgegangen wären. Oder hatte sie es nie bemerkt? Ihre Lippen pochten und machten die Erinnerung an den Kuss gegenwärtig, als ob sie um eine Wiederholung bettelten. Merle beschleunigte das Tempo, sie musste ihr Hirn und nicht weniger ihr Herz beruhigen.

Verschwitzt erreichte sie den Vorgarten ihrer Eltern. Gerd Fischer grub ein Beet um, das er für Gemüse auserkoren hatte. Mara zupfte unerlässlich Unkraut. Beide bemerkten ihr Kommen nicht. Merle schob die Hände in die Hosentasche. Mit einem Lächeln fragte sie laut: »Kann ich euch helfen?«

Mara hielt sich das Kreuz und richtete sich auf. »Ich glaube, das hier ist nicht das Richtige für dich.«

»Warum nicht?«, fragte Merle erstaunt.

»Deine Mutter befürchtet sicher, dass ihre Rosen dir zum Opfer fallen, wenn sie dich ranlässt.« Gerd lachte brummig, dabei blinzelte er seiner Tochter amüsiert zu.

Merle spielte die Empörte. »Na hör mal, ich kann Rosen durchaus von Unkraut unterscheiden.«

»Wir wollen es lieber nicht darauf ankommen lassen.« Ihre Mutter lachte. »Wenn du unbedingt helfen möchtest, wie wäre es, wenn du unser Abendbrot vorbereitest?«

Merle, die zu gerne an der frischen Luft geblieben wäre, stimmte enttäuscht zu. »Gut, dann gehe ich mal in die Küche, bis gleich.« Sie hatte eben die Tür hinter sich geschlossen, als ihr Handy klingelte. Ein schlechtes Gewissen quälte sie, als sie Sönkes Anruf entgegennahm.

»Moin, mein Liebling, schön, dass du dich meldest. Wie läuft es bei dir?« Sönke knurrte etwas Unverständliches. Merle drückte das Telefon fester an ihr Ohr. »Ich verstehe dich ganz schlecht.«

»Ich habe nichts gesagt, daran wird es liegen.« Sönkes Stimme klang spöttisch.

Merle schloss daraus, dass er schlechte Laune hatte. »Oh«, meinte Merle.

»Ich vermisse Bremen«, brachte Sönke hervor. Okay, aber vermisste er sie auch? Sie verkniff sich die Frage.

»Das kann ich gut verstehen«, sagte sie stattdessen. Sie zog es lieber vor, schweigend abzuwarten. Sie wusste schließlich nie, wann Sönkes Laune umkippte.

»Ich habe gelernt, von meinem Zimmer zum Speisesaal zu finden«, sagte er nicht ohne Stolz. »Außerdem habe ich Unterricht im Schreiben und Lesen. Schon etwas komisch, alles noch einmal neu zu lernen«, meinte er sinnierend.

»Wir werden einen guten Neustart hinlegen, ich bin mir da ganz sicher«, sagte Merle. Sie schluckte, als sie an den Kuss von Mika dachte. Sie legte die Finger an die Lippen.

»Es wird lange dauern«, flüsterte Sönke. Er hörte sich traurig an und Merle tat es unendlich leid.

»Das macht nichts, dafür wird es hinterher umso schöner.«

Sönke schwieg. »Schön wird da nix mehr, mach dir bloß nichts vor«, erwiderte er nun einen Tick schärfer.

Merle ahnte, dass er jeden Moment die Fassung verlor.

Seine Stimme vibrierte, als es sagte: »Ich habe überhaupt keinen Bock auf Neuerungen. Ich will mein altes Leben zurück.«

»Ich weiß ...« Dann kam ihr eine Idee. »Soll ich zu dir kommen?« Sie hielt den Atem an, weil sie die Antwort fürchtete. Dabei stellte sie fest, dass ein Ja genauso schlecht für sie wäre wie ein Nein. Unbewusst wählte Sönke weniger unpassende Worte.

»Bitte warte noch. Wenn du die letzten Tage meines Aufenthaltes hier in die Klinik kommst, dann freue ich mich. Chemnitz soll wunderschön sein, ich kann dir dann alles zeigen ...« Sönke brach ab. Offenbar wurde ihm bewusst, dass er gar nicht wusste, was er ihr zeigen würde. Denn gesehen hatte er die Schönheiten selbst nicht. »Jedenfalls freue ich mich dann auf dich.«

»Hört sich fantastisch an. So machen wir es.« Kurz überlegte Merle, ob es richtig wäre, ihm von ihrer Arbeit in der Apotheke zu erzählen. Sie entschied sich dafür und erzählte von ihrem Treffen mit Mika.

»Du arbeitest dort?« Sönke klang verärgert. »Warum genießt du nicht einfach die Ruhe bei deinen Eltern?« Sönke schnaubte.

Merle holte tief Luft, bevor sie sprach. »Weil es mir Freude macht. Ich will es so.« Wenn Sönke über die barschen Worte seiner Frau überrascht war, so ließ er sich nichts anmerken.

»Es ist deine Entscheidung«, sagte er kurz angebunden. »Ich muss nun zu Tisch und ich benötige etwas mehr Zeit als früher.«

»Pass auf dich auf«, sagte Merle schnell, aber Sönke hatte ihre letzten Worte wahrscheinlich nicht mehr gehört.

Sönkes Traum vom Glück

In den vergangenen vier Wochen hatte Sönke einiges dazugelernt. Er war im gesamten Umkreis der Klinik sicher geworden. Er schaffte es aus eigener Kraft, alle Seminarräume, den Klinikpark, die Toiletten und sogar noch eine kleine Straße der Nachbarumgebung zu besuchen, um dem Alltag der Klinik zumindest für einige Minuten den Rücken zu kehren. Ina war sein Augenlicht gewesen, als er noch völlig hilflos durch die Gegend taperte. Nun hatte sie sich mehr und mehr zurückgezogen, um ihm die täglichen Herausforderungen allein zu überlassen. Jedoch war sie sofort zur Stelle, wenn er sie brauchte. Ina hatte längst Neuzugänge zu betreuen, die auf ihre Hilfe angewiesen waren. Für Sönke nahm sie sich trotzdem Zeit. Pelle hatte die Station gewechselt, ihn traf Sönke nur selten.

Besonders freute es ihn, wenn Sina anrief und sich erkundigte, wie sein aktueller Gesundheitszustand war. Die inzwischen täglichen Telefonate mit ihr waren ein wichtiger Bestandteil seines Klinikaufenthaltes geworden. Merle rief ihn selten an. Sie wartete darauf, dass er es tat. Vielleicht war es sogar besser so.

Er grinste. Sina hatte versprochen, ihn bald zu besuchen. Der Gedanke daran gab ihm täglich den nötigen Ansporn, sein Training durchzuhalten. Schließlich wollte er Sina nicht mit der anfänglichen Hilflosigkeit begegnen. Er wollte selbstsicher und stark auf sie wirken. Weil er genau wusste, wie sehr Sina diese Attribute früher an ihm geliebt hatte. Er musste die Augen nicht mehr schließen, um ihren Duft wahrzunehmen und ihre weiche Haut oder ihren Körper zu spüren. Sie war nun immer vor seinem inneren Auge vorhanden.

Sönke verzog gequält die Mundwinkel. Er besaß nur das innere Auge, aber so war sie immer für ihn erreichbar.

Merle hingegen verblasste von Tag zu Tag. Er wusste kaum noch, wie ihre blauen Augen leuchteten. Auch ihr Duft blieb seinem Gedächtnis fern. Er überlegte, ob es nicht fairer wäre, sie loszulassen. Ihr zu sagen, dass er keine Zukunft für sie beide sah. Merle nervte ihn und dass nicht nur ein wenig. Aber trotz seiner Allüren hielt sie zu ihm. Nahm seine Launen hin, ohne zu murren. Aber war es nicht genau das, was ihn zur Weißglut brachte? Dann hatte sie auch noch mit ihrem Kinderwunsch angefangen. Das hatte ihn völlig in Panik versetzt. Was zum Teufel sollte er mit einem Kind? Gerade jetzt, in seiner Situation, war er selbst auf Hilfe angewiesen.

Er korrigierte seine Gedanken, denn er hatte gute Fortschritte gemacht und sich weit von der Hilfsbedürftigkeit von vor vier Wochen entfernt. Darüber freute er sich am allermeisten. Ina hatte ihm vorgeschlagen einen Blindenhund zu beantragen, sie meinte, dass seine Bewegungsfreiheit damit schneller wieder zu einem fast normalen Leben führen könnte. Aber warum ausgerechnet einen Hund? Er mochte diese Viecher nicht sonderlich. Sina an der Seite würde ihm völlig genügen. Hunde machten Schmutz, sie sabberten und forderten Nahrung. Er sorgte lieber für sich allein, aber nicht für einen zusätzlichen Esser, der womöglich oder sogar ganz bestimmt Gassi geführt werden musste. Oder führte ein Blindenhund ihn aus? Das fehlte ihm noch, der Hund würde sich besser im Straßenverkehr auskennen als er. Nein, er brauchte kein Tier, um am Leben teilzuhaben. Was er brauchte, war etwas anderes, und er dachte dabei an Sina. Wenn er die Kur beendet hatte, würde er mit Merle reden. Sie fühlte sich offenbar recht wohl in der Apotheke ihres Bekannten. Warum erklärte er sich nicht damit einverstanden, dass sie weiterhin in St. Peter-Ording arbeitete? Es schien ihr zu gefallen.

Die Erinnerungsfunktion seines Handys kündigte ihm die nächste

Therapiestunde an. Er freute sich darauf, Piet zu treffen, der bald nach Hause entlassen werden sollte.

Er horchte auf, als er ein leises Klopfen vernahm. »Immer herein«, rief er gut gelaunt und wandte sich zur Tür.

»Sönke, ich glaube, du bekommst Besuch, ich wollte dich nur vorwarnen. Eine Lady erkundigte sich eben in der Lobby nach dir. Kann dir leider nicht sagen, ob sie hübsch ist«, meinte Piet lachend und mit rauer Stimme.

Sönke gluckste. »Ich finde es heraus und informiere dich«, antwortete er. Dabei hoffte er, dass Piet nicht bemerkte, wie nervös er plötzlich wurde. Schnell tastete er nach seinem Herrenduft und sprühte ihn großzügig über seinen Brustkorb. Ungünstiger konnte es nicht sein, denn er musste gleich zum Leseunterricht. Eine Unterrichtsstunde, die er besonders liebte, weil sie ihm die Freiheit schenkte, ohne fremde Hilfe ein Buch zu lesen. Hörbücher waren eine gute Alternative dazu, aber die Zeilen unter seinen Fingern zu spüren war großartig. Die Konzentration dabei lenkte ihn eine Weile von allen anderen Sorgen ab.

Sönke hoffte, dass Sina die unbekannte Besucherin sein würde. Hatte sie nicht erst neulich davon gesprochen, Urlaub zu nehmen, um ihn zu sehen? Sein Herz schlug wild in seiner Brust. Was erwartete Sina von ihm? Wilden Sex? Oder Händchenhalten? Er fürchtete, nicht genügend Durchblick zu haben, um Sina auch wortlos zu verstehen. Er konnte schließlich nicht fragen, ob sie mit ihm schlafen wollte. Das wäre ihm dann doch zu kindisch. Wie sollte er nur bemerken, was Sina von ihm wollte?

Schweißperlen standen ihm auf der Stirn. Verfluchter Mist! Lange hatte er sich nicht mehr derart unsicher gefühlt wie in diesem Augenblick. Er überlegte, ob es nicht ratsam wäre, zur Lesestunde aufzubrechen, das würde ihm einen Aufschub geben. Sina musste dann allerdings unten in der Lobby auf ihn warten. Unfähig sich zu bewegen oder eine Entscheidung zu treffen, fuhr er vor Schreck zusammen, als es erneut klopfte.

»Endlich habe ich dich gefunden, Junge. Ich habe die gesamte Klinik abgesucht.« Sönke war immer noch regungslos, denn die vertraute, jedoch nicht erwartete Stimme seiner Mutter ließ ihn erstarren. Warum kam sie her? Er hatte kaum Kontakt zu seinen Eltern und hatte auch nicht das Bedürfnis danach.

»Warum bist du hier?«, fragte er unhöflich.

»Um dich zu sehen, was dachtest du denn? Ich mache mir doch Sorgen um dich. Warum gehst du nicht an dein Handy?« Gute Frage. Sicher lag es daran, dass sein Telefon ihn über den Anrufer informierte. Im Fall seiner Mutter sagte es: »Achtung!« Mehr brauchte es nicht zu sagen, dann wusste er bereits, dass seine Mutter versuchte, ihn zu erreichen.

Innerhalb weniger Sekunden war das Zimmer geschwängert von ihrem billigen Parfüm, das sie schon benutzte, so lange er denken konnte. Mehrfach hatte er versucht, ihr einen anderen Duft vorzuschlagen, aber sie blieb ihrem Favoriten, der ihm Kopfschmerzen und Heuschnupfen bereitete, treu. Ihre klackernden Absätze schienen das Parkett zu zertrümmern, als sie auf ihn zukam.

Offenbar trug sie einen Schal mit Fellbesatz, denn bei der unbeholfenen Umarmung kratzte das Zeug an Sönkes empfindlicher Gesichtshaut. Warum Frieda Hofer mitten im Sommer ein Fell um ihren Nacken trug, war Sönke schleierhaft, obwohl es ihm eigentlich egal sein konnte, womit seine Mutter sich lächerlich machte. Unangenehm berührt wich er zurück.

»Hättest du bitte die Güte, weniger forsch auf mich zuzustürmen? Das kommt einem Überfall gleich.« Er versuchte mit Sarkasmus den Ansturm auf sich zu dämpfen.

Frieda lachte unsicher. »Aber ich habe dich so lange nicht gesehen«, meinte sie, als ob dies ihren Überfall erklären könnte.

»Ich frage dich noch einmal, warum bist du hier? Ich habe keine Zeit für Kaffeekränzchen. Meine Therapiestunde fängt gleich an.«

»Therapiestunde«, echote Frieda. »Wie sich das anhört. Du bist doch nicht in der Klapse.« Friedas Spitzfindigkeiten waren allgemein bekannt, aber nun überspannte sie den Bogen gewaltig. Der füllige Körper seiner Mutter plumpste neben ihm auf die Bettkante. Sönke stöhnte. Er würde später um neue Bettwäschen bitten müssen. Der Duft seiner Mutter würde sonst die ganze Woche am Bettlaken haften. »Kannst du dir nicht für heute freinehmen?«

»Könnte schon …« Sönke schwieg. Dabei spürte er die strafenden Blicke seiner Mutter auf sich ruhen.

»Soll das heißen, du willst nicht?« Ihre Stimme kreischte nun bedrohlich nahe an seinem Ohr.

»Ich glaube, wir verstehen uns.« Frieda schnappte hörbar nach Luft, als ob dem Raum plötzlich sämtlicher Sauerstoff entzogen worden wäre.

»Ich habe den langen Weg auf mich genommen, damit ich ausgerechnet von dir behandelt werde, als sei ich ein Störenfried?«

»Ausgerechnet?«, fragte Sönke alarmiert. »Wie meinst du das?«

»Du wirst mich noch brauchen, mein Sohn, dann wird es dir leidtun, mich weggeschickt zu haben.« Frieda schluchzte theatralisch. Friedas Tränen dienten nie zu etwas anderem als zur Erpressung. Sönke kannte diese Tricks zu genau. Er hatte nicht die Absicht, seine Mutter heute ernster zu nehmen als sonst.

»Ich bin hier, um zu lernen, allein klarzukommen und möchte bestimmt nicht von dir bemuttert werden. Dein Theater kannst du dir im Übrigen sparen.« Sönke tastete nach dem Blindenstock und erhob sich. Er konnte es nicht länger ertragen, seine Mutter neben sich zu spüren. »Ich muss jetzt leider los, ich bin ohnehin schon spät dran.«

»Später hast du doch bestimmt Zeit für einen Kaffee?«

Sönke konnte den ihm nun verborgenen Blick seiner Mutter fast vor sich sehen, er wusste ihre Stimmlage zu deuten. Ein weiterer Fortschritt, den er verbuchen konnte. Er hatte gelernt, Dinge zu spüren, die Einfluss auf ihn hatten. Zumindest bei den Menschen, die er gut kannte.

»Frieda«, um seinen Worten mehr Bedeutung zu verleihen, nannte er sie bewusst beim Vornamen, »ich möchte keinen Besuch von dir. Warum hast du nicht vorher angerufen?« Sönke wollte den vorwurfsvollen Ton in seiner Stimme nicht verbergen.

»Du schickst mich weg, nach dieser langen Fahrt mit dem Zug, der auch noch stundenlange Verspätung hatte? Ich verstehe dich nicht.« Frieda begann zu weinen. Ob nun die lange Rückfahrt, die unweigerlich vor ihr lag, oder Sönkes Zurückweisung die Ursache war, konnte Sönke nur erahnen. Vermutlich das Erste. Denn Frieda und er hatten lange keinen vertrauten, liebevollen Umgang miteinander gehabt. Ganz zu schweigen von dem Verhältnis zu seinem Vater Roland. Er war ein strenger Vater gewesen, der seinem Sohn alles abverlangt hatte. Angeblich nur zu seinem Besten.

Frieda wurde laut. »Das haben wir alles deiner Frau zu verdanken. Sie ist damals in unsere Familie gestolpert und hat alles an sich gerissen. Wir spielten von da an keine Rolle mehr für dich.«

Sönke brauste wütend auf. »Merle ist nirgends reingestolpert«, sagte er scharf. »Wir lieben uns, daran könnt auch ihr nichts ändern.« Sönke war um Fassung bemüht. Den Angriff auf Merle konnte er nicht zulassen. Vorwürfe hatte sie nicht verdient. Trotz seiner Gefühle für Sina würde er seinen Eltern nicht erlauben, dass sie schlecht über Merle sprachen. »Ich verpasse wegen dir und deinen blödsinnigen Sprüchen eine wichtige Therapiestunde. Ich hoffe, ich habe dir jetzt genug Aufmerksamkeit geschenkt.«

»Aber wo soll ich denn hin?«, jammerte Frieda verzweifelt. Sönke glaubte ihr sogar, dass sie verzweifelt war.

»Es gibt genügend Hotels in der Gegend. Morgen machst du dich dann wieder auf den Heimweg«, meinte Sönke. Dann tastete er sich mit dem Blindstock zum Ausgang. »Wenn ich dich bitten darf. Ich muss abschließen.«

Sönke spürte eisige Kälte, die nun von Frieda ausging. Ohne Worte rauschte sie an ihm vorbei auf den Flur. Konzentriert ging Sönke den Flur entlang. Es war nicht leicht für ihn, denn sein Innerstes war aufgewühlt. Einen Teufel würde er tun, Frieda die Genugtuung zu geben, ihr zu zeigen, dass er auf ihre Hilfe angewiesen war.

Sönke schaffte es ohne anzuecken zum Fahrstuhl. Frieda blieb draußen stehen. Offenbar hatte sie ihren Sohn verstanden. In dem Moment, als die Fahrstuhltür mit einem Zischen zuging, ging er in die Knie und weinte. Der Streit mit Frieda hatte mehr Kraft gekostet, als er gedacht hatte. In diesem Augenblick fühlte er die Einsamkeit, die ihn seit Wochen gefangen hielt, deutlicher denn je. Zu seiner Überraschung sehnte er nicht Sina herbei, sondern Merle. Dabei fiel ihm der Traum von letzter Nacht ein. Sina und Merle waren beide gleichermaßen um ihn bemüht. Merle war nicht eifersüchtig, im Gegenteil. Die beiden Frauen waren Freundinnen geworden. Sönke lachte freudlos. Dies konnte nur ein Traum bleiben. Warum nur liebte er zwei Frauen? Er war ein Idiot. Keine der beiden hatte es nötig, sich an einen Krüppel, der er schließlich war, zu binden.

Sie taten es aber, sogar ungefragt.

Ina erwartete Sönke im dritten Stockwerk, als die Fahrstuhltür sich lautlos öffnete.

»Sönke, ich bin gerade auf dem Weg zu dir, du bist ...« Ina verstummte, als sie ihn sah. »Was ist passiert?«, fragte sie besorgt. Sönke rappelte sich auf und hob abwehrend die Hände.

»Nichts, bitte frag nicht. Ich fahre wieder zurück auf mein Zimmer. Den Unterricht schwänze ich besser. Er suchte die Etagenknöpfe ab, bis er das erste Stockwerk ertastete. Ina ließ sich jedoch nicht abwimmeln und schlüpfte, bevor die Tür sich schloss, in den Edelstahlbunker. So nannte das Pflegepersonal den Lift. Sönke bekam zuerst vor lauter Aufregung nicht mit, dass Ina bei ihm war.

»Ich begleite dich auf dein Zimmer«, flüsterte Ina.

»Danke«, sagte er gedämpft.

»Darf ich fragen?«

»Ich weiß nicht«, antwortete Sönke.

»Okay, dann frage ich. Was ist los?«

Sönke schwieg. Er suchte nach Worten. Er hatte nicht das Bedürfnis, mit Ina über seine Eltern zu sprechen. Dann fiel ihm die passende Antwort ein. Er wandte das Gesicht zu Ina. »Ich hatte einen Traum.«

Ina lachte beruhigt. »Sehr gut, Träume müssen sein, sie sind das Salz in der Suppe.« Ina war offenbar mit der Antwort zufrieden. Vor seiner Zimmertür verabschiedete sie sich mit den Worten: »Träum noch eine Weile weiter, dann kommst du zurück in die reale Welt.« Sie drückte leicht Sönkes Arm, diese Berührung hatte für Sönke etwas Tröstliches.

Als Ina fröhlich pfeifend davonschwirrte, lächelte er versonnen. Ina war ihm nicht nur am Anfang der Reha eine große Stütze gewesen. Ohne sie wäre er sicher nicht da, wo er jetzt war. Ina war für alle anderen Patienten genauso zuständig, aber sie hatte in seinem Herzen einen besonderen Platz, den er später immer für sie freihalten würde. Nicht, dass er in sie verliebt gewesen wäre, aber er flirtete trotzdem mit ihr. Dennoch diente dies lediglich zu Übungszwecken. Ina hatte ihm das zwar klarmachen müssen, aber er verstand, welche Richtung er einschlagen musste. Er vertraute ihr Dinge an, die er lieber für sich behalten sollte. Ina wusste von Sina, dennoch machte sie ihm keine Vorwürfe. Sönke lauschte ihren Schritten, bis sie verhallten und er davon ausgehen konnte, dass sie den Flur verlassen hatte. Sie benutzte stets die Treppe, Fahrstühle konnte sie normalerweise nicht leiden.

Langsam schloss Sönke seine Zimmertür und befolgte Inas Rat. Er träumte. Er starrte in die Dunkelheit seines Ichs. Dann fiel er in einen leichten Dämmerschlaf. Manchmal waren Träume gemein.

Er wachte weinend auf, weil er vom Autofahren geträumt hatte. Ohne Frage eines der Dinge, die er nur noch im Traum tun durfte.

Im Netz

Gut gelaunt schlenderte Merle zur Bad-Apotheke ihres Freundes. Die Zusammenarbeit mit Mika entwickelte sich einfach großartig. In den meisten Dingen ließ er ihr freie Hand. Sie fühlte sich nach vier Wochen richtig heimisch an ihrem Arbeitsplatz. Auch die Ärzte, mit denen Mika in enger Zusammenarbeit stand, hatten ihren Rat befolgt und sich dazu entschlossen, Valsartan nicht mehr zu verordnen.

Es fiel Merle schwer, daran zu denken, dass Sönke in acht Wochen nach Hause kommen würde. Dann wäre leider auch ihr Gastspiel in SPO beendet und sie müsste zurück nach Bremen. Trotz der vielen Arbeit hatte sie an Gewicht zugelegt. Sowohl der guten Küche ihrer Mutter als auch ihrem entsprechend guten Appetit war es zu verdanken, dass Merle nicht mehr einem Knochengerüst glich. Ihre Rundungen und Formen waren an der Stelle, wo sie hingehörten. Die Kleidung schlabberte nicht an ihrem Körper, sondern betonte ihre Figur. Sie fühlte sich wohl in ihrer Haut. Sie lachte viel mit Mika, und mit ihren Eltern plauderte sie oft bis Mitternacht über alle möglichen Dinge. An manchen Abenden spielten sie Karten und tranken ein Glas Wein dazu.

Merle konnte sich nicht vorstellen, wieder in ihr altes Leben zurückzukehren. Sönke rief nur selten an, aber dann war er freundlich, fast liebevoll. Tatsächlich sehnte Merle ihn dann herbei. Die wenigen Telefonate und die lange Trennung hatten dazu geführt, dass Merle ihn vermisste. Dies war ihrer Meinung nach ein sehr gutes Zeichen dafür, dass ihre Ehe eine Chance verdiente. Allerdings traute sie sich nicht, ihm vorzuschlagen nach St. Peter-Ording umzuziehen. Dennoch wäre es ihr größter Wunsch gewesen.

In Mikas Nähe fühlte sie deutlich, dass er in sie verliebt war. Nach dem unverhofften Kuss hatte sie ihm nachdrücklich verdeutlicht, dass sie zu keinen weiteren Annäherungen bereit wäre.

Trotzdem empfand Merle ihren Selbstbetrug als unerträglich. Denn mit jedem Tag gab Mikas Nähe ihr das Selbstvertrauen und die Sicherheit, wertvoll zu sein, zurück.

Sönke hatte lange versucht, sie vom Gegenteil zu überzeugen. Auch wenn Merle wusste, welch einen Kampf Sönke mit sich führte, hatte er sie damit sehr verletzt. Die Ehe der Hofers war durch eine harte Schule gegangen. Wahrscheinlich hatten sie die letzte Prüfung noch nicht absolviert, trotzdem war Merle zuversichtlich, auch diese Hürde zu schaffen, wenngleich sie ein schlechtes Gewissen quälte. Denn die zufälligen Berührungen Mikas gingen nicht spurlos an ihr vorüber. Der Kuss! Sie hatte ihren Mann betrogen. Dieses Rauschen in den Adern, als ob ein Lavastrom durch sie hindurchsauste. Die Momente, in denen sie an Mikas Lippen hing oder er ihr Unterricht in Sachen neue Medikamente erteilte. Sie konnte nicht leugnen, dass auch sie ein wenig verliebt in Mika war.

Absichtlich vermied sie nach Feierabend gemeinsame Abendessen oder Spaziergänge. Fluchtartig suchte sie das schützende Haus ihrer Eltern auf. Sie betrog ihren Mann! Für Merle bedeuteten bereits die Gedanken an Mika Betrug. Wie sonst sollte sie das erklären? Nie durfte Sönke davon erfahren. Sie hatte zwar nicht die leiseste Ahnung, ob Sönke sie nicht längst mit Sina betrog, aber sie verbot sich, darüber nachzudenken.

Die Hoffnung stirbt zuletzt.

Die Ehe war für Merle das Wichtigste. Die vielen schönen Dinge, die sie mit Sönke erlebt hatte, die Zärtlichkeiten und das Vertrauen. Wobei Vertrauen eher ein Wunschdenken war. Sie hörte Sönke nach Sina rufen, eigentlich war es vielmehr ein durchdringendes Stöhnen gewesen. Ein Erlebnis, das sie nur schwer aus ihrem Kopf bekam.

Für den heutigen Nachmittag hatte Merle sich freigenommen. Ihr Vater hatte sie eingeladen, mit ihm eine Angelpartie zu unternehmen. Als Kind hatte sie solche Ausflüge mit ihrem Vater öfter gemacht. Mika war auch oft dabei gewesen. Er fand die Fische niedlich, und es hatte ihm jedes Mal das Herz gebrochen, wenn der Fisch am Abend in die Pfanne kam. Merle grinste belustigt. Es wunderte sie, dass Mika kein Vegetarier geworden war.

Merle fühlte die Freiheit, die sie einhüllte, als sie mit ihrem Vater barfuß am Strand entlanglief. Sie wollten zur Seebrücke und Gerd schleppte die umfangreiche Ausrüstung in einem Seesack, den er vor Jahren auf einem Flohmarkt erstanden hatte. Merle war für den Transport der Klapphocker zuständig, aber sie bezweifelte, dass sie sie brauchen würden. Beide saßen lieber auf der Holzbrücke und ließen die Beine baumeln.

Die Sonne brannte vom Himmel, Merle war froh, dass sie eine Kappe auf dem Kopf trug. Gerd verzichtete auf unnötige Bekleidung. Ein Sonnenbrand würde bald seine Halbglatze schmücken. Merle lachte ausgelassen.

»Wenn du weiter so stur bleibst, können wir die Fische auf deinem Kopf braten. Dann bleibt die Küche sauber.«

Gerd blickte seine Tochter schelmisch an. »Genau, das ist meine Absicht«, erwiderte er glucksend.

Merle hatte den Platz ausgesucht, an dem sie die Angeln auswarfen. Sie befanden sich am unteren Ende der Seebrücke. Es war Hochwasser und diese Stelle war ihrer Meinung nach besonders gut geeignet. Die Sonne schien ihnen auf den Rücken. Nach einer Weile legte Gerd freiwillig ein sauberes Taschentuch über die kahlen Stellen seines Kopfes.

Merle verzog das Gesicht. »Paps, du siehst lustig aus.« Sie vermied den Ausdruck *peinlich*.

»Es freut mich, wenn ich dich zum Lachen bringe. Es kommt selten genug vor, meine Maus.«

Merle warf ihre Angelrute weit hinaus. Der Blinker bewegte sich nicht, und ob ihnen das Glück hold war und sie Beute an Land ziehen konnten, war ungewiss. Trotzdem genoss sie den Anblick ihrer Angel. Es kam ihr nicht auf die Beute an. Vielmehr war es die Entspannung, die sie beim Angeln erfuhr, die ihr wichtig war. Sie legte ihren Kopf sanft an Gerds Schulter und träumte versonnen. Das Stimmengewirr der Strandläufer schaltete sie ab. Sie lauschte den Wellen, dem Kreischen der Möwen und dem gleichmäßigen Atem ihres Vaters. Dieser stupste sie nach einer Weile mit dem Ellbogen an. Fragend schaute sie zu ihm auf.

»Wie geht es dir wirklich?«

Merle räusperte sich. »Was meinst du?«

»Tu nicht so, du weißt was, oder genauer, wen ich meine.«

»Du meinst meine Arbeit? Bei Mika?«

»Auch«, brummte Gerd, dabei richtete er seinen Blick auf die Angel. Merle steckte die Angelrute in die Halterung. Abwartend legte sie ihre Hände in den Schoß. Sie vermied es, ihrem Vater eine Steilvorlage zu bieten, indem sie die Dinge beim Namen nannte. Schließlich konnte dabei etwas ganz anderes herauskommen, als sie glaubte. Abwarten war da die schlauere Lösung.

Gerd seufzte. »Das hast du früher schon draufgehabt.« Glaubst du, ich habe das nie bemerkt?«

Merle grinste frech. »Ich hatte meist Erfolg damit.«

»Heute nicht«, bestimmte Gerd. »Ich möchte, dass du weißt, dass du jederzeit zu uns kommen kannst, wenn es dir in Bremen zu viel wird. Mit Sönke.«

Merle blinzelte eine Träne fort. »Weiß ich doch, Paps«, hauchte sie und rieb die Nagelhaut ihres Daumens, bis er gerötet war.

Gerd achtete nicht darauf. Ruhig sprach er weiter. »In der Liebe ist einiges erlaubt. Denke darüber nach, bevor du zurück nach Bremen zu Sönke fährst. Ich bin fest davon überzeugt ... dein Platz ist hier. Dabei meine ich nicht uns ... deine Eltern.«

Merle öffnete den Mund und schloss ihn gleich wieder. Vergeblich suchte sie nach Worten. Stand es ihr ins Gesicht geschrieben, dass sie in Mika ...? Quatsch, sie war nicht in Mika verliebt. Sie starrte auf die

Angel. Plötzlich hatte sie Mitleid mit den Fischen. Sie fühlte sich doch selbst in diesem Moment wie ein Fisch im Netz. Wie konnte sie geglaubt haben, dass ihre Eltern nichts mitbekamen? Sie erschrak ja selbst jedes Mal, wenn sie im Spiegel ihre leuchtenden Augen sah. Augen, die vor ihrer Ankunft stumpf und glanzlos gewesen waren. Von Sorgen gezeichnet, nicht nur wegen des Unfalls, den Sönke erlitten hatte. Ihr Vater sprach aus, was sie gerade dachte.

»Du solltest mehr an dich denken, Maus. Dann kommt die Entscheidung von allein.«

Ihre geheimsten Gefühle wurden ausgerechnet von ihrem Vater angesprochen. Wenn es ihre Mutter gewesen wäre, hätte sie leichter leugnen können, was ihr Vater aufgedeckt hatte. Aber hier auf der Seebrücke, neben ihrem Vater, fiel es schwer, die Wahrheit zu ignorieren. Es war, als ob er einen Stachel in ihr Herz gepflanzt hätte, den sie nur loswürde, wenn sie ihr Herz öffnete. Dazu war Merle aber nicht bereit. Das war auch der Grund, warum die Worte ihres Vaters schmerzten. Es waren Schmerzen der Erkenntnis, welche Merle wochenlang versucht hatte zu unterdrücken. Es musste ihr wieder gelingen, denn Sönke war ihr Mann.

»Ich passe schon auf mich auf, Paps. Schon bemerkt? Ich bin erwachsen.« Merle misslang ein Grinsen.

Gerd hob leicht die breiten Schultern, dann sagte er leise: »Verstanden, Engel, ich wollte es aber nicht versäumt haben, etwas dazuzusagen.«

»Okay, akzeptiert«, murmelte Merle. Langsam griff sie zur Angelrute, um sie einzuholen. Bedacht verstaute sie alles im Seesack ihres Vaters. Sie hatte mit einem Mal keine Lust mehr auf die Beute der See. Sie war doch selbst eine Beute. Die Beute der Wege ihres Herzens, die ihre Eltern offenbar längst erkannte hatten. Nur Merle Hofer, geborene Fischer, war mit einer Blindheit geschlagen, die Sönkes weit überlegen war.

Als sie fertig war, sah sie Gerd an. »Sei bitte nicht böse, aber ich muss jetzt allein sein.« Mit einem Satz sprang sie auf, gab ihrem Vater einen Kuss durch das Taschentuch, welches dem Schutz vor der Sonne diente, und bewegte sich von der Seebrücke. Gerd rief ihr etwas hinterher, das Merle nicht verstand, der Wind trug nur Wortfetzen zu ihr herüber.

Liebe, Familie, Kind.

Merle konnte keinen Sinn darin erkennen, aber es war in diesem Moment auch nicht wichtig. Sie musste jetzt allein sein, den Kopf freibekommen. Die Portion Wahrheit, die ihr Vater aufgedeckt hatte, musste sie erst einmal verdauen.

Außer Atem erreichte sie das Ende der Seebrücke. Vor dem Fischrestaurant stand eine Menschenschlange. Hungrige, die nach dem Strandspaziergang nach einem Fischbrötchen verlangten oder sich Leckereien in einen gemütlichen Strandkorb bringen lassen wollten. Merle mochte dies auch gern, aber nun wollte sie von all dem nichts sehen. Kurz überlegte sie, ob sie den Weg über den Deich in die Heidelandschaft mit ihren bizarren Krüppelkiefern nehmen oder sich die Salzwiesen zu ihrer linken Seite zum Ziel setzen sollte. Sie entschied sich für die Salzwiesen. Dort war es ruhiger. Niemand kreuzte ihre Wege, sie konnte also getrost ihre Gedanken schweifen lassen.

Besorgt warf sie einen Blick auf die Seebrücke, ihr Vater hatte seine Angel nicht eingeholt. Er saß seelenruhig da und wartete geduldig auf sein Abendessen, welches noch vergnügt in der Nordsee schwamm. Als er bemerkte, dass Merle zu ihm herüberschaute, hob er die Hand zum Gruß. Merle erkannte daran, dass er nicht böse auf sie war. Fast meinte sie, ein Zwinkern wahrzunehmen. Merle konnte glücklich über das Verhältnis zu ihren Eltern sein. Besonders Gerd verstand seine Tochter ohne große Worte. Er war einfach nur zur Stelle, wenn sie ihn brauchte. Ihre Mutter Mara war eine gute Zuhörerin. Ihre Ratschläge waren meist treffend und zuverlässig. Dabei drängte sie ihr ihre Meinung nicht auf. Was Merle daraus machte, blieb ihr überlassen.

Der leichte Wind von der See umspielte ihre Haare und die Sonne wärmte angenehm. Begleitet vom Zirpen der Grashüpfer stapfte Merle durch die Trampelpfade der Salzwiesengräser.

Die Fragen in ihrem Kopf kreisten wie Bienenschwärme umher. Liebte sie Mika? Liebte sie Sönke? Die Versuche, ihre Gefühle zu verdrängen, hatte ihr Vater mit wenigen Worten zunichtegemacht. Merle überlegte, ob es besser wäre, nach Bremen zurückzufahren. Sie hatte sich gut erholt und könnte den Arbeitsmarkt in ihrer Nähe durchforsten. In dem Fall würde Mika auf sie verzichten müssen. Seine vielen Anzeigen im Stellenmarkt waren bisher ohne Erfolg gewesen. Er rechnete damit, dass Merle mindestens für weitere vier Wochen in St. Peter-Ording bleiben konnte. Wenn sie ihn nun vor vollendete Tatsachen stellte und vorzeitig kündigte, stand er vor einem riesigen Problem. Aber waren ihre Probleme nicht wichtiger? Hatte ihr Vater nicht geraten, mehr an sich selbst zu denken? Merle wollte nicht durchhalten, sie wollte ihr Leben leben. Sie wollte die Leichtigkeit behalten, die sie hier in ihrer Heimat zurückerobert hatte. Bis auf die Tatsache, dass sie in Mika verliebt war und das schlechte Gewissen sie immer wieder einholte, war es ihr schon lange nicht so gut gegangen wie hier.

Merle lief verdrossen weiter. In der Ferne erkannte sie bereits den Ortsteil St. Peter Böhl mit den Pfahlbauten, die ein Café beherbergten, ein beliebtes Ausflugsziel der Urlauber. Zu ihrer Rechten ließ Merle gerade St. Peter-Dorf zurück. Inzwischen war sie soweit mit sich versöhnt, dass sie überlegte, in Böhl eine Tasse Kaffee zu trinken. Der Blick über das Meer und die Salzwiesen, der ihr dort geboten wurde, war atemberaubend.

Ein kleiner Junge sprach sie an: »Schau mal, ich habe diese wertvollen Steine gesammelt, willst du einen davon kaufen?«

Merle erwiderte sein Lächeln. »Ich weiß nicht, ob ich genug Geld bei mir habe«, sagte Merle und begann in ihren Taschen zu wühlen. Die hoffnungsvollen Augen des Jungen sahen ihr dabei zu. In den Hosentaschen fand sie einen Fünfeuroschein und zog ihn hervor.

»Das ist viel zu viel«, krähte der Junge.

»Hm«, machte Merle, »ich habe aber nichts anderes dabei. Kannst du mir etwas rausgeben?«

Das enttäuschte Gesicht des kleinen Mannes sprach Bände.

»Nein«, sagte er bedauernd, »ich habe mein Geschäft erst eben eröffnet, du bist meine erste Kundin.«

Merle überlegte kurz. »Gut, hast du einen weiteren Stein, dann kaufe ich zwei für fünf.«

Das Gesicht des Kindes hellte sich auf. Er durchsuchte seine Taschen und holte strahlend ein besonders glänzendes Exemplar hervor. »Dieser ist ein besonderer Glücksbringer, ich glaube, du hast heute Glück.« Gönnerhaft reichte er Merle seinen Schatz.

Merle prüfte fachmännisch die Qualität, dann lachte sie herzlich. »Gut, abgemacht.« Das Geld wechselte den Besitzer und Merle war ab sofort steinreich.

Der Junge rieb den Schein zwischen den kleinen Fingern, als ob er ihn auf Echtheit überprüfen wollte. »Vielen Dank, ich bin morgen wieder hier, also wenn du noch mehr brauchst ... ich suche heute den ganzen Nachmittag.«

Merle lachte vergnügt über den geschäftstüchtigen Jungen. »Nein, nein, ich habe genug, danke«, gluckste sie.

Der Junge sauste davon. »Mama, Mama! Ich hatte doch recht ...« Die anderen Worte verschluckte der Wind. Merle schüttelte den Kopf und grinste.

Den Kaffee mit Blick auf das Meer konnte sie sich nun nicht mehr leisten, die fünf Euro waren alles, was sie dabeigehabt hatte. Doch sie besaß etwas viel Wertvolleres. Glückssteine. Lächelnd setzte sie ihren Weg fort. Nun war doch noch etwas ins Netz gegangen. Eine Portion Glück, davon konnte sie jede Menge gebrauchen. Beim Weitergehen behielt sie die Steine fest umklammert.

Merle vermisste ihre Freundin Lu. Aus dem Versprechen, Merle in Nordfriesland zu besuchen, war leider noch nichts geworden. Das Café forderte ihre Anwesenheit, natürlich besonders an den Wochenenden.

Merle kam eine Idee. »Ich werde am Wochenende nach Bremen fahren!« Sie freute sich über die Entscheidung. Mit Lu persönlich zu sprechen, war um Längen besser als Telefonate.

Die Aussicht mit ihrer Freundin zu reden, gab ihrer Seele Aufschwung. Beschwingt trat sie den Rückweg an. Zwei Tage noch, dann würde sie Lu sehen.

Samstagnachmittag schloss Merle die Apotheke ab. Mika kam gerade aus den hinteren Räumen.

»Hast du Lust, am Sonntag mit mir nach Flensburg zu fahren?«

Merle zuckte zusammen. »Nein, ich schaue morgen in meiner Wohnung nach dem Rechten.«

»Du fährst nach Bremen?«

»So ist es.«

Mika zögerte. »Du überlegst, vorzeitig zurückzugehen, stimmt's?« Sie konnte Mika nichts vormachen, er konnte jeden ihrer Gedanken lesen. Darum versuchte sie erst gar nicht ihn anzulügen.

»Ich bin nicht sicher, aber es ist gut möglich.«

Mika lehnte mit dem Rücken am Tresen und sah Merle traurig an. Dann griff er ihre Hand. Es bedurfte keiner Worte. Merles Herz begann unter der Berührung zu klopfen. Ein Kribbeln durchlief ihren Körper. Ein Impuls riet ihr, die Berührungen zu lösen, aber sie war wie erstarrt. Die wochenlange Zusammenarbeit, die zufälligen Berührungen, die wie Stromstöße wirkten, und die vertrauten Blicke waren fast schon zur Selbstverständlichkeit geworden. Wie sollte sie in Bremen nur ohne all das klarkommen? Sie musste es, denn sie war mit Sönke verheiratet.

Mika zog sie heran, sodass Merle seinen Atem in ihrem Nacken spürte. Ihre Beine fühlten sich an wie Gummi. Sein Kuss traf sie völlig unvorbereitet. Ein Kuss, der nicht nur ihre Lippen erreichte. Vielmehr strömte die Hitze durch ihren Körper, ähnlich wie bittersüße Tränen im heißen Kakao. Sehnsüchtig schloss sie die flackernden Lider. Sie spürte, dass der Funke zwischen ihnen zu einem wahren Flächenbrand auf ihrer Haut mutierte.

Mika flüsterte Merle ins Ohr. »Püppi, ich ... bleib bei mir.«

»Es ist nicht so leicht.« Merle stöhnte aufgelöst. »Ich kann Sönke nicht im Stich lassen, er braucht mich.« Mit einem Ruck ließ sie Mika stehen. Es kostete sie Unmengen Kraft, doch ihr Gewissen meldete sich und sie schämte sich zutiefst.

»Mika! Was haben wir getan?«

»Für Liebende etwas ganz Normales, Püppi.«

Merle sank in die Knie und hielt ihren Bauch fest, in dem es unaufhörlich rumorte. »Ich liebe Sönke«, sagte sie rau.

Für Mika schien eine Welt zusammenzubrechen. Er wurde weiß wie sein Kittel und konnte Merle nicht anschauen. »Entschuldige, ich wollte dir nicht zu nahetreten«, raunte er. Mit hängenden Schultern ließ er Merle stehen, um durch den Hintereingang zu verschwinden. Er überließ Merle das Verschließen der Apotheke.

Merle beruhigte sich erst, als es wie wild an der Glastür klopfte. Ein Mann stand dort und drückte sich mit der Nase an die Scheibe. Verzweifelt blickte er sie an. Merle seufzte. Mit dem Schlüssel in der Hand ging sie auf ihn zu. Noch bevor sie öffnete, hörte sie ihn rufen: »Frau Radebusch, bitte, ich muss dieses Rezept einlösen.« Merle besann sich auf die Sicherheitsvorschriften und öffnete lediglich die Nachtklappe. Sie nahm das Rezept entgegen.

»Aber nur, wenn Sie mich nicht weiter Frau Radebusch nennen, mein Name ist Hofer.«

Der Mann grinste verschmitzt. »Ach, Sie sind nicht verheiratet? Na ja, was nicht ist …«

Merle, die bereits zum Vorratsschrank ging, fuhr herum. »Ich bin verheiratet«, fauchte sie den Mann an, der nun perplex seinen Bart rieb.

Merle war entsetzt über ihre Reaktion. Wie konnte sie den Kunden nur so anfahren? Lagen ihre Nerven wirklich dermaßen blank, dass sie die Kontrolle verlor? Mit dem Medikament in der Hand ging sie zum Kunden zurück. Sie lächelte freundlich.

»Bitte, Herr Weber, ich wünsche Ihnen ein schönes Wochenende.« Mit einem Knall schloss sie das kleine Fenster, welches der Sicherheit des nächtlichen Notdiensts diente.

Sicherheit, die hatte Merle auf dem Weg zu sich selbst verloren. Ihr

Entschluss stand fest. Sie musste St. Peter-Ording und vor allem Mika verlassen.

Streit unter Freundinnen

Ihre Bremer Wohnung empfing Merle mit trostloser Stille. Die wenigen Zimmerpflanzen, die Merle besaß, glichen eher einer braun-grauen Masse. Sämtliches Grün gehörte definitiv der Vergangenheit an. Zu retten war da nichts mehr. Offensichtlich hatte Lu vergessen, sie zu gießen. Was wiederum bedeutete, dass Lu viel Arbeit mit dem Café hatte. Normalerweise war Lu zuverlässiger. Sie lächelte bei der Vorstellung, wie Lu sich winden würden, wenn sie von der Dürre in der Hoferschen Wohnung erfuhr.

Merle nahm eine Mülltüte aus der Abstellkammer und stopfte alles mitsamt den Übertöpfen hinein. Danach fuhr sie mit dem Fahrstuhl ins Erdgeschoss und entsorgte die verstaubten Pflanzen in den Abfall.

Aussortieren befreit die Seele.

Zurück in der Wohnung warf sie sich auf ihren Lieblingssessel. Die Stille war kaum zu ertragen. Es war, als ob die Stille laut in ihrem Kopf schrie. Aber dies war doch ihr Zuhause? Hatte sie nicht immer gern hier gelebt?

Hatte sie überhaupt gelebt?

»Du bist ungerecht, Merle Hofer«, sagte sie laut und erschrak. Ihre Stimme hallte zurück und es schien, als ob die Schwingungen ihr Innerstes aufwühlten. Mika, er fehlte ihr, das durfte aber nicht sein. Sein Gesicht tauchte vor ihrem inneren Auge auf. Wie zum Protest schob sie Sönkes Gesicht davor. Er grinste sie schief an. Sönke hielt sie in seinen Fängen, so kam es Merle zumindest vor. Denn Mika hatte ihr Herz erobert, das konnte sie nicht mehr leugnen.

Merle fröstelte. Sie folgte ihrem Impuls und verließ fluchtartig die Wohnung, in der sie sich wie eine Gefangene fühlte.

Lu hatte Merle nicht erwartet, trotzdem wirkte sie keinesfalls überrascht. Nach der freundschaftlichen Begrüßung winkte sie Merle nach oben.

»Du schaust aus, als ob du einen guten Tee vertragen könntest«, sagte sie nur. Merle nickte dankbar. Der warme Empfang tat ihrer Seele gut. Wie immer hatte Lu eine Kanne Tee bereitgestellt.

»Ich habe leider nicht viel Zeit, Liebes, aber du kannst so lange bleiben, wie du möchtest«, sagte Lu, während sie die Becher mit Tee füllte. Dabei blickte sie Merle besorgt an. Merle und Sönke hatten zwar einen großen Freundeskreis, aber es waren alles Sönkes Freunde, die er sozusagen mit in die Beziehung gebracht hatte. Merle hatte nur Lu, umso wichtiger war diese Freundschaft für sie. Niemandem sonst, mit Ausnahme ihrer Mutter, konnte sie ihr Herz ausschütten, ohne zu befürchten, dass sie missverstanden wurde. Bei diesen wichtigen Personen konnte Merle getrost darauf vertrauen, dass ihre Sorgen verstanden wurden.

»Ich komm am besten gleich zur Sache, du hast wenig Zeit und ich verbrenne, wenn ich nicht mit dir darüber reden kann.« Lu wirkte nicht überrascht, und wenn doch, merkte Merle ihr nichts an.

»Dann mal los«, ermutigte Lu ihre Freundin. »Ich kann mir schon denken, wo der Hase im Pfeffer liegt.« Lu schlürfte an ihrem Tee, aber ließ Merle dabei nicht aus den Augen.

»Lu, ich weiß nicht weiter, ich fürchte, Mika hat mir den Kopf verdreht. Ich wollte es nicht, aber es ist passiert.«

»Du hast mit ihm geschlafen?«, sprudelte Lu hervor, sie beeilte sich, näher an Merle heranzurücken.

Sofort sorgte Merle für einen größeren Abstand. »Quatsch, nein! Was denkst du?« Sie sah Lu vorwurfsvoll an.

Diese setzte noch einen Spruch drauf. »Schade, ich hätte es dir gegönnt.« Unbeeindruckt von Merles bösem Blick schlürfte sie weiter an ihrem Tee.

»Lu, du bist unmöglich ...«

»Ich weiß, es muss dir so vorkommen, aber ich sage nur meine Meinung. Wenn Mika dich liebt, so wie du ihn offensichtlich auch, dann gibt es keine weitere Grundlage für Diskussionen, dann musst du handeln.« Lus offene Antworten waren Merle wichtig, aber hier konnte sie ihr nicht folgen. Sie war um klare Gedanken bemüht, aber Lu verwirrte sie nur noch mehr.

»Warum verstehst du mich denn nicht? Ich bin mit Sönke verheiratet.«

Lu verdrehte genervt die Augen. »Das weiß ich sehr wohl, aber ich weiß auch, dass du Mika verfallen bist.«

Merle brauste auf. »Herr Gott noch mal, was heißt denn verfallen, wir sind nicht bei Romeo und Julia. Dies ist die Realität.«

Lu schmunzelte. »Aber die beiden waren in meiner Fantasie nun einmal real. Daran kannst auch du nichts ändern.«

Merle sprang auf. »Ich gehe nicht zurück nach St. Peter-Ording, ich warte hier auf Sönke, bis er die Reha beendet hat.«

Lu zog die Augenbrauen hoch. »Sagtest du nicht, dass ihr einen Arbeitsvertrag geschlossen habt? Hat Mika denn einen Ersatz? Ich mag mir gar nicht ausmalen, wie es wäre, wenn meine Aushilfskraft mir von einer Stunde zur anderen die Kündigung auf den Tisch legen würde.«

Merle schnaubte. »Wenn du sie unverhofft küssen würdest, müsstest du damit rechnen.«

Lu lachte bei dem Gedanken, ihre Mitarbeiterin zu küssen. »Mit Verlaub, aber da fehlt mir die Fantasie.«

Jetzt musste selbst Merle grinsen. »Siehst du! Ausnutzen von Schutzbefohlenen.« Merle verschränkte die Arme und sah Lu trotzig an.

»Ich glaube, nun übertreibst du. Du hättest dich durchaus zur Wehr setzen können. Hast du aber nicht. Warum nicht? Es war schön, nicht wahr?« Lu wirkte verärgert. »Ich muss runter ins Café. Überleg dir noch mal, ob du Mika wirklich hängenlassen willst.«

»Ich dachte, du bist meine Freundin«, rief Merle ihr aufgebracht nach. »Warum verstehst du mich denn nicht?« Sie zitterte vor Aufregung. Sie fühlte sich mit ihren Problemen alleingelassen.

»Bin ich, glaub mir«, raunte Lu grimmig, bevor sie über die Treppe verschwand.

Merle konnte sich nicht daran erinnern, wann sie mit Lu zuletzt Streit gehabt hatte. So wütend hatte Lu nie zuvor reagiert. Und in einer Sache musste sie ihrer Freundin recht geben. Merle durfte Mika nicht einfach im Stich lassen. Ob sie wollte oder nicht, sie musste ihren Arbeitsvertrag erfüllen. Sie spürte Müdigkeit aufkommen. Ohne es zu merken, sank sie in die Sofakissen und schief augenblicklich ein.

Merle träumte von der Nordsee, Hand in Hand mit Mika ging sie dort entlang. Über ihnen flog wie ein Schatten Sönke, der ihnen lächelnd dabei zusah. Sie spürte Mikas Wärme, seine liebevollen Augen ruhten ununterbrochen auf ihr. Plötzlich verschwand Sönke und die Sonne kam durch. Sonnenschein, der über ihre Liebe zu Mika wachte. Sie bemerkte aber auch die drohenden Gewitterwolken, die vom Westen aufstiegen. Dicke graue Wolken, die ihr Glück offenbar bedrohten.

»Es ist nicht richtig, was wir hier tun«, hörte sie ihre eigene Stimme sagen.

»Doch, wir sind doch glücklich, da kann nichts Falsches dran sein«, flüsterte Mika. Dabei strahlte er sie an, als ob er ihr das Eheversprechen zu Füßen legte. Ähnlich wie es vor vielen Jahren Sönke getan hatte. Merle lächelte im Traum.

Verwundert wachte Merle in der inzwischen dunkel gewordenen Wohnung auf. Wie lange hatte sie geschlafen? Mühsam rappelte sie sich auf. Es brannte kein Licht, aber Merle kannte die Wohnung ihrer Freundin. Vorsichtig ertastete sie den Lichtschalter der Stehlampe auf dem Beistelltisch. Merle vernahm die Geräusche aus der Küche des Cafés. Sie vermutete, dass Lu jeden Moment hochkam. Lu schloss die Türen meist gegen neunzehn Uhr. Unten wurde laut mit Geschirr geklappert. Ein Zeichen dafür, dass Hochbetrieb geherrscht hatte, während Merle schlief. Unweigerlich kamen die Erinnerungen des Traums und Merle schossen die Tränen in die Augen. Ihr war zwar klar, dass es nur ein Traum gewesen war, aber die dunklen Gewitterwolken waren so gegenwärtig wie die Geräusche aus der Küche. Was wollte dieser Traum ihr sagen? Musste sie auf Schlimmes gefasst sein? Sie war nicht mehr sicher, ob die Wolken bereits weggezogen waren oder gerade erst über sie herzogen. Sie fühlte, wie bedrückend sie auf sie gewirkt hatten. Sie rief ihren Kopf zur Ordnung. »Hör auf damit, du siehst Gespenster. Es war nur ein Traum, nichts weiter«, fluchte sie leise. Dabei hatte sie nicht mitbekommen, wie Lu plötzlich in die Wohnung kam.

»Du hast geträumt? Ein schöner Traum?« Gut gelaunt blinzelte sie Merle an. Scheinbar war ihr Ärger verraucht.

»Da bin ich nicht sicher«, meinte Merle nachdenklich.

Lu grinste. »Du siehst verpennt aus, ich mach uns mal einen frischen Tee.« Sie schnappte sich die Kanne und verschwand in die kleine Küche. Merle hörte das Wasser rauschen, welches Lu in den Kocher laufen ließ. Darum überhörte sie fast das Vibrieren ihres Handys. Es verwirrte sie nur noch zusätzlich, als sie Sönkes Konterfei auf dem Display erkannte. Tatsächlich überlegte sie, ihn wegzudrücken, aber dann wäre der Ärger vorprogrammiert. Sie hatte noch die Möglichkeit, ihn klingeln zu lassen und so zu tun, als wäre sie nicht in der Nähe ihres Handys. Dies war allerdings keine Lösung, sie müsste ihn später zurückrufen. Merle setzte ein Lächeln auf und nahm das Gespräch an.

»Hallo, mein Liebling, schön von dir zu hören. Wie geht es dir heute?« Merle verlieh ihrer Stimme einen betont lockeren Ton.

Sönke schwieg eine unendlich lange Minute. Dann räusperte er sich zögerlich. »Danke, mir geht es ganz gut soweit ...«

»Das ist schön«, zwitscherte Merle drauflos.

»... aber ich habe Sehnsucht nach dir«, sagte Sönke nicht weniger gekünstelt.

»Oh« war alles, was Merle zustande brachte.

»Ich muss noch einige Wochen hierbleiben, aber das wussten wir ja«, meinte Sönke gepresst.

»Umso schöner wird unser Wiedersehen, warte ab, dann wollen wir nie mehr voneinander getrennt sein«, flötete Merle. Im Geheimen wünschte sie, die Wochen würden langsamer vergehen. Wie sie ihm dann erklären sollte, dass sie Vollzeit arbeiten wollte, wusste sie noch nicht.

Sönke war trotz der Sehnsucht zufrieden mit seinen Fortschritten. In Begleitung war er tatsächlich einkaufen gewesen. Er war sehr stolz auf seine Leistungen.

»Wow, dann kannst du ja die Einkäufe erledigen, wenn ich arbeiten muss.« Merle war es nur so rausgerutscht, schnell verstummte sie.

»Ich habe dir doch bereits gesagt, ich möchte nicht, dass du dir eine neue Arbeit suchst. Wenn du nicht zurück ins Labor willst, bitte, aber dann möchte ich dich zu Hause wissen.«

»Wir klären das nach deiner Reha, aber ich kann jetzt schon sagen, dass ich nicht den ganzen Tag rumsitzen werde. Dafür bin ich zu jung.« Merle hatte einen sanfteren Ton anschlagen wollen, aber leider gelang es nicht. Sie zischte verärgert in den Hörer.

Lulu blieb unter dem Türrahmen der Küche stehen und blickte verwundert zu Merle. Dann legte sie beide Handflächen aneinander und deutete Applaus an. Merle drehte sich weg, damit sie Lu nicht ansehen musste.

»Wir haben genug Geld, um gut leben zu können, also was soll das?«, konterte Sönke genervt. »Du musst dich schließlich um mich kümmern.«

Merle rutschte ein hysterisches Lachen heraus. »Wenn ich mich nicht täusche, lernst du gerade, im Alltag zurechtzukommen. Ich glaube nicht, dass du ein Kindermädchen brauchst. Außerdem gibt es bestimmt eine geeignete Beschäftigung für dich, oder willst du nur noch rumsitzen und dein Schicksal beweinen?«

Lu riss die Augen auf, sie gab Merle mit Handzeichen zu verstehen, es gut sein zu lassen. Aber Merle dachte nicht daran, ihren Redefluss zu unterbrechen. Zu lange hatte sie sich vor Sönke geduckt. Wenn sie jetzt nicht hart blieb, war alles umsonst. »Ich liebe dich, Sönke, und wir werden einen Weg finden, der für uns beide richtig ist.«

»Sag mal«, flüsterte Sönke gefährlich leise, »willst du mich verärgern? Wie kommst du dazu, so mit mir zu reden?«

Merle kroch eine Gänsehaut über den Rücken. Sönke klang alles andere als freundlich. Ein Versuch, Merle einzuschüchtern. »Offenbar brauchst du klare Worte«, zischte Merle und zitterte vor lauter Anspannung.

»Du kannst dich ja melden, wenn du wieder normal geworden bist.«

Sönke hatte aufgelegt. Wie ein Häufchen Unglück saß Merle auf dem Sofa ihrer Freundin und kämpfte mit den Tränen. Lu stürmte auf sie zu, setzte sich neben sie und umarmte Merle fest.

»Mensch, Merle, du kommst ja richtig aus dir heraus. Gut gebrüllt, Löwe.« Lu wischte Merle eine Träne fort.

»Ich schaffe es nicht auf Dauer, ihm die Stirn zu bieten. Dazu bin ich einfach nicht gemacht«, schniefte Merle.

»Klar bist du das, der Anfang ist gemacht. Kippe bloß nicht wieder um. Du wirst sehen, er frisst dir irgendwann aus der Hand, oder er gibt dir den Laufpass.«

»Tolle Aussichten«, sagte Merle verzweifelt. Lu holte eine Flasche Wein aus dem Kühlschrank, stellte Gläser auf den Tisch und schenkte ihnen ein.

»So meine Liebe, den brauchen wir jetzt.«

Merle griff mit zitternden Händen zu und stürzte den Wein in einem Zug herunter. Als ob ein Schalter umgelegt worden wäre, versiegten ihre Tränen und sie grinste Lu an. »Stimmt, der kommt voll gut.«

Lu lächelte zufrieden. »Ich wusste es doch«.

Die Frauen verzogen sich ins Schlafzimmer. Merle hatte Lus Vorschlag zugestimmt, die Nacht bei ihr zu bleiben. Beide waren zum Umfallen müde, aber Merle wälzte sich im Bett hin und her. Sie stupste Lu an, die mit einem Grummeln antwortete.

»Lu? Ich war früher doch nicht so ein Lämmchen, warum muss ich nun darum kämpfen, es nicht mehr zu sein? Du führst dein Café mit solcher Energie und lässt dich nicht ins Bockshorn jagen.«

Lu blinzelte unter der Decke hervor. »Liebes, weil du Sönke alles erlaubt hast. Er hat dir nach und nach deine Selbstbestimmung genommen. Leider hast du nicht an ihr festgehalten, sondern dich unterbuttern lassen.«

Merle richtete ihren Körper auf und sah Lu aus geweiteten Augen an. »Aber warum hast du mir nie etwas gesagt? Vielleicht wäre ich dann früher aufgewacht.«

Lu grunzte, dabei schlug Merle eine Alkoholfahne entgegen. »Hab ich doch, mehrmals, aber du wolltest es nicht hören. Nun schlaf endlich.« Lu drehte sich um.

Merle war hellwach. »Es muss schrecklich für dich gewesen sein.«

»Hmhm, ist es immer noch, Süße. Ich habe zwar Hoffnungen, aber ich glaube, du schaffst es nicht im ersten Anlauf dich freizuschwimmen. Macht aber nix, ich bin für dich da. Eines muss ich noch klarstellen, mein Café brummt zwar und ich mache gute Umsätze, aber die hohe Pacht bringt mich oft zur Verzweiflung. Nur damit du siehst, dass nicht alles Gold ist, was glänzt.« Lu zog die Decke über den Kopf, damit sie endlich schlafen konnte, und hinterließ eine sprachlose Merle.

Sie lag noch lange wach. Erst im Morgengrauen ließen die unklaren Gedanken nach und sie fiel in einen traumlosen Schlaf.

Am Sonntagmittag verabschiedete Merle sich von Lu, die ihr das Versprechen abnahm, ihren Kampf nicht aufzugeben. Die Entscheidung, zurück nach St. Peter-Ording zu fahren, war gefallen, und Mika hatte seine Aushilfe für die nächsten Wochen sicher.

»Genieße die Zeit, und wenn du dich in Mika …«

»Nein, ich gebe Sönke eine Chance.« Merle gab Lulu einen Knuff. »Genau wie mir«, vollendete sie ihren Satz.

Lu schien mit der Antwort zufrieden. Schweigend nahm sie Merle in die Arme. »Bis bald, Süße«, flüsterte sie gerührt. »Pass auf dich auf.«

»Sowieso.« Merle grinste. Sie verließ die Wohnung ihrer Freundin mit Zuversicht für die Zukunft. Dies war mehr, als sie von dem Wochenende erwartet hatte.

Fluss des Lebens

Mika war sichtlich erfreut, als Merle am Montagmorgen wie gewohnt in der Apotheke erschien. Sie lächelte ihn an und bereitete die Apotheke für den morgendlichen Ansturm vor. Sie kontrollierte die Vorräte der Medikamente, schaltete das Kassensystem ein und zog ihren Kittel über.

»Wir müssen die Schnupfenmittel nachbestellen«, berichtete sie ihrem Chef betont sachlich. »Ich habe es am Samstag versäumt.«

Mika sah sie merkwürdig an, nickte dann aber und gab vor, im Hexenzimmer einige Cremes herstellen zu müssen. Auch gut, dachte Merle, dann habe ich hier freie Hand. Doch die Patienten rannten ihr schon bald die Bude ein. Sie musste Mika dazu holen, um den Ansturm bewältigen zu können. Nebeneinander bedienten sie die Kunden, nahmen Rezepte entgegen, gaben tröstende Worte an die Menschen, denen es nicht so gut ging, und warfen sich gegenseitig Blicke zu, die nur sie verstanden. Die Vertrautheit aus früheren Zeiten hielt wieder Einzug, ohne dass etwas zwischen ihnen stand. Nur wenn Merle an den Kuss dachte und Mika sie zufällig berührte, loderte ein Feuer auf, welches sie für Sekunden lähmte. Mika schien es ähnlich zu gehen, denn er zuckte merklich zusammen, sobald Merle ihn ansah.

Der späte Vormittag plätscherte nur langsam dahin. Der Kundenstrom war wie abgerissen. Mika lehnte sich gegen den Verkaufstresen und betrachtete Merle nachdenklich. Merle hatte die Blicke bemerkt.

»Stimmt etwas nicht?«

Mika zuckte mit den Schultern, als er meinte: »Ich dachte, du wolltest nicht wiederkommen. Umso mehr freue ich mich darüber.«

Merle ging langsam auf ihn zu. Dann zupfte sie kurz an Mikas Kittel. »Damit hattest du recht, aber ich habe es mir anders überlegt«, sagte sie ruhig.

»Was hat dich umgestimmt?«

»Mein Gewissen.« Merle lachte schüchtern. Sie stellte sich auf Zehenspitzen, um ihm einen Kuss auf die Wange zu geben.

Verdutzt starrte Mika sie an. »Dieses Mal bin ich aber nicht schuld.«

»Niemand ist schuld, außerdem war es ein rein freundschaftlicher Kuss.« Trotzdem begann Merle zu zittern. Bittend sah sie zu Mika auf. »Nimmst du mich bitte mal in den Arm?« Merle war selbst überrascht, aber sie brauchte gerade Mikas starke Arme. Mika lächelte unsicher, dann zog er Merle zu sich und hielt sie fest umschlungen. Merle horchte dem Herzschlag an Mikas Brust. Er hatte seine Wange auf ihrem Kopf abgelegt. Beide atmeten im gleichen Rhythmus. Merle spürte, wie ruhig sie wurde. Sie fühlte die Geborgenheit, die Mika ihr gab. Mika war eben Mika. Langsam löste Merle die Umarmung, nicht ohne Mika erneut einen Kuss auf die Wange zu geben. Sie sah zu ihm auf. »Danke«, wisperte sie benommen.

Mika legte die linke Hand an ihr Gesicht und Merle schmiegte sich dagegen. »Nicht dafür«, raunte Mika. Etwas unschlüssig hielten sie Augenkontakt, bis Merle es nicht mehr aushielt. Mika legte den Zeigefinger an Merles Kinn und zwang sie ihn anzuschauen.

»Püppi, wie du dich auch entscheidest, ich warte eine Weile auf dich. Denn ich weiß, was ich will ... dich. Ich liebe dich.«

Merle missglückte ein Lächeln, Tränen brannten unter ihren Augenlidern.

Die Wochen vergingen wie im Flug. Der Tag des Abschieds stand Mika und Merle bevor. Die lange Zeit, in der sie vereinbart hatten, Berührungen zu vermeiden, weil beide wussten, wie gefährlich diese für sie werden konnten, war voller Entbehrungen gewesen. Merle spürte mit jedem Tag die Liebe zwischen ihnen wachsen. Doch Merle blieb Sönke körperlich treu. Ihr Herz jedoch war längst an Mika vergeben. Wie es in Zukunft sein würde, nicht mit Mika zusammen sein zu können, mochte sie sich nicht ausmalen. Die Erkenntnis würde noch früh genug kommen.

Sönke hatte nach dem Telefonat, welches Merle in Lulus Wohnzimmer geführt hatte, eine Weile gebraucht, um die scharfen Worte seiner Frau zu verdauen. Dann aber rief er regelmäßig an. Dabei war er freundlich und aufmerksam, mied jedoch das Thema Arbeit wie die Katze das Wasser. Sie hatten vereinbart, dass Merle ihn doch nicht in Chemnitz besuchen würde. Merle war das nur recht. Sie hatte keinerlei Ahnung, wie ihre erste Begegnung nach der Reha ausfallen würde. Sie waren einander fremd geworden, das spürte Merle bei jedem Anruf, bei jeder Sprachnachricht und erst recht in den Briefen, die Sönke angefangen hatte zu schreiben. Diese Briefe ließen keine Gefühle durchblicken. Es waren sachliche, emotionslose Worte, die der Therapie dienen sollten. Mit großem Erfolg, wie Merle fand.

Nun ging Merle Abschied nehmend durch die Räume der kleinen Apotheke. Sie strich mit den Fingern über das glänzende Holz der Einrichtung und saß anschließend im Hexenzimmer auf einem Hocker. Sie war unendlich traurig, hier nie mehr arbeiten zu dürfen. Es war eine Zeit der Selbsterkenntnis gewesen, die mit den typischen Zweifeln, die Merle lange schon beschäftigten, gepaart gewesen war. Sie blinzelte hoch zu den antiken Porzellanbehältern, die sie bereits als Kind bewundert hatte. Sie atmete ein letztes Mal den Duft der Kräuter und Salben ein, die nicht unbedingt wohlriechend, aber Merle lieb und teuer waren. Eines stand fest, für die Forschung hatte sie ihr Interesse gänzlich verloren. Sie brauchte die Kunden, die Gespräche sowie das Gefühl, nützlich zu sein. Seufzend verließ sie die hinteren Räume und bewegte sich in den Verkaufsraum. Sie musste noch den Kassenbericht des Tages abschließen, dann war ihre Zeit in der Apotheke beendet.

Mika sah sie flehend an. Offenbar hoffte er auf einen Sinneswandel, der Merle dazu bewegen könnte, nicht zu gehen.

Sie lächelte ihn an. »Gehen wir zum Abschluss gemeinsam an den Strand?«

Mikas Gesicht hellte sich auf. »Sehr gerne, wenn du mir deine wenige Zeit opfern willst.«

Merle stemmte die Fäuste in die Hüften und spielte die Empörte. »Ich opfere mich nicht, das habe ich vor Wochen versucht abzulegen.« Sie lachte, dabei berührte sie leicht Mikas Hand.

»Ich wünsche mir, dass es dir weiter gelingt.« Zärtlich betrachtete er seine ehemalige Angestellte, von der er hoffte, dass sie zumindest seine Freundin blieb. Denn einen Kontaktabbruch könnte er nicht verwinden, das hatte er ihr gesagt.

Gemeinsam verließen sie die Apotheke, um an den Strand zu gehen. Merle nahm ganz selbstverständlich seine Hand. Dabei spürte sie, wie Mika kurz die Luft anhielt. Er musste sich nicht verstellen, Merle wusste nur zu gut, wie er sich fühlte. Ihr erging es schließlich nicht besser.

Schweigend liefen sie die Seebrücke entlang, ihr Ziel war die Wasserlinie. Dort liefen sie weiter Richtung Böhl. Der Himmel war mit rosa schimmernden Wolken durchzogen und es wehte ein leichter Wind. Gerade so viel, um Merles brennendes Gesicht zu kühlen. Mit jedem Schritt, den sie zurücklegten, wurden die Gesichter der beiden trauriger. Jeder Atemzug schmerzte in der Brust und ihre Hände klammerten sich fester aneinander. Fast hätte Merle aufgeschrien. Doch der Schmerz in ihrem Herzen, der sie stumm wie ein Fisch werden ließ, war weitaus stärker. Einen deutlicheren Beweis für die Liebe zueinander hätten sie nicht haben können. Aber Merle musste zurück zu Sönke. Beide wussten es nur zu gut.

Merle blieb an der Wasserlinie stehen und sah sehnsüchtig übers Meer. Die Kraft der Naturgewalten des Nationalparks Wattenmeer fehlte ihr jetzt schon. Hier kam sie her, um ihre Gedanken zu sortieren. Hier war der Ort, an dem sie ihren Körper spürte wie sonst nirgends. Sie atmete mit den heranrollenden Wellen die salzige Luft ein. Ein unaufhörlicher Strom der Emotionen streifte ihre Seele. Sie kämpfte. Sie kämpfte um Fassung, die auf erklärliche Weise abhandengekommen war. Sie wollte Mika nicht verlassen.

Mika, der ihren Kampf bemerkte, trat nahe an sie heran. Er legte von hinten die Arme um ihre Brust und hielt sie fest umschlungen.

»Du liebst es auch, nicht wahr? Das Meer mit seiner Magie, die alles Schwere auffängt. Es zieht dich hinaus und bringt dich sicher zurück. Der Fluss des Lebens. Er kommt und geht, so wie du. Wie wir.« Er streckte seinen Arm aus und zeigte auf die Nordsee. »Schau, Püppi, dort spielt das Leben aller, auch wir sind ein Teil dieses Lebens. Niemand sonst wird ein Teil von uns sein. Uns allein gehört die Welt.« Er küsste Merles Haar. »Wir allein wissen von unserer Liebe.«

Merles Schultern zuckten. Mikas schöne Worte rührten sie zu Tränen. Aber nicht nur das. Sie wandte ihm das Gesicht zu. Mika war nicht nur Mika! Er war alles, durfte es aber nicht sein.

Mika drehte Merle ganz zu sich herum. Seine liebevollen Augen sahen sie lange an. Jede Einzelheit schien er sich einzuprägen, als ob er ein Bild von ihr zeichnete. Sein Mund kam näher an ihren heran. Flehende Blicke tauchten in die jeweils anderen. Bis zu dem Moment, in dem beide vor Verlangen schmolzen.

Merle ließ es zu, dass Mikas fordernde Lippen ihre eroberten. Mit geschlossenen Augen vergaß sie, wo sie war und wo sie hinmusste. Nur dieser eine Moment war die Wirklichkeit. Nichts weiter zählte. Mika war nicht nur Mika. Er war alles für Merle geworden. Alles und leider auch nichts. Denn eine Zukunft gab es nicht. Durfte es nicht geben. Atemlos sah Merle zu ihm auf.

»Die bleibt unser wunderschönes Geheimnis«, hauchte sie ergriffen.

»Oh, Püppi«, flüsterte Mika in ihr Ohr. »Ich wünschte, es gäbe ...«

»Pst«, machte Merle. »Nicht reden, ich möchte, dass dieser Augenblick für immer bleibt.«

Mika wusste offenbar, was sie meinte. Er küsste sie ein weiteres Mal. So intensiv, dass beide sich fühlten, als ob ein Karussell in Lichtgeschwindigkeit mit ihnen davonsauste.

Mit Einbruch der Dämmerung fielen beide auf den Boden der Tatsachen zurück, der nichts anderes bedeutete als Abschied.

»Ich bring dich noch«, bestimmte Mika atemlos.

Merle hob abwehrend die Hände. »Bitte nicht«, sagte sie mit zitternder Stimme. »Ich gehe hier«, sie wies in die Richtung, in die sie gehen musste. »Du gehst dort«, dabei zeigte Merle in die entgegengesetzte Richtung. Flehend blicke sie Mika an.

Er verstand sie ohne ein weiteres Wort und nickte langsam. Offenbar widerstand er der Versuchung, Merle ein letztes Mal in die Arme zu schließen. Seine Finger zuckten, schnell steckte er sie tief in seine Hosentaschen.

»Tschüss, Mika.«

»Auf Wiedersehen, Püppi.« Er griff ihre Hand, als ob er sie mitziehen wollte. Nach nur wenigen Sekunden rutschte sie heraus.

Ein Band war zerrissen. Nun ging jeder seinen Weg allein. Merle konnte nicht anders, sie drehte sich ein letztes Mal um. »Auf Wiedersehen«, flüsterte sie, aber ihre Stimme verlor sich im Wind und im Rauschen der Wellen, die nicht aufgaben, den Fluss aufrechtzuerhalten.

Eheversprechen

Merle ging nervös in der Wohnung auf und ab. Jede Minute musste Sönke mit dem Taxi ankommen.

Sie hatte die vergangenen zwei Tage dafür genutzt, ihr Zuhause auf Vordermann zu bringen. Von morgens bis zum späten Abend hatte sie geputzt, dekoriert und neue Blumen besorgt. Aber so sehr sie sich bemühte, die Wohnung war weit entfernt davon, ihr Zuhause zu sein. Die Sehnsucht nach dem Meer war übermächtig, wobei sie nicht eingestehen wollte, dass es eigentlich Mika war, den sie vermisste. Sie fühlte sich eingesperrt, unglücklich und allein.

Das erste Treffen mit ihrem Mann nach so langer Zeit bereitete ihr Sorgen. Ob ihre Ehe eine Chance hatte? Sönke hatte sich verändert, sie war verändert. Merle versuchte, ihrem Mann gegenüber kein schlechtes Gewissen aufkommen zu lassen. Lu hatte stundenlang auf sie eingeredet, damit Merle die Zeit mit Mika nicht bereute. Aber davon musste Lu sie nicht überzeugen, denn die Erinnerungen an Mika gehörten zu ihr wie die Leberflecken auf ihrer Haut. Auch wenn es keine Zukunft für sie und Mika gab, niemand konnte die Erinnerungen löschen. Nicht eine Sekunde wollte sie missen oder gar bereuen.

Ihre Eltern waren sehr traurig gewesen, als sie ihrer Tochter zum Abschied nachwinkten. Merle hatte im Rückspiegel gesehen, dass ihre Mutter weinte. Schön war es bei ihnen gewesen. Die Fürsorge ihrer Mutter, die klaren Worte ihres Vaters und die Geborgenheit ihres Elternhauses hatten dazu geführt, dass Merle zumindest ihr Selbstwertgefühl zurückerhalten hatte. Nun galt es, es zu bewahren und Sönke nicht wieder die Oberhand gewinnen zu lassen. Denn so viel wusste Merle inzwischen, Sönke hatte sie systematisch dazu gebracht, das zu tun, was er wünschte.

»Du bist doch kein Dummchen, sondern eine studierte Frau mit Doktortitel«, hatte Lu eindringlich auf Merle eingeredet. »Das ist weit mehr, als ich zu bieten habe«, meinte ihre Freundin selbstkritisch.

Merle hatte sie mit einem Sofakissen beworfen und geschimpft: »Du spinnst wohl, du bist die klügste Frau, die es auf Erden gibt. Du musst dein Licht nicht unter den Scheffel stellen, nur weil ich mich irgendwo verloren habe.«

Merle lächelte. Sie konnte sich glücklich über diese Freundin schätzen. Wenn es ihr nicht gelang, Arbeit zu finden, und sollte ihr die Decke auf den Kopf fallen, würde Merle im Café aushelfen, um auf andere Gedanken zu kommen.

Ein lautes Hupen ließ sie zusammenfahren. Sie vermutete, der Taxifahrer kündigte die Ankunft ihres Mannes an. Merle seufzte: »Dann mal auf in den Ehewahnsinn«.

Sofort schlug sie sich mit der Hand auf den Mund. Was zum Teufel redete sie da? Auch noch so laut, dass die Nachbarn es vom Balkon aus hätten hören können.

Merle schwitzte. Sie schloss die Augen, um die Nordsee zu visualisieren. Der Fluss des Lebens! Nun hörte sie bereits den Fahrstuhl zischen. Sie hatte ein Gefühl von Herzstillstand. Aber das war natürlich Unsinn.

»Moin, Frau Hofer, ich bringe Ihren Mann zurück, die Party kann steigen!« Der Fahrer hatte es sich nicht nehmen lassen, Sönke bis in die Wohnung zu begleiten. Party? Hätte Merle für ihren Mann eine Überraschungsparty organisieren müssen? War sie tatsächlich so sehr mit sich selbst beschäftigt, dass ihr solche Kleinigkeiten nicht einfielen?

Merle erinnerte sich, dass Sönke keine Überfälle mochte, sie hatte also alles richtig gemacht. Sönke fingerte einen Schein aus der Hosentasche, den er dem Fahrer zusteckte.

»Ist gut, Sie können jetzt gehen«, sagte er knapp. Er lauschte dem Schließvorgang der Fahrstuhltür und stieß einen Seufzer aus.

»Mann, der hat die gesamte Fahrt über wie eine Pestbeule genervt.«

Merle kicherte, diese Art von Humor kannte sie bisher nicht von Sönke. Für gewöhnlich war er überaus korrekt und bestand auf eine stilvolle Ausdrucksweise. »Hallo, Sönke«, sagte Merle, bemüht unbefangen zu klingen. »Schön, dich wieder hier zu haben.« Fast hätte Merle sich an ihren eigenen Worten verschluckt. Heucheln hatte ihr noch nie gelegen, aber irgendetwas musste sie schließlich sagen. Sie fürchtete das Zusammenleben mit Sönke. Die Launen, die ihn unvorbereitet überkamen, waren für Merle nie absehbar. Daher trafen sie sie mit doppelter Wucht. Sie hoffte, dass ihr Selbstbewusstsein für Sönkes Eskapaden ausreichte. Sönke blieb unschlüssig mitten im Wohnzimmer stehen. Scheinbar versuchte er, etwas zu suchen, das Merle nicht einordnen konnte.

»Bleib mal dort stehen, wo du bist, ich suche dich«, sagte er unverhofft. Er schnalzte merkwürdig mit der Zunge, dabei bewegte er sich, wie es schien, beinahe sicher durch den Raum. Merle hielt den Atem an. Warum diese Schnalzgeräusche? Klackklackklack. Merle stockte der Atem, als er plötzlich vor ihr stehen blieb. »Ich hab dich!« Er freute sich.

»Wie machst du das?« Merle war beeindruckt.

Sönke grinste. »Ich bin noch in der Übungsphase, es wird Jahre dauern, bis ich mich sicher darauf verlassen kann, aber ich mache jeden Tag neue Entdeckungen.«

»Du hörst den Klang deines Schnalzens und weißt, was vor dir ist?«

Sönke nickte. »Ganz genau. Nun komm endlich her.« Er griff nach ihr, aber Merle konnte den Impuls nicht vermeiden, ein Stück Abstand zu nehmen. Sönke hob den Blindenstock, um Merle damit zu berühren.

»Siehst du, ich habe mich doch etwas verschätzt.« Er lachte und nahm seine Frau in den Arm. Er suchte und fand ihren Mund. Fordernd schob sich seine Zunge in ihre Mundhöhle. Er packte sie etwas zu grob an, aber er hatte Merle fest im Griff. Es gelang ihr nicht, sich von ihm zu lösen. Als er den Griff lockerte, nutzte sie die Chance, ihm zu entweichen.

»Liebling, ich habe gekocht, wir wollen es doch nicht kalt werden lassen«, sagte sie mit einem Zittern in der Stimme. Sie klang wie ein Kind, das ein Gedicht vor dem Weihnachtsmann aufsagen musste.

Sönke nahm dies natürlich wahr. »Hey, ist alles in Ordnung mit dir?« Er klang nicht besorgt, sondern eher belustigt.

Merle riss sich zusammen. Unmöglich, ihre Selbstbestimmung bereits in den ersten Minuten zu verlieren. »Aber klar doch.« Sie gab sich fröhlich, ihr Herz aber schmerzte höllisch. Warum musste sie ausgerechnet jetzt an Mika denken? Sie fand die Antwort schnell. Weil er sie nie grob behandeln würde. »Ich gehe in die Küche, wir können gleich essen.«

»Hunger hab ich nicht«, rief er zur Küche. »Jedenfalls nicht auf Schweinebraten.«

Sie hob den Kopf und streckte das Kinn vor. »Alles andere ist zurzeit ausverkauft! Ich habe meine Tage«, sagte sie, damit er sie nicht länger bedrängte.

Sönke grunzte. »Kann nicht sein, du bist erst in zwei Wochen dran.« Sönke hatte immer genau gewusst, wann ihre Periode einsetzte.

Merle erstarrte. »Durch den Stress, du weißt schon, dein Unfall, die lange Trennung von dir ... Leider hat sich da etwas verschoben.« Notlügen waren erlaubt. Sogar ihre Mutter nutzte sie hin und wieder.

Sönke hatte die Küche gefunden. An den Türrahmen gelehnt sagte er: »Nicht schlimm, mir macht das nichts.« Merle fuhr ärgerlich herum.

»Mir aber!«

»Warum bist du denn so zickig? Komme ich dir ungelegen?«

Merle eilte auf Sönke zu. Er wirkte plötzlich hilflos und einsam. Er tat ihr leid. »Wie kommst du denn darauf? Dummerchen. Sie küsste ihn auf den Mund und schmiegte sich in seine Arme. »Entschuldigung«, murmelte sie. »Es ist schön, dich wieder zuhause zu haben.«

»Trinken wir einen Tee auf der Terrasse? Ich habe wirklich keinen Hunger.« Sönke sah Merle bittend an.

»Ich koche uns einen«, sagte Merle und löste die Umarmung mit ihrem Mann. Mit fahrigen Bewegungen füllte sie Wasser in den Kocher, danach wählte sie einen herben Friesentee.

»Ich könnte einen süßen, heißen Kakao vertragen«, rief Sönke zur Küche hinein.

»Gut, dann gibt es heiße Schokolade«, rief Merle zurück. Eilig erhitzte sie die Milch und gab einen großen Löffel Kakaopulver hinein.

Die Dachterrasse war durch die Sonne erwärmt und beide zogen ihre T-Shirts aus. Merle betrachtete Sönke, der neben ihr Platz genommen hatte. Er wirkte äußerlich entspannt, sogar zufrieden. Sie schob ihre Hand in seine und drückte sie.

»Wie sind deine Pläne für den Rest der Woche?« Merle blickte Sönke erwartungsvoll an.

Sönke streckte die Beine von sich und richtete das Gesicht der Sonne zu. »Ich weiß noch nicht, endlich habe ich keine Termine mehr. Ich dachte daran, mich erst einmal zu erholen.« Er lachte. »Die haben mich ganz schön gescheucht. Besonders Ina ließ mir keine Ruhe zum Nachdenken.«

»Du hättest nicht diese Erfolge erzielt, wenn du nicht drangeblieben wärst«, gab Merle zu bedenken.

»Ganz sicher nicht. Die sind echt voll gut drauf in der Klinik. Selbst mit mir, ich war am Anfang wirklich nicht einfach, haben sie es aufgenommen. Nie wurde ich fallengelassen. Im Gegenteil, es war immer ein rettender Anker zur Stelle.« Sönke lächelte sanft. Er machte den Eindruck von unendlicher Dankbarkeit. Die Klinik schien ihm sehr geholfen zu haben.

Letztendlich war dies für Merle nicht weniger gut. Ihr Mann sah wieder positiv auf die Dinge, die ihn betrafen. Merle hatte plötzlich Hoffnung, dass Sönke die Wutausbrüche abgelegt hatte. Schlagartig wurde sie entspannter. Trotzdem betete sie, dass es nicht die Ruhe vor dem Sturm war.

Sönke beugte seinen Oberkörper vor. Die Stirn in Falten gezogen, begann er mit dem Schnalzen. Merle beobachtete ihn und beschloss abzuwarten.

»Sag mal, Liebling, was ist anders auf der Terrasse? Ich merke es, aber ich verstehe nicht, was es ist.« Alarmiert sah Merle sich um. War jetzt der Moment, in dem Sönke die Beherrschung verlor? Hatte sie etwas falsch gemacht?

»Ich muss mal überlegen«, sagte sie, um Zeit zu gewinnen. »Ach, vielleicht meinst du die Palme rechts von dir. Ich habe sie gestern gekauft, damit es nicht so kahl wirkt.«

Sönkes Gesicht lief rot an, Merle glaubte zu erkennen, dass er innerlich kochte.

»Ich kann sie entfernen, wenn es dir lieber ist.«

»Aber die nimmt uns doch die ganze Sicht!«, knurrte er genervt. Merle hielt inne. Die Sicht? Wem? Sie zuckte kurz mit der Schulter.

»In Ordnung, ich bringe sie morgen zurück.«

»Danke«, stöhnte Sönke erleichtert. Merle verstand das alles nicht. Am meisten ärgerte sie die Arbeit, die es gekostet hatte, die Palme nach oben zu verfrachten. Nun durfte sie sie noch mal transportieren, nur in die andere Richtung. Sie reckte das Kinn über das Geländer. Sollte sie? Sie erblickte niemanden unten auf der Grünfläche des Hauses. Sie grinste schief, Lust hätte sie dazu, aber das Risiko, doch jemanden zu verletzten, war zu groß. Erneut schnalzte Sönke das inzwischen bekannte Klickklack. Was denn nun noch? Panisch sah sie sich um, konnte jedoch nichts entdecken, was es für Sönke zu erklacken gab.

»Was ist sonst noch?«, erkundigte sie sich und konnte einen genervten Tonfall nicht vermeiden.

Sönke schien dies zu amüsieren, denn er lachte leise. Wenigsten war seine Laune wieder besser. »Nix, ich wollte nur mal was testen. Mache ich dich verrückt damit? Daran musst du dich leider genauso gewöhnen wie ich.«

»Nein, nein«, sagte Merle schnell. »Ich ... es ist alles gut.«

Sönke wandte sich zu ihr hin. »Liebst du mich noch?«

Merle spürte, wie sie feuerrot anlief. Für eine Sekunde dachte sie, ihr Herz bliebe stehen. Mit dieser Frage hatte sie nicht gerechnet. »Natürlich, warum fragst du so etwas?« Merle war empört. Dabei musste sie noch nicht einmal schauspielern. Wenn sie nicht an ihre Ehe und an das Eheversprechen glauben würde, dann ... ja, was dann? Wäre sie in St. Peter-Ording geblieben? Kraftlos sank sie zusammen.

Sönke versuchte erneut die Klickklack-Übung. Merle warf verzweifelt die Hände vors Gesicht. Gerade erst war Sönke zu Hause angekommen und schon fühlte sie sich, als ob er ihr die gerade erst gewonnene Kraft raubte.

»Ist es nicht wunderschön hier, Liebling?«

Merle ließ die Hände in ihren Schoß fallen und starrte ihn an. »Ja«, sagte sie leise, vorsichtig nippte sie an ihrem Kakao. Dabei tropften Tränen in den Becher.

Bittersüße Tränen im heißen Kakao. Mika war nicht nur Mika.

Sie räusperte sich. »Ich glaube, wir sollten etwas essen.«

Sönke lachte höhnisch. »Liebling, du bist fett genug. Aber wenn du meinst, ich höre dir dabei zu.«

Unter Tränen rührte Merle in den Töpfen, ohne wirklich zu wissen, was sie da tat. Sie konnte die Erinnerungen an Mika nicht auslöschen. Er hatte sie auf Händen getragen, obwohl sie es nie zugelassen hatte. Sie vermisste die gemeinsame Arbeit, die Kunden, nicht zuletzt Mikas Lippen, die nach Tagen immer noch auf ihren prickelten. Sie rang um Fassung, als sie Sönkes Blindenstock hörte.

»Merle, Sina kommt zum Essen, es ist dir doch recht?«

Merle schnappe hörbar nach Luft. Wie dreist war das denn? Sie nahm allen Mut zusammen und sagte: »Nein, es ist mir ganz und gar nicht recht.«

»Holla! Wie bist du denn drauf?«, fragte Sönke belustigt. »Kleine Beißkatze?«

»Wenn du so willst ... ja.« Sie rutschte in der Absicht, den Tisch zu decken, an ihm vorbei.

Da packte Sönke ihren Arm. »Hör mal gut zu«, zischte er gefährlich leise. »Dies ist auch meine Wohnung. Wen ich einlade, bestimme ich.«

Merle blieb ruhig. »Selbstverständlich, aber dann musst du auf mich verzichten. Ich gehe dann.« Sie drückte ihm den Kochlöffel in die Hand. »So, bitteschön. Du kennst dich aus?« Merle flüchtete aus der Küche, nahm ihr Handy und rief den Fahrstuhl.

Wenn Sönke überrascht war, so merkte Merle ihm nichts an. »Gehst du dich bei Lulu ausheulen?«, rief er ihr spöttisch nach.

Aber Merle ignorierte ihn, bedankte sich still für den Tipp und verschwand endgültig aus der Wohnung.

Überqualifiziert

Sönkes Blindenstock klopfte laut auf das Parkett. Ein deutliches Zeichen seiner Ungeduld. Irgendetwas hatte ihn verärgert. Kein seltener Zustand, seitdem er den Unfall im Labor überlebt hatte. Meist war Merle Ziel seiner Wut.

Im Laufe der Wochen hatte sie sich fast daran gewöhnt. Seit sie ihm verkündet hatte, die Arbeitssuche aufzunehmen, brach es von Tag zu Tag schlimmer aus ihm hervor. Sina lud er regelmäßig ein, ebenso regelmäßig verließ Merle die gemeinsame Wohnung. Erst vor einigen Tagen hatte sie ihm an den Kopf geknallt, sie wisse, dass er sie mit Sina betrog. Sönke hatte diese Anschuldigung nur ein Lächeln gekostet. Er bemühte sich nicht, es abzustreiten, gab es jedoch auch nicht zu.

Lu redete auf Merle ein, ihm endlich den Laufpass zu geben. Die Ehe mit Sönke war inzwischen ihre persönliche Hölle geworden. Leider fehlte ihr immer noch der Mut, ihn zu verlassen. Sie wäre diejenige, die einen blinden Mann zurücklassen würde. Ihr würden die vorwurfsvollen Blicke zugeworfen werden. Aber konnte ihr das nicht egal sein? Warum nur sträubte sie sich davor, ein Leben in Freiheit zu beginnen. Klickklackklickklack. Sönke suchte offenbar nach etwas.

»Merle?«, rief er vom Flur her.

»Ich bin hier, im Wohnzimmer«, gab sie geduldig Antwort.

»Ich wollte nur wissen, wo du bist. Du verhältst dich so leise, dass ich glaubte, du seist weg«, meinte er.

Noch nicht. Aber du gibst dir die größte Mühe, dass es dazu kommt.

»Wo sollte ich denn sein? Ich bin erst heute Nachmittag auf Jobsuche.« Merle hatte unzählige Bewerbungen geschrieben. Sie besuchte jede Apotheke persönlich, um die Unterlagen abzugeben. Dabei entstanden oft nette Gespräche, aber eine Einstellung kam nie zustande. Und dass, obwohl ein Mangel an Fachkräften bestand. Merle verstand das nicht, aber gab die Hoffnung nicht auf. Sie schrieb unablässig weiter Bewerbungen.

Die zärtlichen Kurzmitteilungen, die Mika schickte, waren ein täglicher Lichtblick geworden. Sönke gefiel es überhaupt nicht, dass er nicht in der Lage war, ihr Handy zu checken. Neuerdings drängte er sie ebenfalls, ein Blindenhandy zu benutzen. Das hatte ihr gerade noch gefehlt. Sönke war dermaßen misstrauisch, dass er am liebsten alles kontrollieren wollte, womit Merle sich beschäftigte.

»Merle, warum tust du das? Ich möchte nicht, dass du arbeitest, wir müssen es doch gar nicht.«

»Sönke«, sagte sie ruhig. »Ich möchte es aber. Damit musst du dich abfinden.«

»Dich stellt sowieso niemand ein.«

»Na siehste«, murmelte Merle.

Nachmittags klapperte Merle drei Apotheken ab. Die ersten zwei lehnten ab, ohne Merle überhaupt anzusehen. Deutlich hatte sie die Ablehnung ihrer Person gegenüber gespürt, aber sie konnte sich keinen Reim darauf machen. Auch bei der dritten hatte Merle keine so großen Erwartungen, aber wer nicht wagte ...

Die Schloss-Apotheke lag in der Altstadt Bremens. Die Einrichtung erinnerte Merle schmerzlich an St. Peter-Ording. Ähnlich wie in Mikas Apotheke bemerkte man gleich beim Eintreten den historischen Hintergrund. Sie bat darum, den Chef sprechen zu dürfen.

»Ich schaue, wo ich ihn finde«, sagte die freundliche Angestellte. Wenige Augenblicke später, erschien Doktor Norbert Schlüter hinter dem Verkaufstresen.

»Doktor Hofer! Welch Überraschung, wie geht es Ihnen?« Merle kannte Doktor Schlüter aus früheren Fortbildungen. Oft waren sie sogar gemeinsam mit dem Auto zur Schulung gefahren. Über das Sie waren beide, trotz der engen Zusammenarbeit, nie hinausgekommen. Vielleicht war es nun sogar die bessere Grundlage für ein Bewerbungsgespräch.

»Haben Sie einen Augenblick?« Merle hob ihre Unterlagen hoch. Doktor Schlüter kniff angestrengt die Augen zusammen. Er schien zu überlegen. Doch er besann sich auf seine Höflichkeit und lächelte.

»Selbstverständlich, kommen Sie in mein Büro.« Er wies auf eine geschlossene Tür, dann überließ er Merle den Vortritt. Ein großer dunkler Schreibtisch dominierte den kleinen Raum. Durch die dunklen Ledersessel wirkte es hier düster und gedrungen. Daran änderte auch das Fenster zu Merles Linken wenig. Sie redete nicht lange um den heißen Brei herum, sondern kam gleich zur Sache.

»Ich suche Arbeit«, sagte sie sachlich.

Doktor Schlüter runzelte die Stirn. »Doch nicht etwa bei mir?« Merle verließ bereits jetzt der Mut. Wieder kein Erfolg?

»Doch.« Sie seufzte.

»Aber ich werde nächsten Monat in den Ruhestand verabschiedet, beziehungsweise verabschiede ich mich selbst.« Merle wurde hellhörig. Es kribbelte in ihren Fingern. Schweißperlen bildeten sich auf ihrer Stirn. War dies womöglich doch eine Chance?

»Ach so«, hörte sie sich sagen. »Das freut mich für Sie. Ich hätte Sie jünger geschätzt.«

Doktor Schlüter schmunzelte. »Danke, sehr nett von Ihnen. Aber sagen Sie, mache ich da einen Denkfehler oder besitzen Sie nicht selbst eine Apotheke?«

»Ich habe sie verkauft, um meinen Mann in der Forschung zu unterstützen.«

»Nun ist der Mann weg?«

Nicht ganz.

»Nein.« Merle lachte. »Sie haben sicher von dem Chemieunfall im Bremer Konzern gehört?«

Schlüter nickte. Plötzlich beugte er den Oberkörper vor. »Sagen Sie nicht ...«

»Doch, der Glückspilz war mein Mann.«

»Ich bin geschockt, Doktor Hofer. Es tut mir sehr leid.«

»Danke.«

»Haben Sie es schon bei anderen Kollegen versucht?«

»Ziemlich oft sogar«, sagte Merle kläglich. »Doch alle meinten, ich wäre nicht geeignet, aus einer Selbstständigkeit heraus als Angestellte tätig zu werden. Das Zauberwort heißt: überqualifiziert.« Merle ließ die Schultern hängen. Sie hatte das Gefühl, hier auch nicht weiterzukommen.

»Verstehe, oder auch nicht. Jeder könnte sich glücklich schätzen, eine so gute Apothekerin einstellen zu können. Haben Sie es im Krankenhaus versucht? Dort werden öfter Ausbilder gesucht.«

»Nein, ich hätte gern den Kundenkontakt, aber wenn ich keine Chance sehe, etwas Geeignetes zu finden, werde ich mich dort erkundigen.«

Doktor Schlüter sah sie nachdenklich an. »Eine eigene Apotheke kommt für Sie nicht mehr in Frage?«

Jetzt musste Merle lachen. Sie hob die Hände. »Schauen Sie sich doch um, wer hat denn eine zu verkaufen?« Merle ging davon aus, dass Doktor Schlüter seine längst verkauft hatte. Sonst wäre sein Ruhestand nicht für den nächsten Monat geplant.

Er lehnte sich im Sessel zurück und rieb die Zeigefinger aneinander. Als er damit aufhörte, saß er plötzlich kerzengerade. »Ich!« Die Nachricht schlug ein wie eine Bombe. Merle konnte ihr Glück nicht fassen. Sie hatte zwar nie in Erwägung gezogen, ein neues Geschäft zu eröffnen, aber dies hier war etwas anderes. Die Hoffnung auf eine Anstellung in ihrem Beruf war inzwischen ohnehin auf ein Minimum gesunken.

Merle räusperte sich nervös. »Was soll sie denn kosten?« Die Schloss-Apotheke lag günstig in der Altstadt. Sicher war hier ein großer Kundenstamm vorhanden. Merle fürchtete einen Preis, den sie nicht ohne Sönkes Einverständnis akzeptieren konnte. Sie rechnete nicht damit, dass Sönke vor Freude in die Luft gehen würde.

Doktor Schlüter zwinkerte ihr zu. »Nun, ich glaube, wir werden uns einigen. Ich bin ehrlich, da ich keinen Nachfolger gefunden habe, müsste ich die Bude sonst schließen. Ich wäre da nicht der Erste. Leider haben allein im vergangenen Jahr an die dreihundert Pharmazeuten die Tore schließen müssen, nicht alle hatten das Rentenalter erreicht. Die Online-Apotheken ziehen viele Kunden ab, da ist es für einen mittelständischen Betrieb schwer, dagegenzuhalten.«

Merle nickte betroffen. Sie hatte von den neuen Beschlüssen, die den Apothekern erlaubten, eigene Rabatte einzuräumen, gehört. Eine Konsequenz daraus, dass die Holländischen Online-Händler damit schon lange warben. In Deutschland waren diese Rabattaktionen bisher noch verboten. Gut möglich, dass dieses Gesetz wieder Schwung in die Apotheken brachte.

Trotzdem waren Online-Bestellungen sehr beliebt geworden. Obwohl die Internet-Apotheken dicke Minusgeschäfte einfuhren, hielten sie an den deutlich niedrigeren Preisen fest. Für Merle stand fest, dass die Preise anziehen würden, wenn die Konzerne erst einmal den Markt beherrschten. In der Zukunft bedeutete dies für den ländlichen Bereich, dass viele Apotheken schließen und die Kunden lange Anfahrtswege zur nächsten Apotheke in Kauf nehmen müssten.

»Aber Doktor Schlüter, es wird sicher jemand Interesse zeigen, diese wunderschöne alte Apotheke weiterzuführen. Nennen Sie mir Ihren Preis.« Nervös rieb sie ihre feuchten Hände an der Jeans. Dies war die Chance! Wenn es keine Möglichkeit gab, als Angestellte einen Job zu bekommen, dann als Inhaberin.

Doktor Schlüter nannte einen schwindelerregend hohen Preis, aber Merle hatte bereits entschieden, das Angebot anzunehmen. Heute Abend würde sie mit Sönke sprechen, auch wenn sie die Antwort bereits kannte. Sie musste ihn in ihre Pläne einweihen. Sie dachte an Mika, er fehlte ihr, nicht nur als Freund. »Wenn Sie mir einen Aufschub genehmigen, ich möchte mich erst mit meinem Mann beraten.«

»Sehr gerne, Doktor Hofer, ich freue mich, von Ihnen eine positive Nachricht zu erhalten.« Doktor Schlüter wirkte plötzlich zurückhaltend. Bereute er es, ihr die Apotheke angeboten zu haben?

Es klopfte kurz an der Tür, die sich gleich darauf mit einem Schwung öffnete. Merle erkannte Doktor Schlüters Frau. Einen fragenden Blick im Gesicht trat sie an seine linke Seite, besitzergreifend legte sie eine Hand auf seine Schulter.

»Irene, mein Herz, darf ich dich mit Frau Doktor Hofer bekanntmachen? Vielleicht konnte ich sie davon überzeugen, unser Geschäft zu kaufen.« Irene Schlüter warf Merle einen misstrauischen Blick zu. Sie schien zu überlegen. Ihr Gesicht wirkte finster. Sie war eine elegante Persönlichkeit, die Einnahmen ihres Geschäftes zeigte sie offen mit ihrem Kleidungsstil. Merle musste nicht lange raten, in welchen der angesehenen Läden sie ihre Klamotten kaufte. Ihre Hände schmückten Ringe mit Diamanten und anderen Edelsteinen.

»Etwa *die* Doktor Hofer aus dem Chemielabor?«

Merle glaubte zunächst, nicht richtig gehört zu haben. Sie war als Forscherin nie überragend bekannt gewesen. Sönke hatte diese Position für sich eingenommen. Warum also war sie plötzlich *die* Doktor Hofer?

»Ja, sie hat dort gearbeitet«, klärte ihr Mann sie auf, der nun sichtlich unruhiger wirkte.

»Norbert, das kannst du nicht machen, du hast eine Verantwortung deinen Patienten gegenüber.«

Merle erstarrte. Warum griff Irene Schlüter sie auf diese Weise an? Ein ungutes Gefühl beschlich sie.

»Wie meinen Sie das, Frau Schlüter?«, fragte Merle betont sachlich, obwohl es ihr schwerfiel, ruhig zu bleiben.

»Na, Sie haben Nerven, die gesamte Apothekerkammer spricht von Ihnen. Haben Sie vergessen, was Sie Ihrem Mann zugefügt haben?« Aus grünen Katzenaugen blitzte sie Merle an.

»Irene, lass es gut sein, ich glaube, die Hofers haben genug durchgemacht.«

»Vielleicht, aber dafür musst du doch dieser Frau nicht unsere Apotheke überlassen.« Frau Schlüter versprühte ihre Giftpfeile in Merles Richtung.

»Was erzählt man in der Kammer?«, fragte Merle scharf. »Ich habe nichts verbrochen und verstehe Ihre Anschuldigungen nicht.« Merle hatte ein flaues Gefühl im Magen. Wie schnell Gerüchte einen Menschen zerstören konnten, wusste sie. Nun erfuhr sie es am eigenen Leib. Sie war fassungslos.

»Nun spielen Sie mal nicht die Unschuldige. Ihr Mann hat selbst dafür gesorgt, es überall bekannt zu machen. Dabei hat er gebeten, Ihnen trotzdem noch eine Chance zu geben. Aber ich fürchte, da wird ihm niemand helfen.«

»Trotz was?«

»Sie haben auf Risiko gesetzt ... ach, was rede ich, schließlich wissen Sie am besten Bescheid.«

Merle zuckte kurz, dann erhob sie sich aus dem Ledersessel.

»Ich weiß es zwar nicht, aber ich weiß zumindest, was ich zu tun habe. Vielen Dank für das offene Gespräch.« Sie ersparte sich das Händeschütteln und ging. Die anfängliche Freude über die Möglichkeit, die Apotheke zu kaufen, löste sich in Luft auf. Im Moment war dies jedoch nicht wichtig. Sie musste Sönke zur Rede stellen. Warum tat er ihr das an? Hatte ihre Ehe tatsächlich lediglich aus Lügen bestanden?

»Doktor Hofer, bitte warten Sie doch, wir können über alles in Ruhe reden.« Norbert Schlüter war offenbar über die Äußerungen seiner Frau verärgert. Aber Merle reagierte nicht auf die Rufe, sie brauchte dringend frische Luft.

Auf der Straße packte sie unbändige Wut. Sönke hatte seine Beziehungen spielen lassen und alles darangesetzt, ihr die Schuld für den Unfall zuzuschieben. Er schwärmte von Sina, machte Merle das Leben schwer, aber verhinderte auf eine unerhörte Art, dass sie einen Job fand? Warum? Was führte er im Schilde?

Ihr nächster Gedanke galt Lulu. Doch lieber ersparte sie ihrer Freundin die Heulerei, sie hatte Lu schon genug mit ihren Problemen belastet. Merle fuhr nach Hause, oder was davon übriggeblieben war. Eine

Herberge ihrer Habseligkeiten, weiter nichts. Mika hatte seit Tagen keine Nachrichten mehr geschrieben, vielleicht war er des Wartens überdrüssig geworden und ließ Merle nun einfach links liegen.

Auch gut, ich muss meine Leben ordnen und zwar schnell!

Einen Job im Umkreis Norddeutschlands zu bekommen, konnte sie getrost vergessen. Offenbar hatte Sönke ganze Arbeit geleistet.

Merles Wut verrauchte wie ein Strohfeuer. Ihr Körper glich nun mehr einer leeren Hülle. Sie musste Sönke zur Rede stellen, um dann über einen Neuanfang nachzudenken. Am besten bei ihren Eltern in St. Peter-Ording. Wo sollte sie sonst auch hin? Sönke versuchte nicht nur alle offenen Türen für sie zu verriegeln, er machte ihr das Leben zur Qual. Wie hatte sie es nur so weit kommen lassen können?

Zu dritt

Merle war nicht besonders überrascht, als Sina ihr nur mit einem Slip bekleidet auf dem Flur begegnete. Sina lief feuerrot an und zupfte an dem kleinen Etwas, welches sie am Körper trug.

Ich wusste es doch schon.

Merle schenkte ihr keine Beachtung, sondern suchte Sönke. Sie fand ihn auf dem Wohnzimmerboden in nicht weniger unpassender Kleidung. Nämlich gar keiner.

»Sina«, rief er, »wo sind meine Sachen? Merle wird bald zurückkommen, dann hätte ich schon gern etwas anzuziehen.« Er lachte albern.

Merle sah sich um, griff seinen Pullover, der achtlos vor den Kamin geworfen worden war und reichte Sönke wortlos das Kleidungsstück. »Danke, meine Wildblume. Wir sollten noch mal lüften …« Sönke stockte. Offenbar spürte er jetzt, dass Sina nicht vor ihm stand. Er schluckte. »Merle?«

»Gut erraten, du machst Fortschritte«, sagte Merle trocken. »Wir müssen uns dringend unterhalten. Ich warte auf der Terrasse.«

»Liebling.« Sönke hustete. Offenbar verschluckte er sich an seinen eigenen Worten. »Es ist nicht, wie es …«

»Halt den Mund!«, brummte Merle. Diese Floskeln riefen bei Merle Übelkeit hervor. »Ich warte, aber nicht zu lange.« Sönke hatte offensichtlich die erlernten Handgriffe verlernt. Er wirkte hektisch, weder der Blindenstock noch das Klickklack konnten ihm zur Orientierung helfen.

Merle hatte Mitleid, aber ihr Herz blieb dennoch endgültig kalt. Die zuvor selbstverständlichen Hilfestellungen ersparte sie sich nun. Sollte Sina ihn doch betütteln. Sina schien aber nicht daran zu denken. Sie zog in aller Seelenruhe ihre Kleider an und blieb, im Gegensatz zu Sönke, gelassen. Sönke war aufgestanden, aber er wirkte fahrig und noch nervöser, sodass der Blindenstock zu Boden fiel. Durch einen reflexartigen Schritt, den er machte, um das Gleichgewicht nicht zu verlieren, kickte er ihn auch noch weg.

»Kann mir bitte mal jemand helfen?« Seine Stimme zitterte. Merle ahnte, wie sehr er mit seiner Wut kämpfte.

Merle warf Sina einen Blick zu. Sie hob eine Augenbraue und zuckte mit der Schulter.

»Er sagt, fürs Babysitten bist du zuständig.« Merle schnappte nach Luft. »Was ist? Hat Sönke selbst gesagt«, sagte Sina mit einem unschuldigen Augenaufschlag.

Merle sah von ihrem Mann abwechselnd zu Sina und zurück. Doch sie ertrug Sönkes Unsicherheit nicht länger. Sie bückte sich und hob den Stock auf. Nachdem sie ihn Sönke in die Hand gegeben hatte, bewegte sie sich eilig auf die Dachterrasse.

Bei geöffneter Tür hörte sie Sönke zischen. »Sina, verdammt, was ist mit dir los?«

»Du solltest dich endlich entscheiden, ich habe lange genug deine Geliebte gespielt. Du zerstörst uns alle drei.« Merle gab Sina im Stillen recht. Sina war also wirklich schon länger Sönkes Affäre.

Die Situation nicht länger aushaltend, sprang sie auf, um in Windeseile einige Sachen in ihren Koffer zu werfen. Sie wollte sofort zu ihren Eltern. Für ein Gespräch mit Sönke fehlte ihr augenblicklich die Geduld. Als sie den Fahrstuhl anforderte, kam Sönke auf sie zu.

»Du willst weg?« Vor lauter Unsicherheit starrte er in eine andere Richtung. Er wirkte dadurch so verloren, dass es Merle unwillkürlich die Tränen in die Augen trieb.

»Du hast es so gewollt«, sagte sie gepresst. Sofort wusste Sönke, wohin er sein Gesicht wenden musste. »Du hast mir so viel angetan, Sönke. Ich verstehe das nicht, aber im Augenblick möchte ich es auch nicht.

Du hörst irgendwann von mir.« Der Fahrstuhl öffnete die Tür mit einem leisen Zischen. Dann trat Merle mit einem langen Schritt hinein. Bevor sie die Tür schloss, konnte sie einen letzten Blick auf Sönke werfen. Er schien tatsächlich verzweifelt, dass sie ihn verließ. Merle fragte sich, was er erwartet hatte? Ein Anflug von Sorge erwischte sie kalt und unerwartet.

Was war, wenn Sina ihn allein ließ? Wenn sie es nicht schaffte, ihm die nötige Hilfe zu geben? Sicher, Sönke hatte viel gelernt, aber wäre er auch stark genug, wenn er völlig allein war?

Verdammt, warum interessiert es dich?

Weil wir uns einmal sehr geliebt haben.

Wo hatte sie ihre einst glückliche Ehe hingeführt? Waren alle Pläne, inklusive ihrer tiefen Liebe und was daraus geworden war, unecht gewesen? Sönke und Merle hatten auf das falsche Pferd gesetzt. Ein Knall, im wahrsten Sinne des Wortes, hatte beide zur Umkehr gezwungen. Mit aufgewühlten Seelen und einer geballten Ladung Schmerz blickten sie auf den Scherbenhaufen ihres gemeinsamen Traumes. Die ewige Liebe. Sie war nicht bereit gewesen, für Mika ihre Ehe zu beenden, nun musste sie es doch. Ob die Zukunft es gut mit ihr meinen würde? Merle war mit ihren aufgewühlten Gefühlen in einer Sackgasse gelandet und zu klaren Gedanken nicht fähig. Hatte Sönke wirklich geglaubt, sie könnten eine Beziehung zu dritt führen? Eine für das Grobe, eine für das Schöne? Ihr ohnehin geringer Mageninhalt bäumte sich auf. Als die Tür des Fahrstuhls sich öffnete, eilte sie hinaus.

An der frischen Luft ging es ihr ein bisschen besser. Schwer atmend fiel sie auf den Vordersitz ihres Wagens. Ihr war schwindelig, ihre Nerven spielten Himmel und Hölle mit ihr. Sie hatte ihren Koffer im Fahrstuhl vergessen. Kurz überlegte sie, ihn zu holen.

»Ist jetzt egal«, sagte sie laut. »Ich brauche nichts als St. Peter-Ording.« Sie drehte den Zündschlüssel um und fuhr los.

Ihre Mutter machte große Augen, als sie Merle während der Gartenarbeit erblickte. Sie ließ den Rechen fallen, um ihrer Tochter entgegenzueilen. Merle blieb stumm vor Mara stehen. Die Unterlippe zitterte, aber sie war nicht in der Lage zu sprechen. Das musste sie auch nicht. Mara umarmte sie fest.

»Kind«, flüsterte sie. Merle legte ihren Kopf an die Schulter ihrer Mutter.

»Ja«, murmelte Merle. Mara hielt es offenbar für besser, keine Fragen zu stellen. Sie führte Merle ins Haus und setzte mit ihrer Tochter im Arm Teewasser auf. Dann schob sie Merle ins Wohnzimmer, bugsierte sie auf das Sofa und deckte die zitternde Merle mit einer Kuscheldecke zu.

Merle fror, als ob sie aus einer Eiskammer entflohen wäre. Aber eigentlich war es ja auch so. Wie sonst sollte sie es nennen? Ihr Mann hatte sie hinter ihrem Rücken bei der Apothekerkammer verraten, er hatte gelogen und sie ruiniert. Gerüchte, die erst einmal im Umlauf waren, hatten lange Bestand. Ihnen zu widersprechen oder die Anschuldigungen richtigzustellen würde schwer werden, schwebten doch die unausgesprochenen Worte, *wer sich verteidigt, klagt sich an*, in der Luft. Maras Augen schimmerten verdächtig. Rasch ging sie in die Küche, um den Tee aufzubrühen. Mit schwerfälligem Gang erschien sie im Wohnzimmer. Wortlos reichte sie Merle einen dampfenden Becher Tee.

»Der wird dir guttun«, raunte sie.

»Mama.« Merle stockte.

»Ist gut, Liebes. Du musst nichts sagen. Wir haben alle Zeit der Welt.« Dankbar sah Merle zu ihrer Mutter auf. Mit dem Becher in der Hand rückte sie in die Ecke des Sofas, zog die Beine hoch und schlürfte vorsichtig ihren heißen Tee.

»Hast du einen Schnaps?«

Mara nickte und holte einen starken Enzian, den sie aus dem letzten Urlaub mitgebracht hatte. Sie schien kurz zu überlegen, aber dann stellte sie ein zweites Glas dazu. Ihre Hand zitterte leicht, aber Mara verschüttete keinen Tropfen. Lächelnd prostete sie Merle zu.

»Zum Wohl«, murmelte Merle, legte den Kopf in den Nacken und leerte das Glas mit einem Zug. Es brannte wie Feuer, darauf folgte ein Hustenanfall.

»Ui! Der hat es aber in sich«, keuchte sie.

Mara grinste. »Du wolltest einen Schnaps, und das hier ist einer.«

»Wie wahr«, stieß Merle hustend hervor. Sofort reichte sie ihrer Mutter das leere Glas. »Ich glaube, da muss man mindestens zwei von trinken, sonst wirkt er nur halb so gut.«

»Er schmeckt auch erst beim zweiten.« Mara schmunzelte.

Gerd hatte sich die Hände gewaschen und war den Frauen ins Wohnzimmer gefolgt. Mara schaute auf die Erdklumpen an seinen Schuhen, beließ es aber bei einem tadelnden Blick. Offenbar war die Erde aus dem Garten im Augenblick nicht das größte Problem. Gerd hockte sich neben Merle und sah sie besorgt an. Sanft streichelte er ihr übers Haar. »Wer hat dir etwas getan?« Gerd ballte die Hände zu Fäusten. »Ich hau dem eine rein.«

Merle lachte gewöhnlich über die Drohungen ihres Vaters. »Aber pass auf, dass dir nichts passiert«, sagte sie gequält.

»Hört sofort auf damit«, schimpfte Mara aufgebracht. »Mir genügt es auch so. Wir haben noch nie jemanden verletzt und fangen damit jetzt auch nicht an.«

Vater und Tochter sahen sich an. Trotz der traurigen Augen aller Familienangehörigen mussten beide grinsen. Mara hatte tatsächlich Angst, Gerd könnte eine Straftat begehen. Verdutzt sah Mara von ihrem Mann zu Merle. »Was grinst ihr denn jetzt?«

Merle ergriff die Hand ihrer Mutter. »Nix, Mama, wir haben dich nur unsagbar lieb.«

Mara atmete hörbar aus. »Na, dann ist ja gut.«

»Bekomme ich einen Kaffee?« Gerd sah Mara bittend an. Sie nickte kurz und warf Merle einen prüfenden Blick zu, bevor sie in die Küche verschwand. Merle klapperte mit den Zähnen, so sehr fror sie. Sie kroch an die Brust ihres Vaters und kuschelte sich wie ein Kind ein. Gerd legte seine große Pranke über die zuckenden Schultern seiner Tochter. Sofort wurde Merle ruhiger. Ihr Körper sog die Nähe und die Wärme ihres Vaters auf wie ein Schwamm.

»Mir ist so kalt, Papa«, flüsterte sie in Gerds Bauch hinein.

Gerd hielt sie fester gedrückt. »Ich weiß, Maus. Dein Herz ist gebrochen, ich spüre es ganz deutlich. Aber glaube mir, es kommt der Tag, an dem die Sonne wieder für dich scheint. Bis es so weit ist, halten deine Mutter und ich dich warm.«

Merle hob den Kopf und sah ihn fragend an.

»Du spürst es?«

Gerd nickte nur und blickte nachdenklich aus dem Stubenfenster. Als das Telefon klingelte, sahen beide auf. Mara ging seufzend in den Flur, wo sich das Gerät befand. Merle lauschte angespannt.

»Nein, tut mir leid, aber ich kann sie nicht ans Telefon holen«, sagte sie laut. »Ich sagte doch schon ... ach was, du kannst mich mal.« Mara knallte den Hörer auf die Gabel, dass es nur so krachte. Dabei musste sie irgendetwas umgeworfen haben. Es schepperte laut im Flur. Kurz darauf erschien sie im Wohnzimmer.

»Falsch verbunden«, meinte sie hitzig. Dann holte sie den Kaffee für Gerd. Maras Hand zitterte, als sie ihrem Mann die Tasse reichte.

Merle richtete ihren Körper auf und sah ihre Eltern beschämt an. »Ich mache euch zu viel Stress, stimmt's? Ich hätte euch nicht damit belasten dürfen.« Tränen schimmerten in ihren Augen.

»So ein Unsinn«, sagte Mara entsetzt. »Du bist keine Belastung für uns. Stimmt doch, Gerd?« Sie sah ihren Mann mahnend an. Aber das hätte sie nicht tun müssen, denn Gerd schüttelte energisch den Kopf.

Neue Wege

Sönke blieb lange vor der verschlossenen Fahrstuhltür stehen. Merle war weg. Er wusste nicht, ob er erleichtert sein oder ihr nachtrauern sollte. Er tastete nach dem Knopf, um den Fahrstuhl erneut anzufordern. In der Hoffnung, Merle würde zurückkommen? Sina war neben ihn getreten. Sanft berührte sie seinen Arm.

Erstaunt sagte sie: »Der Koffer ist noch da, was bedeutet das?«

Sönke seufzte. »Dass sie ihn nicht mitgenommen hat. Weiter nichts.«

Sina zog den kleinen, dennoch schweren Koffer in die Wohnung. Unschlüssig blieb sie davor stehen. »Soll ich lieber gehen?«, fragte sie mit zitternder Stimme.

Sönke fuhr herum. »Nein«, rief er erbost. »Bitte bleib«, setzte er matt hinzu. Er hatte Merle verloren, ihre Liebe aufs Spiel gesetzt. Aber war es nicht das, was er gewollt hatte? Wollte er nicht mit Sina neu beginnen? Er tastete nach ihrer Hand. »Wir bleiben zusammen, oder?« Sönke, der für gewöhnlich wusste, was er wollte, wirkte unsicher. Wenn Sina nun doch nicht ...? Er traute sich nicht, den Gedanken zu Ende zu bringen. Er zwang sich zur Ruhe. Sina schmiegte ihren Körper an ihn.

»Ich liebe dich, Sönke, hab einfach mal ein bisschen Vertrauen.«

»Du meinst blind vertrauen? Mir bleibt nichts anderes übrig.« Er lächelte mühsam, dann ließ er sich von Sina ins Schlafzimmer führen. Er musste jetzt ihre Nähe spüren, wissen, wo er stand. Nämlich neben einer Frau, die ihn schon so lange begehrte.

Später lagen sie eng aneinander gekuschelt auf dem Bett.

Sina regte sich. »Du musst mit Merle reden, sie hat ein Recht darauf zu erfahren, warum du dich für mich entschieden hast.«

Sönke überlegte. »Hab ich das?«

Sina stieß laut einen Seufzer aus. »Mensch, Sönke, du bist unmöglich. Ich hätte große Lust, dich aus dem Fenster zu werfen.«

Sönke lachte heiser. »Das schaffst du nicht.«

»Wetten doch?« Sina kicherte albern.

»Tu es bitte nicht, ich werde von dir noch gebraucht.« Er suchte mit dem Mund ihr Ohr.

Sina rutschte von ihm weg. »Falsche Adresse, meine Ohren kriegst du nicht.« Sie lachte befreit.

Sönke hielt inne. »Du hast wie immer recht, ich sollte mit Merle reden.« Er schwang die Beine aus dem Bett und suchte sein Handy.

Aber Merle hatte ihr Telefon abgeschaltet. Er versuchte es weiter. Aber leider ohne Erfolg. Sie war sicher bei ihren Eltern. Er probierte es auf dem Festnetz seiner Schwiegereltern. Bingo, Mara nahm das Gespräch an. Sie weigerte sich jedoch, Merle zu holen. Sie war sogar äußerst wütend auf ihn. Er musste also davon ausgehen, dass Merle ihren Eltern von Sina erzählt hatte. Bei Mara würde er keinen Fuß mehr auf den Boden bekommen. Wenn er Pech hatte, würde Gerd ihn in der Luft zerreißen wie ein Blatt Papier.

Er mochte seine Schwiegereltern mit ihrer ehrlichen Art. Er schätzte, wie liebevoll sie ihre Tochter behandelten. Davon hätten seine Eltern sich eine Scheibe abschneiden können. Vielleicht wäre dann das Verhältnis zu ihnen nicht so angespannt. Ihm war bewusst, dass Mara und Gerd ihn nie sonderlich gemocht hatten, aber er fühlte sich ihnen trotzdem verbunden. Wie es aussah, hatte er nun jedoch keine Ersatzeltern mehr.

Du bist ein Idiot.

Enttäuscht legte er das Telefon weg. Warum lange darüber nachdenken? Er hatte Sina, war das nicht etwas, das er schon lange gewollt hatte?

Plötzlich spürte er Sina neben sich. Vorsichtig legte sie ihre Hand auf seine Schulter.

»Alles in Ordnung?«, fragte sie besorgt.

»Alles so, wie ich es erwarten musste.« Warum war er nur auf diese merkwürdige Art traurig? Lag es daran, dass ein Lebensabschnitt endgültig vorbei war?

Sina schmiegte ihren Körper an seinen. »Ich liebe dich, Sönke. Wir haben ein tolles Leben vor uns. Warum wirkst du so traurig? Wolltest du nicht auch die Trennung von Merle?« Sinas Stimme wurde schrill. Ängstlich sah sie Sönke an.

»Doch, meine Süße, es waren nur verdammt viele Jahre, die ich mit Merle verbracht habe. Ich muss mich erst an die neue Situation gewöhnen.«

»Das wirst du«, sagte Sina verführerisch, »gib mir nur die Chance, dir zu helfen.« Sönke ergriff ihr Handgelenk. Dabei war er etwas zu grob, denn Sina schrie kurz auf.

»Ich will mich nicht gewöhnen. Das ist unfair dir gegenüber. Ich bin verrückt nach dir. Also lass uns anfangen, unsere Pläne zu schmieden. Bitte entschuldige, ich wollte dich nicht verletzen.«

Sina kicherte. »Gerade noch mal die Kurve gekriegt. Komm schon, ich will Pläne machen.« Sie zog Sönke mit sich ins Schlafzimmer.

Mit der schlafenden Sina im Arm blickte Sönke mit weit geöffneten Augen zur Zimmerdecke und grübelte. Der sanfte, warme Atem Sinas streifte seinen Brustkorb. Immer dann, wenn Sina ausatmete, schlich eine leichte Gänsehaut über seinen Körper. Es tat unendlich gut, sie neben sich zu wissen. Selbst das leise Schnarchgeräusch erfüllte ihn mit Glückstaumel. Sina war wie ein Kind. Ihre fröhliche und naive Art rief in ihm den Beschützerinstinkt hervor.

Trotzdem hatte Sina ihren eigenen Kopf. Hilfebedürftig war sie nur auf den ersten Blick. Wenn es darauf ankam, kratzte sie einem Gegner die Augen aus, bevor derjenige blinzeln konnte. Sina stand für das, was sie wollte oder nicht wollte, ein.

Merle hingegen war auf ihn angewiesen wie ein Hundebaby. Er wunderte sich darüber, denn als er sie kennen und lieben gelernt hatte, war sie anders gewesen. Merle hatte ihm im Laufe der Jahre das Zepter in die Hand gedrückt. Sie hatte sich stets auf ihn verlassen. Sönke atmete schwer. Hatte er sie nicht dahin geführt? War er nicht derjenige gewesen, der mit ihr wie mit einem Pingpong-Ball umgegangen war? Warum hatte sie es nur zugelassen?

Er visualisierte Sinas zartes, hübsches Gesicht und lächelte. Sie war so unglaublich schön, ja, er liebte dieses wunderbare Geschöpf. Sönke schnupperte ihren Duft. Vorsichtig streichelte er ihren Arm, der fest um ihn geschlungen war. Ja, er war glücklich mit Sina, vielleicht hatte doch alles einen Sinn und er fand noch einmal die Erfüllung seines Lebens.

Sönke schluckte die aufkommenden Tränen, die zum ersten Mal seit langem Glückstränen waren, herunter. Er musste mit Merle reinen Tisch machen. Sie hatte ein Recht darauf zu erfahren, dass nicht sie die Schuld für das Scheitern ihrer Ehe trug. Er schämte sich zutiefst, dass er ihr die Zukunft verbaut hatte. Die Apothekerkammer hatte ein unschönes Bild der ehemalig gewissenhaften Frau Doktor Hofer vorgesetzt bekommen. Warum er dafür gesorgt hatte, wusste er selbst nicht richtig. Wahrscheinlich war er eifersüchtig auf ihre gesunden Augen oder ihre Fähigkeiten in ihrem Beruf. Nicht zuletzt aus dem Grund, dass er zu nichts mehr taugte. Zumindest hatte er den Eindruck. Der sicher auch nicht von der Hand zu weisen war. Wozu sollte ein blinder Chemiker nützlich sein?

Sönke beschloss, Sina zu bitten, mit ihm nach St. Peter-Ording zu fahren. Merle hatte eine Entschuldigung, mindestens jedoch eine Erklärung verdient. Er hatte zwar Zweifel, ob sie ihn überhaupt anhören würde, aber versuchen musste er es. Wie zum Teufel sollte er sich je wieder im Spiegel betrachten?

Sönke zuckte zusammen. Dann lachte er ohne Bitterkeit auf. Spiegel brauchte er nicht mehr. Dennoch war ihm wichtig, mit Merle nicht so ganz im Streit auseinanderzugehen. Gab es das? Nicht ganz oder nur halb? Streit war Streit, da hatten Halbheiten keinen Raum.

Er musste sich mit Merle versöhnen. Damit sie beide einen neuen Weg einschlagen konnten. Ohne den anderen.

Sina regte sich wohlig unter der Decke und kroch weiter an Sönke heran. Ein kurzes Schnaufen und sie schlief weiter. Sönke lächelte liebevoll. Welch ein wunderbares Geschenk. Er hielt sie fest umarmt und schlief nun, mit einem Lächeln im Gesicht, ein.

Von der Küche her drang lautes Geschirrscheppern an sein Ohr. Sönke reckte sich und tastete neben sich. Sina war aufgestanden. Was hatte er denn erwartet? Dass Merle sich in der Küche zu schaffen machte, während er sich mit Sina im Bett tummelte? Er grinste schief.

»Wäre nicht das Schlechteste.«

Sofort schalt er sich im Stillen. Wie konnte er nur so gemeine Gedanken haben?

Sina räumte mit einem Lied auf den Lippen das Geschirr aus der Spülmaschine. Sie war offenbar glücklich. Gut gelaunt trällerte sie vor sich hin. Sönke rappelte sich aus dem Bett auf, um der Liebesmelodie zu folgen. Als er im Türrahmen stehen blieb, verstummte Sina.

»Oh, habe ich dich geweckt? Das wollte ich nicht.« Sina klang schuldbewusst.

Sönke lächelte sanft. »Was gibt es Schöneres, als von deinem lieblichen Gesang geweckt zu werden?«

Sina kicherte, als sie auf Sönke zukam. »Da gibt es eine Menge Schönes«, hauchte sie in sein Ohr.

Sönke zog sie an den Hüften zu sich. »Du Luder«, raunte er verzückt. »Aber ich muss mit dir reden. Kommst du ins Wohnzimmer?«

Sina atmete tief ein. Offenbar erwartete sie schlechte Nachrichten. Sönke spürte ihre feuchten Handflächen, als er sie bei der Hand nahm. Er ließ sie im Unklaren, bis sie die Sofaecke erreichten.

»Du machst es aber spannend, ich bekomme Angst«, meinte Sina mit einem Zittern in der Stimme.

»Nein, alles ist gut«, versprach Sönke in ruhigem Ton.

»Kann ich vorher das Licht anmachen? Ich sehe im Dunkeln nicht so gut wie du.« Wieder war Sina äußerst unsicher.

»Oh, entschuldige, ich wusste nicht, dass es bereits so spät ist.« Sina drehte ihren Körper zur Tischlampe und knipste sie an.

»So ist es besser.« Sie lachte jetzt etwas unbeschwerter. »Sag, warum musst du mit mir sprechen?« Einfühlsam nahm sie Sönkes Hände in ihre und streichelte sie.

Sönke fiel es schwer, einen Anfang zu finden. Er wollte Sina nicht verärgern oder gar verletzen.

»Liebes«, begann er sanft, »wir haben uns lange eine gemeinsame Zukunft gewünscht.«

»Ich habe es mir lange gewünscht, du hast dich nie getraut«, unterbrach sie Sönke etwas zu heftig.

Aber Sönke blieb gelassen. »Gut, nennen wir es so. Ich war zu feige und hatte ein schlechtes Gewissen Merle gegenüber. Aber ich finde, wir dürfen nicht locker-flockig zur Tagesordnung übergehen.«

»Na, hör mal, unsere Tage werden einander nie gleichen, es wird keine Ordnung geben, an die wir uns halten. Wir wollen leben und das nicht zu knapp!« Sina lachte unbeschwert und gab Sönke einen Kuss auf den Mund.

»Auch da gebe ich dir recht, mein Liebes, aber lässt du mich bitte ausreden?« Sina schwieg betroffen. »Sina, bitte fahre mit mir nach St. Peter-Ording, ich muss Merle einfach um Verzeihung bitten. Ihr alles erklären, warum ich mich so schrecklich verhalten habe, warum sie mein Ventil war für meinen Frust. Ich bin es Merle schuldig, verstehst du das?« Flehend starrte er mit leeren Augen in Sinas Richtung. Er fürchtete sich davor, Sina zu verärgern. Schließlich verlangte er ihr eine Menge ab. Sina war immer schon eifersüchtig auf seine Frau gewesen. Wenn Sönke ehrlich war, nicht ohne Grund. Merle war wichtig für ihn und sie würde immer eine große Rolle in seinem Leben spielen. Dies hatte auch Sina bemerkt. Er hielt die Luft an und wartete auf ihre Antwort. Er hörte ein lautes Seufzen.

»Ich weiß nicht, Sönke, meinst du nicht, sie wird uns die Köpfe abreißen, wenn wir plötzlich vor ihr stehen?«

Sönke verstand Sinas Einwand nur zu gut. Aber Merle war zu verletzt, um auszurasten. So gut kannte er seine Frau. Ehefrau. Er suchte Sinas Hand.

»Bitte, glaub mir, es ist wichtig für mich. Sie wird mir zuhören.«

Sina nickte langsam. »Gut, einen Versuch ist es wert. Wann fahren wir?«

Dornröschen

Nachdem Merle ihren Eltern von den Vorfällen in ihrer Bremer Wohnung berichtet hatte, ging es ihr um einiges besser. Sie erlaubte sich sogar, an Mika zu denken. Ob er immer noch an sie dachte? Oder hatte er sie aufgegeben?

Merle hatte sich in ihr Zimmer zurückgezogen und verließ es die nächsten drei Tage nicht. Mara fragte mehrmals am Tag, ob sie etwas essen wolle, was Merle stets verneinte. Lediglich Tee trank sie in Mengen. Das abgedunkelte Zimmer lüftete Mara täglich, dabei warf sie einen besorgten Blick auf ihre Tochter. Merle zog dann die Decke weit über die Ohren und gab vor zu schlafen.

Am vierten Tag öffnete Mara vorsichtig die Tür, um erneut das Zimmer zu lüften.

»Moin, Mama, was gibt es zum Frühstück?« Merle schlug die Decke weg und streckte die Beine vor.

Mara strahlte ihre Tochter an. »Ich wusste doch, dass du wieder auf die Beine kommst.« Sie eilte an das Bett zu Merle und schloss sie erleichtert in die Arme. »Du brauchst eine Dusche!«

»Ich weiß, ich hab auch nicht gesagt, dass du mir auf den Leib rücken sollst.« Merle lachte ebenfalls. »Ich glaube, ich habe mich gut erholt, viel nachgedacht und Entscheidungen getroffen. Jetzt fange ich an zu atmen und danach zu leben.«

»Am besten du machst beides gleichzeitig, sonst könnte es schwer werden.« Mara gluckste.

Merle winkte ab. »Du musst mich nicht so ernst nehmen, ich wache gerade erst auf.« Mara gab ihrer Tochter einen Kuss auf die Stirn.

»Lass dir Zeit, Liebes, ich kümmere mich um ein Frühstück.« Glücklich huschte Mara aus dem Zimmer und schloss leise die Tür hinter sich.

Merle sah sich in ihrem Zimmer um. Auf Dauer würde es hier zu eng werden, sie brauchte in nächster Zeit eine Wohnung. Sie hatte beschlossen, in St. Peter-Ording zu bleiben. Aber sie durfte ihren Eltern nicht zur Last fallen. Merle wollte etwas Eigenes. Auch wenn es nicht eilte, musste sie, was den Wohnungsmarkt anging, ihre Fühler ausstrecken.

Motiviert glitt sie aus den Federn und freute sich auf eine Dusche. Sie dachte über die vergangenen Tage nach. Sönke hatte ihr sehr wehgetan, aber wenn sie ehrlich war, hatte es irgendwann zu einer Entscheidung kommen müssen. Sina hatte sie ihr abgenommen. Die unschöne Szene in ihrer Wohnung hatte zwar alles andere als passend auf sie gewirkt, aber schließlich zum endgültigen Aus ihrer Ehe geführt. Merle wollte neu anfangen, eine Arbeit suchen und endlich sorglos leben. Sie trocknete sich nach dem Duschen sorgfältig ab und verwöhnte ihre Haut mit einer Lotion. Sie war mit einem Mal in Eile, denn ihr Magen begann laut zu knurren. Angezogen von dem Duft der Rühreier, die ihre Mutter in der Küche brutzelte, ging sie ins untere Stockwerk.

Mara empfing sie mit einem strahlenden Lächeln. Es war ihr deutlich anzusehen, wie froh sie war, dass Merle zurück ins Leben zu finden schien.

»Setz dich, Kind, ich bin gleich fertig«, forderte sie Merle auf und rührte hektisch in der schweren Pfanne.

Gerd war nicht weniger erfreut, eine frisch geduschte, noch dazu lächelnde Tochter in der Küche vorzufinden. »Moin, Maus. Dornröschenschlaf beendet?« Er zwinkerte ihr aufmunternd zu und setzte sich neben sie. Merle grinste.

»Dornröschenschlaf hört sich gut an. Wo ist der Prinz?«

»Och«, sagte Gerd gedehnt, »der kommt etwas später. Ist halt alles anders geworden, während du geschlafen hast«, grunzte Gerd amüsiert.

Beherzt griff Merle nach einem knusprigen Brötchen. Während sie es in zwei Hälften teilte, sah sie ihre Eltern abwechselnd an. »Schön bei euch«, sagte sie und bediente sich an der Butter. »Ich bin euch sehr dankbar, wisst ihr das?«

Ihre Mutter winkte ab. »Unsinn, wir sind dankbar, dich bei uns zu haben.«

Merle unterbrach das Kauen. Mit vollem Mund sagte sie: »Ich bleibe in SPO, aber ich suche mir eine eigene Wohnung.« Sofort biss sie erneut in das Ei-Brötchen. Ihre Eltern sahen sie verblüfft an.

Mara fand als Erste Worte. »Aber Merle, unser Haus ist groß genug, du kannst so lange bleiben, wie du willst, auch für immer.«

»Da seh ich keinen Sinn drin, warum willst du dir eine Wohnung suchen, wir sind doch sowieso die meiste Zeit auf Reisen«, brummte Gerd verständnislos.

»Weil ich es so möchte«, sagte Merle wie aus der Pistole geschossen. Sie hatte lange genug nach Sönkes Vorgaben gehandelt. Sicher meinten ihre Eltern es nur gut, aber auf Dauer war dies keine Lösung. Merle hatte das dringende Bedürfnis, sich freizustrampeln. Auch wenn ihre Eltern sie nie gängeln würden, in diesem Moment kam ihr ins Bewusstsein, dass Sönke es von Anfang an getan hatte. Zunächst in kleinen Dosen, dann immer mehr. Merle hatte nichts dagegen unternommen. Wieder kam die Frage auf, wie es dazu hatte kommen können.

Mara legte die Hand auf ihren Arm. »Merle, du wirst tun, was du für richtig hältst, wir reden dir da nicht rein. Stimmt's Gerd? Gerd?«

Merles Vater zuckte mit den Schultern. »Hm«, brummte er, »haben wir uns jemals eingemischt?« Dabei sah er seine Tochter liebevoll an.

»Nein, natürlich nicht«, meinte Merle schnell. »Ihr seid immer für mich da, wenn ich euch brauche. Das darf auch gerne so bleiben, nur hoffe ich, dass ich nie wieder Hilfe suchen muss. Die Erlebnisse mit Sönke sollten mir genügen.« Unschlüssig blickte sie ihre Eltern an. Hatte sie sie verletzt? Dann aber sah sie in die liebevollen Augen der beiden und wusste, hier war sie zuhause. Ganz gleich was die Zukunft brachte.

Mara rührte gedankenverloren in ihrem Kaffee. Dabei wischte sie sich verstohlen eine Träne aus dem Augenwinkel. Dann grinste sie Gerd an. »Was meinst du, wollen wir die nächste Reise planen? Wir müssen nicht einmal darum bitten, dass unsere Nachbarin die Blumen gießt. Merle kann sie vertrocknen lassen.« Alle lachten herzlich.

»Ich gebe mir die größte Mühe, versprochen«, schniefte Merle lachend.

»Mühe gibt sich auch ne Waschmaschine«, grunzte Gerd. Er lachte Tränen.

Merle spielte die Beleidigte. »Nun ist aber Schluss, wir können gerne die pflichtschuldige Gisela rufen, die kommt bestimmt gerne, um eure Sachen zu durchsuchen.«

Mara kicherte. »Wenn sie wüsste, dass alle wichtigen Unterlagen auf dem Dachboden liegen, käme sie womöglich noch auf die Idee, ihren Neffen mitzubringen, der ihr alles herunterholt.«

Merle schüttelte schockiert ihre Mähne. »Oh Mann, was es alles gibt.«

Alle sahen sich erstaunt an, als es an der Tür klingelte.

»Bestimmt Gisela, die sich erkundigen will, wann wir das nächst Mal in den Urlaub fahren«, flüsterte Mara albern. Dann schaute sie nach, wer da zu Besuch kam. Merle und ihr Vater feixten. Wenn tatsächlich Gisela in die Küche träte, würden sie sich vor Lachen die Bäuche halten. Aber es kam anders.

Mara schlich mit gesenktem Kopf zurück in die Küche. »Liebes …«, druckste sie herum, »es möchte dich jemand sprechen.«

Merle schluckte. »Wer?«, fragte sie heiser, obwohl sie es ahnte.

»Ich habe ihn nicht reingebeten, aber ich weiß auch nicht, ob man einem Blinden das antun darf.« Mara zupfte an ihrer Bluse.

Merle räusperte sich laut. »Das darf man, Mama, aber ich gehe zu ihm.«

»Bist du sicher?«, zischte Mara erschrocken.

»Ganz sicher, Mama.« Merle stand auf, straffte die Schultern und bewegte sich zur Haustür. Sie war nicht nervös, sondern auf sonderbare Weise gefasst. Sollte er doch betteln, für Merle gab es kein Zurück.

Sönke stand bewegungslos am Eingang und schien auf ihre Schritte zu horchen. Merle lächelte, wohl in dem Bewusstsein, dass er es nicht sehen konnte. Er sah gut aus und trug die Sonnenbrille, die sie mit ihm gekauft hatte. Die eng ansitzende Jeans ließ ihn wie einen Cowboy wirken. Merle wunderte sich über das karierte Hemd, welches nie sein Stil gewesen war. Aber es kleidete ihn gut. Beim Näherkommen roch sie das Parfüm und erkannte es als das, welches sie ihm geschenkt hatte.

Sina war rücksichtsvoll an der Gartenpforte stehengeblieben. Unruhig zappelte sie von einem Bein auf das andere. Neben Sönke entdeckte sie ihren Koffer, den sie bei ihrer Flucht im Fahrstuhl vergessen hatte.

»Moin, Sönke, du bringst meinen Koffer?«, eröffnete sie das Gespräch. Sina warf sie einen unwirschen Blick zu. Sie hatte sich richtig entschieden, an der Pforte zu warten, denn beide konnte Merle nun wirklich nicht auf einmal ertragen.

»Unter anderem, ja«, krächzte Sönke. »Merle, können wir bitte reden?«

Merle kniff die Augen zu Schlitzen zusammen. Was wollte er? »Wozu?«, fragte sie ungehalten.

»Bitte, ich bin ein Arschloch, ich möchte mich bei dir entschuldigen.«

»Stimmt, da gebe ich dir recht«, antwortete Merle leise. Sie sah sich um. »Eine Entschuldigung wird da aber sicher nicht reichen. Gehen wir ein Stück?«

»Sehr gerne«, sagte Sönke erleichtert. »Kann Sina hier warten? Ich vermute mal, du lässt mich nicht in den Dünen zurück?«

Jetzt musste Merle lachen. »Das hätte ohnehin wenig Aussicht auf Erfolg, du findest dich gut zurecht.« Merle sah prüfend zum Himmel, der in der Morgensonne rosa leuchtete. »Es ist herrliches Wetter. Wenn Sina möchte, kann sie hinten im Garten warten. Vorausgesetzt, meine Eltern haben nichts dagegen. Ich kläre das gleich.« Merle wandte sich ab, um ihre Eltern zu fragen.

»Ist schon gut«, empfing ihre Mutter sie. »Sina kann es sich im Garten gemütlich machen. Ich bringe ihr einen Kaffee.«

»Danke, Mama, verwöhne sie mal nicht zu doll. Die hat Haare auf den Zähnen.« Merle verzog den Mund. Dann verließ sie die Küche wieder.

»Geht klar«, informierte sie Sönke knapp und winkte Sina zu sich. »Wir gehen am besten hinten durch den Garten über die Dünen. Sina, wenn du willst, bist du von meinen Eltern eingeladen, im Strandkorb zu warten.«

»Das ist sehr nett von ihnen, danke.« Sina wirkte verschlossen, fast unsicher. So kannte Merle sie nicht. Als Sina im Krankenhaus herumgeschrien hatte, war sie alles andere als zurückhaltend gewesen. »Wenn ich Sönke dann bitte unbeschadet zurückbekomme?«

»Keine Sorge, ich will ihn nicht mehr«, antwortete Merle trocken, sah aber Sönke dabei an.

Demonstrativ hakte Sina sich bei Sönke ein. »Komm, Schatz, ich begleite dich durch den Garten.« Auf unsicheren Beinen gingen beide voran. Sie stützten sich gegenseitig auf dem unebenen Kopfsteinpflaster, welches um das Haus herumführte.

Merle beobachtete die beiden, während sie ihnen folgte. Eigentlich passten sie nicht zusammen, aber wer wollte das entscheiden? Merle und Sönke hatten ihre Ehe verspielt, früher hatten sie geglaubt, ihre Liebe würde niemals enden. Dies hatte sich als Irrtum herausgestellt. Über Merles Gesicht huschte ein Lächeln, als sie an Mika dachte. Sie freute sich auf ihn und war aus diesem Grund überaus gelassen, was das Gespräch mit Sönke anging, obwohl sein Besuch sie überraschte.

Sina blieb stehen und sah Merle unsicher an. »Pass bitte auf, dass Sönke nicht stürzt, die Wege scheinen mir doch recht uneben.«

»Das musst du gerade sagen«, sagte Merle ein wenig genervt. Sie erinnerte sich sehr gut an die Szene, als sie ihm nicht einmal den Stock aufheben wollte. »Er kennt sich hier aus. Aber ich achte auf ihn.«

Stumm gingen Sönke und Merle den schmalen Pfad zum Strand entlang. Sönke war unsicher auf den Beinen, aber er gab es Merle gegenüber nicht zu.

»Wir müssen das Tempo ein wenig drosseln, ich bin nicht gut in Form«, hauchte er angestrengt.

»Ich bin es gewohnt, schnell zu gehen, aber ich mache langsamer.« Warum sollte sie immer noch Rücksicht auf ihn nehmen? Sie war lange genug das Lämmchen an seiner Seite gewesen. Sie spürte Wut aufkommen.

»Ich habe gemerkt, wie schnell du weg bist«, spottete Sönke und konnte eine bittere Tonlage nicht vermeiden.

Merle zog eine Augenbraue hoch. »Du wunderst dich darüber?«

Sönke blieb stehen, um Luft zu holen. »Nein, nicht wirklich, du hast es lange mit mir ausgehalten.«

Merle war auch stehengeblieben und sah Sönke unwirsch an. »Gut, dass du es einsiehst.« Dann gingen sie weiter, ohne dass jemand ein Wort sagte. Als sie den Strand erreichten, schritten sie langsamer nebeneinander her.

»Du musst mir schon sagen, was du von mir willst«, platzte Merle hervor. Sie spürte, wie die Wut weiter in ihr aufstieg. Was wollte Sönke? Glaubte er, sie würde stundenlang mit ihm hier spazieren gehen?

»Ich weiß nicht, wo ich anfangen soll«, gestand Sönke unbeholfen.

»Erzähl einfach, wie dir der Schnabel gewachsen ist«, meinte Merle. Dabei spürte sie, wie sie ungeduldiger wurde.

»Merle, ich möchte mich bei dir entschuldigen. Ich war so ein verdammtes Arschloch.«

»Stimmt, aber ich habe es dir durchgehen lassen.«

»Ich wollte dich anfangs nicht verlieren, aber im Stillen hatte ich gehofft, dass du mich fallen lässt, damit es mir nicht angehängt würde.«

»Du hast es provoziert? Du wolltest mich aus dem Haus ekeln?« Merle schnaubte verächtlich.

»Ich glaube schon«, gestand Sönke zerknirscht. »Außerdem hatte ich Befürchtungen, dass Sina mich als Krüppel nicht mehr wollte.«

Merle blieb entsetzt stehen. »Sönke Hofer, du bist tatsächlich ein Arschloch, auch wenn ich derartige Ausdrücke nicht mag.«

»Wir hatten eine wunderschöne Zeit, ich habe dich immer geliebt, das musst du mir glauben. Ich fürchte, ich habe euch, Sina und dich, beide geliebt. Ich konnte mich nicht richtig entscheiden.«

»Sönke, du machst es nicht besser mit deiner Beichte. Ich habe alles für dich aufgegeben. Meine Apotheke, meine Selbstsicherheit, nur um es dir recht zu machen. Gedankt hast du es mir nie. Warum hast du dafür gesorgt, dass die Kammer mich meidet? Du hättest doch viel mehr Freiraum für deine Sina gewonnen, wenn ich gearbeitet hätte?« Merles Stimme klang verzweifelt. Nie hätte sie erwartet, dass Sönke ihr solche Fallstricke legte.

»Nun ...« Sönke zögerte mit der Antwort. »Ich bin eben doch ein A..., ich wollte mich reinwaschen, mich besser dastehen lassen. Ich habe grob fahrlässig gehandelt, als ich es im Labor mit meinen Forschungen übertrieben habe. Ich bildete mir ein, genug Strafe bekommen zu haben. Sieh mich doch an, ich weiß nicht mal, wo ich hier bin. Wenn du mich hier aussetzen würdest, bräuchte ich Stunden, um mich zurückzubringen.«

»Sina sucht dich dann schon. Außerdem halte ich mein Wort. Ich pass schon auf dich auf.« Merle machte eine Pause. »Du dachtest also, ich müsste auch ein wenig bestraft werden? Warum? Ich hatte nichts getan. Ich habe zu dir gehalten, habe sogar meinen Job erst verloren und dann aufgegeben. Ich hätte es nicht ertragen, mit Sina zusammen an deiner Arbeit weiter zu forschen.«

Sönke sah verwirrt in Merles Richtung. »Du wusstest von Sina?«

Merle lachte bitter auf. »Geahnt habe ich es länger schon, aber du hast dich auf eine unschöne Weise verraten.«

»Du hast meine Worte doch gehört?« Sönke brachte die Worte nur gedämpft hervor.

»Taub bin ich nicht«, sagte Merle erbost.

Sönke hielt inne und suchte nach Merles Hand, die sie ihm sofort entzog.

»Es tut mir unendlich leid, bitte glaube mir.«

»Es spielt keine Rolle mehr, ob ich dir glaube oder nicht. Wir sind getrennt, daran wird sich nichts ändern.«

Sönke nickte. »Ich wünsche dir alles Glück der Welt, Merle.«

»Danke«, sagte Merle kühl.

»Wir müssen noch etwas besprechen«, brachte Sönke zögernd hervor.

»Schieß los.«

»Unsere Wohnung, willst du sie behalten? Ich überlasse sie dir.« Jetzt war Merle sprachlos. »Ich ziehe nach Chemnitz, dort hat man mir einen Job angeboten, ich darf dort Blinde unterrichten.«

»Worin das denn?«, platzte Merle heraus.

»Theoretischer Chemieunterricht.«

»Machen die da nicht den Bock zum Gärtner? Bleibt es bei der Theorie?«

Sönke lachte auf. »Ja, bleibt es, unter anderem begleite ich Neuzugänge und darf später schreiben und lesen unterrichten.«

»Hört sich nicht schlecht an. Gibt es dort jemanden, der auf dich wartet?«

»Psst ... lass das nur nicht Sina hören. Sie kommt übrigens mit.« Ein Lächeln huschte über Sönkes Gesicht. Offenbar freute er sich darüber.

Merle seufzte. »Wegen der Wohnung ... ich überleg es mir noch mal. Ich will hier in St. Peter-Ording bleiben, ich glaube nicht, dass ich sie haben will, aber bitte gib mir trotzdem Bedenkzeit.«

»Verstehe, aber ich überlasse sie dir ohnehin. Du kannst damit machen, was du willst.«

»Wow, so als Sahnehäubchen unserer kaputten Ehe?« Merle war ungerecht, und das wusste sie auch, aber es war im Moment nicht einfach für sie.

»Wenn du es so siehst, vielleicht hast du den Nagel auf den Kopf getroffen. Ich habe etwas gutzumachen.« Sönke starrte ins Leere. Langsam gingen sie nebeneinander her. Jeder war mit seinen eigenen Gedanken beschäftigt.

Doch dann gab Merle sich einen Ruck. Sie berührte Sönkes Schulter. »Wir haben vieles falsch gemacht. Ich glaube, wir müssen es einfach akzeptieren. Ich wünsche dir alles Gute für deinen Neuanfang mit Sina.«

»Danke, es bedeutet mir viel, das von dir zu hören.« Sönke stutzte. »Gibt es einen anderen für dich?«

Merle wurde rot. Zum Glück konnte Sönke es nicht sehen. Doch sie beschloss, ehrlich zu bleiben. »Ich weiß es nicht, aber es sieht ganz danach aus.« Dabei versagte ihr die Stimme.

Sönke lachte auf. »Ha, dein Jugendfreund? Bei dem du ausgeholfen hast? Ich habe es geahnt.«

»Wir haben uns lange nicht gesehen, ich weiß nicht, wie es sich entwickelt.«

»Lass uns bitte zurückgehen, ich möchte Sina nicht zu lange alleinlassen.« Sönke hatte kaum ausgesprochen, da drehte Merle um. Auch sie hatte für ihre Verhältnisse genug Zeit mit Sönke verbracht. Sie hätte sich etwas anderes gewünscht, als Sina im Garten ihrer Eltern zu wissen und hier mit ihrem Ex am Strand entlangzugehen.

»Merle?«

»Ja?«

»Wir sind ein ganzes Stück gemeinsam unseren Weg gegangen, nicht?«

Merle seufzte schwermütig. »Aber nicht unser ganzes Leben.«

»Nein, das haben wir nicht geschafft.« Sönke blieb stehen, es schien, als ob er erschöpft wäre. »Ich schäme mich, dass ich es nicht versucht habe. Ich weiß, du hast gekämpft. Ich bewundere deine Geduld mit einem Arschloch wie mir.« Tatsächlich war in Sönkes Augenwinkel eine Träne zu sehen. »Glaubst du, mir irgendwann verzeihen zu können?«

Merle fiel das Atmen schwer. Als ob ein dicker Kater auf ihrer Brust kauerte und sie hindern wollte zu antworten. Aber wusste sie eine Antwort darauf? Wollte sie Sönke mit einem guten Gewissen nach Bremen fahren lassen, mit Sina im Gepäck?

»Antworte lieber nicht, ich kann es mir schon denken.« Sönke versuchte einen schnelleren Gang, aber er verlor dabei die Orientierung und stolperte. Wenn Merle ihn nicht festgehalten hätte, wäre er gestürzt.

»Hoppla! Wo willst du hin?« Merle lächelte und war sicher, dass Sönke es hören konnte.

»Danke für deine Stütze«, schniefte Sönke ergriffen. »Nicht nur hier und jetzt, ich meine es ernst. Ich bin dir sehr dankbar.« Sönke begann zu weinen wie ein Kind, fing sich jedoch gleich wieder. Energisch wischte er sein nasses Gesicht mit dem Ärmel trocken.

»Lass es gut sein, Sönke. Wir haben beide versagt. Ich wünsche mir, dass du es beim nächsten Mal besser hinbekommst.« Sie blieb vor ihm stehen. Vorsichtig nahm sie ihm die Sonnenbrille ab und wischte die letzte Träne aus seinen Augen fort.

»Darf ich dich ein letztes Mal in den Arm nehmen?«, fragte Sönke verlegen.

Merle blieb ihm eine Antwort schuldig, stattdessen zog sie ihn an seinem Hemd näher heran und gestattete ihrem Mann eine Umarmung zum Abschied. Schweigend nahmen sie danach sofort Abstand und gingen, der Brandung lauschend, zurück zu Sina.

Sina eilte bereits auf sie zu. Sie hatte es wohl nicht mehr ausgehalten. Mara hatte ihr einen Kaffee gebracht und sogar ein Stück Kuchen dazugestellt.

Grimmig sah Sina zu Merle. »Was hast du ihm getan?« Offenbar war ihr nicht entgangen, dass Sönke geweint hatte.

»Hey, hey, es ist alles in Ordnung. Du weißt doch, dass ich Emotionen seit dem Unfall nur schwer unterdrücken kann.«

»Was denn für Emotionen?«, kreischte Sina und warf Merle einen prüfenden Blick zu. Sie wirkte fast genauso hysterisch wie vor Monaten im Krankenhaus, als man sie nicht zu Sönke lassen wollte.

Sönke tastete nach ihrer Hand. »Deine Abwesenheit führte dazu, Liebes. Aber nun bist du ja da.«

Merle musste tatsächlich darüber lächeln. Es hatte Zeiten gegeben, da säuselte Sönke nur ihr solche lieben Dinge zu.

»Stimmt, er hat mich gedrängt umzukehren, weil er dich vermisste«, fügte Merle hinzu. »Ich wünsche euch alles Gute.« Merle wandte sich zum Gehen.

»Halt, ich habe deine Post mitgebracht. Du solltest einen Nachsendeantrag bei der Post stellen. Zumal die Wohnung bald unbewohnt sein wird«, rief Sina. Sofort durchwühlte sie ihre Handtasche mit den übergroßen Metallkarabinerhaken und zog einen kleinen Packen Briefe hervor.

Merle fühlte sich plötzlich gereizt. Lag es daran, dass Sina ihre Post in den Händen hielt? Für Merles Geschmack war das eine Spur zu persönlich. Sie schnappte das Bündel Briefe und eilte grußlos davon. Dabei brannten die ratlosen Blicke der Zurückgebliebenen in ihrem Nacken.

»Melde dich mal, wie es dir so geht!«, rief Sönke ihr nach.

Keine Sorge, wenn ich erst in Mikas Armen liege, geht es mir gut.

Merle hatte das Treffen mit Sönke und Sina mehr zugesetzt, als es ihr lieb war. Zu lange war sie Sönkes Launen ausgeliefert gewesen, immer mit dem Wissen, dass er nachts von Sina träumte, ja sie sogar in ihre Wohnung eingeladen hatte. Die unschöne Sexszene hatte das Fass zum Überlaufen gebracht. Auch Sönkes Tränen änderten nichts daran, dass sie auf das Heftigste hintergangen worden war.

Merle atmete tief durch. Auch sie hatte Sönke schließlich betrogen, wenn auch nicht körperlich. Dennoch war sie in Mika verliebt. Das Kapitel Sönke und Merle war endgültig abgeschlossen. Nun galt es, einen Neustart hinzulegen, der sie glücklich stimmte.

Wendungen

Merle beobachtete, wie Sina das Auto ausparkte. Das hatte Sina noch nie beherrscht. Merle hielt sich hinter der Gardine vom Flurfenster versteckt und sah ihnen nach. Sie grinste, als Sina an dem Versuch scheiterte, den Wagen ohne ein Holpern von der Auffahrt zu fahren. Sie sah ihre Mutter an, die sich leise hinter sie gestellt hatte und ihren Blicken folgte.

»Es ist doch nicht so leicht, oder?«, hauchte Mara.

»Nein, nicht wirklich. Es ist nur …«

»Was?« Mara trat näher an Merle heran.

»Wir … es waren so viele glückliche Jahre. Manchmal verstehe ich nicht, wie es dazu kommen konnte.« Mara legte ihren Arm um Merle.

»Doch«, flüsterte sie, »du weißt es schon lange, aber wahrhaben wolltest du es nicht. Du hast gekämpft, damit muss jetzt Schluss sein.«

Merle nickte heftig. »Ist es auch.« Sie schmiegte sich in die Arme ihrer Mutter. »Danke, dass ihr immer für mich da wart.«

»Das werden wir auch weiterhin sein, aber du wirst glücklich werden, da bin ich mir sicher.«

»Ich mir auch, trotzdem ist es komisch.« Merle löste sich von ihrer Mutter. »Ich brauche frische Luft«, verkündete sie lächelnd.

Mara sah sie überrascht an. »Du kommst doch gerade von draußen«, erwiderte sie wissend. »Du meinst sicher Mika?«

»Vielleicht, aber ich laufe mich erst mal frei.«

»Okay, ich vermute, der Freilauf führt dich ins Bad?«

Merle zuckte mit den Schultern, blieb ihrer Mutter jedoch eine Antwort schuldig. In ihrer Magengrube breitete sich ein Kribbeln aus, als ob ein Schwarm Bienen dort sein Unwesen treiben würde.

Gerd schlurfte auf Pantoffeln aus dem Wohnzimmer. Er sah Merle besorgt an. Die Hände hatte er zu Fäusten geballt.

»Die Luft ist rein«, sagte Mara. »Du musst nicht eingreifen, du Superheld.« Sie schmunzelte ihren Mann an, dem es sichtlich schwerfiel, Ruhe zu bewahren. Ihm hatte es überhaupt nicht gepasst, dass Sönke in St. Peter-Ording aufgetaucht war. Schließlich hatte Merle sich eben erst drei Tage mit ihrem Kummer verkrochen. Kaum dass sie wieder zum Leben erwachte, war Sönke auf der Bildfläche aufgetaucht.

Gerd schnaubte verächtlich. »Der Hofer hat Glück, dass ich ihn nicht zwischen die Finger gekriegt habe.« Er sah Merle vorwurfsvoll an, die ihm nicht erlaubt hatte, ihr beizustehen. Jetzt konnten die Frauen das Lachen nicht mehr unterdrücken.

»Alles gut, Papa, ich bin klargekommen. Auch wenn es am Ende doch etwas anstrengend war.«

»Das sehe ich«, brummte Gerd. »Ich hoffe, er lässt dich jetzt in Ruhe.«

»Das wird er«, versprach Merle. Sie gab ihm einen dicken Kuss auf die Wange. Es war deutlich zu erkennen, dass Gerd sich beruhigte. Für Merle war er eben bereit durchs Feuer zu gehen.

Der Himmel war leicht bewölkt, aber die Sonne lugte immer wieder hervor und es war angenehm warm. Dank Sönke verfügte Merle nun wieder über eine Auswahl an Klamotten. Sie wählte eine kurze Jeans mit Fransen, die ihre glatten Beine umschmeichelten, dazu ein gelbes Top mit Spagettiträgern und ein leichtes Seidentuch. In Turnschuhen machte sie sich auf den Weg zum Meer, zog diese aber gleich aus, als sie den herrlich weichen Strand St. Peter-Ordings erreichte. Sie fühlte sich plötzlich frei und glücklich. Ob es daran lag, dass sie Mika später überraschen wollte, oder vielleicht auch daran, dass ihre Ehe mit Sönke abgeschlossen war und sie sich darum keine Gedanken mehr machen musste, wusste sie nicht. In spätestens einem Jahr konnten sie die

Scheidung einreichen. Bis dahin blieb sie Doktor Merle Hofer. Danach wünschte sie sich ihren Mädchennamen Fischer zurück.

Sie dachte an den kleinen Jungen, der ihr die Glückssteine verkauft hatte. Ob sein Geschäft noch existierte? Merle lächelte. Der süße Bengel hatte sie zu Tränen gerührt. Unbewusst hielt sie Ausschau nach ihm, aber er war nirgends zu sehen.

Die Nordsee war heute ein wenig aufbrausend. Die Wellen schlugen mit lautem Getöse an den Strand. Zum größten Vergnügen der Surfer, die weiter draußen ihre Muskeln arbeiten ließen. Merle überlegte, einen Kurs in der Surfschule zu buchen. Sie war nicht besonders geschickt, aber einen Versuch wäre es wert. Es hatte sie früher nie gereizt, sich mit so einem Brett in die Fluten zu stürzen, jetzt aber konnte sie sich gut vorstellen, es einmal zu versuchen.

Eine junge Frau spielte mit ihren Kindern Fußball. Deutlich war zu erkennen, dass ihre Söhne sie schwitzen ließen. Die Jungs mussten etwa zwischen acht und zehn Jahre alt sein. Sie war bereits an ihnen vorbeigelaufen, als sie ihren Namen hörte.

»Merle? Merle Fischer, bist du es wirklich?« Merle verharrte in ihrer Bewegung und drehte sich langsam zu der rufenden Person um. Sie überlegte eine Weile, bis sie die Frau erkannte.

»Gesa? Das ist ja eine tolle Überraschung.« Merle lief freudig auf Gesa zu. Sie hatte mit Gesa die Orientierungsstufe besucht, bis sie getrennte Wege gingen. Gesa machte die mittlere Reife, während Merle auf das Gymnasium ging. Seitdem Gesas Eltern aus SPO weggezogen waren, hatten sie sich nicht mehr gesehen.

Gesa strahlte über das ganze Gesicht. Die lustigen Sommersprossen waren ihr aus der Kindheit geblieben. Nur dass sie nun noch hübscher war. Ihre grünen Augen sprühten nur so vor Lebensfreude. Sie trug ihre Haare zu einem Pferdschwanz gebunden. Merle vermutete, dass sie Gesa deshalb erst auf dem zweiten Blick wiedererkannt hatte. Damals hatte Gesa kurze, brünette Haare gehabt. Nun waren sie lang und auf chemische Weise erblondet.

»Mama, spielen wir nicht mehr?« Der offenbar jüngere der beiden Jungs sah seine Mutter fragend, aber nicht anklagend an.

Gesa richtete sich an ihre Jungs. »Geht mal alleine spielen, ich möchte mich mit Merle unterhalten. Dabei ließ sie Merle nicht aus den Augen. Die Freude über das Treffen war Gesa deutlich anzusehen.

Sie nahm Merle bei der Hand. »Komm, wir setzen uns drüben in die Dünen, da habe ich meine Rabauken im Blick und wir können eine bisschen quatschen. Gesa lief sofort los, mit Merle im Schlepptau, ohne zu fragen, ob sie Zeit für einen Plausch hatte. Merle fand Gesas fröhliche Art erfrischend und sie folgte ihr gern zu einem Beisammensein in die Dünen.

»Hach, ich komme so gerne hierher. Die Luft und das Meer sind einfach anders als oben an der Flensburger Förde. Ich habe dort eine Gärtnerei«, plapperte Gesa munter drauflos. Dabei sah sie zu ihren Söhnen, die sich offensichtlich auch allein beschäftigen konnten.

»Du hast tolle Jungs«, meinte Merle neidlos. »Sie sehen dir beide ähnlich.« Gesa sagte etwas, das Merle nicht verstand. Doch dann berichtete Gesa unter anderem von ihrer gescheiterten Ehe und ihrem Exmann, der sie offenbar belogen und betrogen hatte.

»Es muss hart für dich gewesen sein«, flüsterte Merle.

»Ach, ich lebe noch und ich liebe meine Jungs. Das ist es doch, was zählt, oder? Wie viele Kinder hast du?«

Merle ließ die Frage unbeantwortet. Stattdessen fragte sie: »Du lebst also in Flensburg? Machst du Urlaub in SPO?«

»Mindestens einmal im Jahr muss ich hierher, um die Nordsee wegzuschnuppern.« Sie lachte ausgelassen.

Merle lächelte. »Geht mir auch so.« Sie ersparte sich die Einzelheiten.

»Sag, was ist aus dir geworden? Bist du Ärztin oder so?« Neugierig betrachtete Gesa ihre ehemalige Schulkollegin.

»Nicht ganz, ich bin Pharmazeutin.«

»Nicht schlecht, aber ich dachte mir schon damals, dass du es weit bringen würdest. Du warst immer so genau mit deinen Aufgaben und deine Arbeiten waren allesamt Einser.«

Merle stutzte. »Du meinst, ich war eine Streberin?«. Sie schmunzelte.

»Könnte man sagen«, erwiderte Gesa jetzt doch ein bisschen verlegen. Offenbar wusste sie nicht, ob sie zu weit gegangen war.

Merle seufzte. »Auch mir ist es nicht immer leichtgefallen. Aber ich hatte Ziele, die ich nicht aufgab.«

»Ich habe dich dafür beneidet. Ich hasste die Schule von der ersten Klasse an.«

»Trotzdem bist du eine erfolgreiche Geschäftsfrau geworden«, erwiderte Merle.

Gesa lachte auf. »Wenn ich erfolgreich wäre, hätte ich Urlaub auf den Malediven gemacht. Aber ich will mich nicht beschweren. Es läuft.« Schweigend sahen die Frauen den Kindern beim Spielen zu.

»Sie sind mein ganzer Stolz«, wisperte Gesa.

»Das sieht man«, sagte Merle, dabei hoffte sie, nicht erneut der Frage nach ihren Kindern ausweichen zu müssen. Sie streckte sich. »Ich muss langsam weiter, Gesa. Sehen wir uns noch einmal, bevor du abreist?«

»Ich hoffe doch, wir haben einander sicher noch ne Menge zu berichten.«

Merle rappelte sich aus dem Sand auf. »Das wäre schön, bis bald.«

Gesa sprang auf und notierte sich noch Merles Telefonnummer. Damit sie es nicht dem Zufall überlassen mussten, wann sie sich wiedersahen.

Merle hatte zwei Stunden mit Gesa verbracht, ohne viel von ihrem Leben preiszugeben. War Gesa oberflächlich und nur darauf bedacht, von sich selbst zu reden? Oder hatte sie gespürt, dass Merle nicht bereit war, über Vergangenes zu sprechen?

Sie sah zu Gesas Söhnen rüber, dabei spürte sie eine Sehnsucht nach einem eigenen Kind, die beinahe schmerzte. Dennoch war ihr bewusst, dass dieser Kinderwunsch nun tatsächlich gestorben war. Auch wenn es mit Mika eine Zukunft gäbe, wie sie es sich wünschte, wäre der Zug dennoch lange abgefahren. Sie hatte kaum noch Zeit, um ein Kind zu bekommen. Unvorstellbar, eine junge Liebe derart auf die Probe zu stellen.

Ja, sie liebte Mika. Endlich durfte sie auch dazu stehen. Lächelnd ging sie ihren Weg zur Badallee. Dabei stellte sie sich Mikas erfreutes Gesicht vor, wenn er sie sah. Die Begegnung mit Gesa war rein zufällig gewesen, trotzdem stellte sie sich die Frage, warum ausgerechnet jetzt? War es Zufall oder wollte ihr das Schicksal etwas beweisen? Nächste Haltestelle SPO? Alles richtig gemacht?

Im Grunde war es völlig gleichgültig. Warum machte sie sich einen Kopf über ein zufälliges Treffen? Merle wischte ihre Gedanken fort und erreichte mit einem glückseligen Gefühl die Badallee. Mika hatte die Apotheke sicher schon geschlossen, es war nach achtzehn Uhr. Wieder stellte Merle verwundert fest, wie lange sie mit Gesa geplaudert hatte.

Mit klopfendem Herzen schritt sie die wenigen Meter ab, bis sie vor der Tür stand. Das Licht im Verkaufsraum war aus. Durch das Nachtlicht herrschte eine heimelige Stimmung. Merle spürte ein Ziehen im Magen, als ob die Schmetterlinge um Einlass baten. Mit einem glücklichen Lächeln gewährte sie ihn. Explosionsartig nahmen sie den Raum ein, der eben noch leer gewesen war. Sie atmete tief durch und hob die Faust, um ein Klopfzeichen abzugeben. Doch wie erstarrt hielt sie inne, dann ließ sie die Hand sinken. Im Hintergrund des Verkaufstresens sah sie Mika.

Merle kniff die Augen zusammen. Wer war bei ihm? Eine blass wirkende Frau stand dicht vor Mika. Merle hatte sie nur einmal gesehen, aber sie wusste sofort, um wen es sich handelte. Lara!

Sämtliches Blut in Merles Adern rauschte in ihre Beine. Sie taumelte, fand kaum Halt. Aber was sie dort sah, war unerträglich. Mika umarmte Lara liebevoll und küsste sie auf die Wange. Lara schmiegte ihren zarten Körper näher an Mika.

Das war zu viel für Merle. Mit gesenktem Kopf wandte sie sich ab und schlich wie ein geprügeltes Tier davon.

Nun wusste Merle auch, warum Mika ihr keine Nachrichten mehr geschrieben hatte. Er war mit Lara beschäftigt gewesen. Warum nur war sie auf seine Beteuerungen hereingefallen? Wäre ihre Ehe mit Sönke zu retten gewesen, wenn Mika ihr nicht die Sinne vernebelt hätte?

Merle stolperte über eine Bordsteinkante und wäre um ein Haar gestürzt, wenn nicht ein Herr im Anzug sie gehalten hätte. Verwirrt sah sie den älteren Mann an. »Entschuldigen Sie bitte«, murmelte sie und lief eilig davon.

»Keine Ursache«, rief der Mann ihr belustigt hinterher.

Wie in Trance lief Merle die Badallee entlang, bis sie in St. Peter-Dorf ankam. Sie ging an dem Brunnen mit dem Bronze-Fischer und seiner Frau vorbei. Dann schlug sie den Weg in die Olsdorferstraße ein. Die Kirche mit dem alten Friedhof lag zu ihrer Linken. Betroffen blieb sie davor stehen. Hier hatten Sönke und sie sich ewige Treue und Liebe geschworen. Ihre Mutter hatte damals Tränen der Rührung vergossen. Sogar ihr Vater hatte verstohlen einige Tränen weggewischt.

Sönkes Eltern hatten für emotionale Regungen nichts übrig gehabt. Mit versteinerten Gesichtern hatten sie der Trauung beigewohnt. Die anschließende Feier hatten sie noch vor vierundzwanzig Uhr verlassen. Das angemietete Hotelzimmer nahmen sie gar nicht erst in Anspruch, sondern fuhren in der Nacht noch nach Hause.

Trotzdem war es eine fröhliche Feier gewesen, bei der Sönke einen handfesten Rausch mit nach Hause genommen hatte. Die sagenumwobene Hochzeitsnacht war nicht vollzogen worden. Merle lächelte. Damals hatte ihre Mutter geholfen, Sönke ins Bett zu befördern, weil Merle es allein nicht geschafft hätte.

Merle wickelte das Seidentuch enger um ihre Schultern, es war kühl geworden. Merle fror und zitterte. Ob es der kühlen Abendluft zuzuschreiben war, oder ob ihre aufgewühlten Gefühle schuld daran waren? Sie besann sich aufs Weitergehen und lief am Museum, eines der ältesten Häuser in St. Peter-Ording, vorbei. Die vielen kleinen Läden hatten längst geschlossen, nur die Eisdiele war offen und platzte aus allen Nähten. Kindergeschrei, lautes Lachen und Rufen begleiteten Merles traurige Stimmung.

Verdammt, was hatte sie denn erwartet? War sie wirklich so naiv zu glauben, Mika könnte ihr Glück sein? Schließlich hatte sie ihm nie Hoffnungen gemacht, hatte ihm dagegen sogar unmissverständlich klargemacht, dass ihre Ehe mit Sönke unantastbar wäre. Mika war Mika. Warum nur hatte sie gedacht, es wäre anders, jetzt, wo Sönke mit Sina nach Chemnitz zog?

Merle schüttelte die trüben Gedanken ab, es hatte keinen Sinn nun auch noch dem nächsten Kerl nachzutrauern. Ihr Leben musste weitergehen. Sie streckte den Rücken durch und lief erhobenen Hauptes weiter durch die kleine Einkaufsstraße.

Soll er doch bleiben, wo der Pfeffer wächst.

Entschlossen überquerte sie den Innendeich, um am Strand zurück zu ihrem Elternhaus zu gehen. Der Himmel zog sich immer mehr zu und von der See brauste ein heftiger Wind auf. Die Wellen schienen wütend an den Strand zu donnern, begleitet vom Kreischen der Möwen, die Zuflucht im Inneren des Landes suchten. Merles Zähne klapperten vor Kälte. Sie musste sich sputen, sonst holte sie sich noch eine Erkältung. Unbewusst hielt Merle Ausschau nach Gesa. Sicher war sie mit ihren Jungs längst in der warmen Stube des Gasthauses in der Badallee.

Ihre Mutter empfing sie mit einem warmen Lächeln, welches augenblicklich erstarrte, als sie ihre durchgefrorene Tochter genauer betrachtete. Sie stellte keine Fragen, aber ihr Blick sprach Bände vor lauter Mitgefühl.

»Wusstest du davon?« Merle kreuzte die Arme vor der Brust. Mara sah sie verständnislos an. »Sag schon, du hast es gewusst, stimmt's?«

»Wovon sprichst du?« Mara wirkte unbeholfen. Offenbar unterdrückte sie das Bedürfnis, Merle in die Arme zu schließen. Merles bedrohlich wirkende Körperhaltung hielt sie davon ab.

»Ach, ist auch nicht mehr wichtig.« Sie wollte an Mara vorbeihuschen, aber diese hielt sie davon ab, indem sie Merle am Handgelenk festhielt.

»Was ist jetzt schon wieder los? Ist Sönke noch mal zurückgekommen?« In Maras Augen funkelte es.

Merle schüttelte den Kopf. »Nein, ist er nicht. Mika hat sich mit Lara getröstet, das ist los.«

»Nein, das glaube ich nicht. Er hat dich so sehr vermisst, dass er nur noch das Nötigste mit seinen Kunden gesprochen hat. Im ganzen Dorf tratscht man über den veränderten Apotheker. Warum sollte ausgerechnet Lara ...?« Mara verstummte.

»Ihn trösten, meinst du? Wo die Liebe eben hinfällt, so ist das nun mal«, sagte Merle leise. »Habt ihr zu Abend gegessen?«

»Ja, aber es ist noch Kartoffelsalat da. Ich kann dir ein Spiegelei dazu machen.« Mara eilte in die Küche.

»Lass, Mama, ich habe keinen Hunger. Ich gehe auf mein Zimmer«, rief Merle ihr nach.

»Nimmst du deine Post mit?«, fragte Mara.

»Auch das.« Merle seufzte. Resigniert nahm sie das Bündel Briefe, das sie auf der Kommode im Flur vergessen hatte. Im Gehen sah sie die Post durch. Überwiegend Werbung, toll Sina, die wäre wirklich nicht wichtig gewesen.

Ein Brief überraschte sie dann doch. Er war von Doktor Schlüter. Merle setzte sich auf das Bett und riss den Umschlag auf.

Sehr geehrte Frau Doktor Hofer,
ich möchte mich für das unfreundliche Verhalten meiner Frau entschuldigen. Sie waren so eilig verschwunden, dass ich Ihnen nicht mehr folgen konnte. Bei Ihrem Arbeitgeber habe ich um Ihre Postanschrift gebeten. Glauben Sie mir, ich musste harte Überzeugungsarbeit leisten, bevor sie mir ausgehändigt wurde.
Ich würde mich freuen, wenn ich Sie doch noch davon überzeugen könnte, meine Apotheke zu kaufen. Alternativ biete ich Ihnen einen fairen Pachtvertrag an, den Sie sicher nicht ausschlagen können (schmunzel). Bitte sa-

gen Sie mir Bescheid.

Ich freue mich auf eine positive Nachricht von Ihnen.

Mit freundlichen Grüßen
Norbert Schlüter

Merle ließ den Brief sinken. Es war nicht zu fassen, aber Doktor Schlüter bot ihr tatsächlich seine Apotheke an. Sie blies die Backen auf und ließ die Luft hörbar entweichen.

»Das ist ja ein Ding«, murmelte sie. Im Moment hatte sie keinen Schimmer, wie sie sich entscheiden sollte. Langsam faltete sie den Brief zusammen, dann steckte sie ihn fein säuberlich in den Umschlag zurück. Es sah ein wenig merkwürdig aus, denn der Briefumschlag war in der Mitte durchgerissen. Mit beiden Händen strich sie das Papier glatt. Dann legte sie es, beinahe ehrfürchtig, auf den Nachttisch. Es gelang ihr nur schwer, den Blick davon abzuwenden. Es kribbelte in ihren Handflächen. Dann kitzelte etwas in ihrem Bauch. Erstaunt sah sie an sich hinunter. Als sie langsam aufblickte, begann ihr Gesicht zu leuchten. Ihre Augen strahlten Zuversicht aus, wenn nicht sogar einen Funken Glück.

War es möglich? Ja! Es freute sie. Endlich war ihr berufliches Ziel greifbar nahe. Liebend gern hätte sie an Mikas Seite in der kleinen Apotheke gearbeitet. Da Mika sich aber offenbar anders entschieden hatte, öffnete sich nun eine neue Tür.

Der Gedanke an Mika gab ihr einen Stich. Die innige Umarmung, aber auch der Kuss zum Abschied, bevor sie zurück nach Bremen gefahren war, fehlten ihr in diesem Moment. Merle entschied sich, nicht daran zu denken. Der Weg nach vorne war der richtige. Das Vergangene durfte sie nicht an sich heranlassen.

Merle lag ausgesteckt auf dem Bett. Ihre Augen waren auf die Zimmerdecke gerichtet. Da kam ihr ein Gedanke und sie sprang auf.

Nicht schon wieder Trübsal blasen, das durfte sie nicht zulassen. Erneut nahm sie den Brief von Doktor Schlüter zur Hand. Jetzt las sie ihn in aller Ruhe noch einmal durch. Nun sah sie auch den letzten Satz, aus dem hervorging, dass die Familie Schlüter für drei Wochen verreiste. Erst danach konnte der Vertrag abgeschlossen werden.

Enttäuscht ließ sie den Brief zu Boden gleiten. Drei Wochen! Was sollte sie in dieser Zeit nur machen? Nach Bremen fahren? Wie lange benötigten Sönke und Sina, um den Umzug nach Chemnitz vorzubereiten? Erst danach würde sie ihre Wohnung beziehen können. Jetzt stellte es sich als Glücksfall heraus, dass die Wohnung nun ihr gehörte. Über einen kurzen Zeitraum könnte sie bei Lulu wohnen. Bei ihr wäre sie immer willkommen. Außerdem war Merle sicher, dass Lulu ausflippen würde vor Freude, wenn sie in Bremen bliebe.

Es schmerzte sie, dass sie ihre Eltern enttäuschen musste. Sie hatten sich so gefreut, ihre Tochter in ihrer Nähe zu haben. Aber Merle kannte ihre Eltern gut, sie wünschten ihr nur das Beste.

Ein leises Klopfen ließ Merle hochschrecken. Kurz darauf steckte Mara ihren Kopf durch die Tür.

»Darf ich?«

Merle winkte sie herein. Als ob Mara niemanden wecken wollte, schlich sie auf Zehenspitzen auf Merles Bett zu.

Merle schwieg. Sie legte ihren Kopf an die Schulter ihrer Mutter.

Mara schlang ihren Arm um ihre Tochter.

»Mama?«

»Ja?«

Merle lauschte dem schnellen Atem ihrer Mutter. Ahnte sie bereits, dass Merle neue Pläne hatte? Pläne, die St. Peter-Ording sowie Gerd und Mara ausschlossen? Merle schluckte hörbar.

»Ich habe ein Angebot mit der Post erhalten.«

Mara holte Luft, bevor sie sprach. »Ist es etwas Passendes für dich?«, fragte sie.

Merle nickte heftig. »Ich glaube schon.«

»Dann freut es mich für dich. Verrätst du mir auch, was es ist?«

Merle kicherte. »Na klar. Stell dir vor, ich habe ein Angebot für eine Apotheke. Das Beste daran ist, ich kann mir aussuchen, ob ich sie pachten oder kaufen möchte.«

»Puh, ich freue mich für dich. Aber wenn ich dein Zögern richtig deute, ist dieses neue Projekt nicht in St. Peter-Ording?«

»Nein«, antwortete Merle mit Bedauern in der Stimme, »in Bremen. Sönke hat mir die Wohnung überlassen, ich müsste nicht mal auf Wohnungssuche gehen. Soviel ich weiß, befindet sich im Obergeschoss der Altstadt-Apotheke eine Wohnung, die ich vermieten könnte, aber auch selbst nutzen. Dann hätte ich für euch ein eigenes Reich. Denn ich gehe davon aus, dass ihr mich oft besuchen werdet.« Merle steckte plötzlich voller positiver Pläne. Sie grinste Mara an.

Offensichtlich gerührt über das Glück ihrer Tochter wischte diese sich eine Träne fort. »Siehst du, mein Schatz, jede dunkle Nacht ...«

»... hat am Ende ein helles Licht«, vervollständigte Merle die Weisheit ihrer Großmutter. Damit war Merle aufgewachsen, sie war bereits als Kind mit diesem Spruch getröstet worden. Die Liebe war ihr zwar nicht vergönnt, aber durch die neue Aufgabe hatte sie eine Basis, mit der sie etwas anfangen konnte.

Die Frauen lachten befreit und warfen sich rücklinks auf die Matratze. Als Gerd mit erstaunter Miene das Zimmer betrat, verstummten beide. Grinsend sahen sie zu ihm.

»Was wird hier gefeiert?« Er blickte lächelnd zu seinen Frauen.

Merle richtete sich mit hochroten Wangen auf. »Das ist tatsächlich eine Feier, aber dazu fehlt noch der Sekt.«

Gerd spitzte die Lippen. »So, hat der Apotheker dir einen Antrag gemacht?« Er grinste zufrieden. Als er in die verzerrten Gesichter von Mutter und Tochter sah, verstummte er jedoch geschockt.

Mara ging sofort auf ihren Mann los. »Gerd, du gefühlsloser Klotz. Was redest du denn da für einen Mist?«

Gerd trat von einem Fuß auf den anderen. »Entschuldige, aber ich dachte ...«

»Du denkst besser nicht«, schimpfte Mara.

Merle schritt beschwichtigend ein. »Schon gut, Mama, nun reg dich nicht auf. Papa hat es doch nur gut gemeint.« Sie zwinkerte ihren Vater an. »Er hat sich inzwischen auch mit einer anderen getröstet. Aber ich habe ein Angebot für eine eigene Apotheke bekommen.«

»Bei dem Heini hole ich meine Medikamente nicht mehr«, knurrte Gerd. »Wo denn Maus?«

Merle druckste herum, bevor sie endlich mit der Sprache herausrückte. »In Bremen.«

Gerd entglitten die Gesichtszüge für den Bruchteil einer Sekunde. Dann hellte sich seine Miene auf. »Wenn es für dich richtig erscheint, freue ich mich. Bremen ist ja nicht am anderen Ende der Welt.«

Merle ging zu ihm und küsste ihren Vater auf die Wange. »Ist es nicht. Ich brauche eine Zukunftsperspektive. Das Geschäft in der Altstadt ist der ideale Standort.«

»Stell dir vor, Gerd, wir hätten dort eine eigene Wohnung.«

Jetzt verfinsterte sich Gerds Gesicht.

»Ich geh doch nicht weg von hier. Was habt ihr euch da denn ausgedacht?«

Merle prustete los. »Ich will euch auch nicht auf Dauer bei mir wohnen lassen.«

Nun war Mara an der Reihe ihr Entsetzen kundzutun. »Sind wir so schlimm?«

Merle verdrehte die Augen. »Mama! Glaube nicht, dass ich dir darauf antworte. Du weißt genau, ihr seid die wichtigsten Menschen, die ich habe.«

»Nun beruhigt euch mal wieder«, brummte Gerd beschwichtigend. »Wir sind eine Familie, da lassen wir nichts gegen kommen.«

»So meine ich es und nicht anders.« Merle lächelte versöhnlich.

»Dann lasst uns darauf anstoßen. Kommt ihr mit runter ins Wohnzimmer?« Gerd blickte verschmitzt von Mara zu Merle. Merle hakte sich bei ihrer Mutter ein, um der Einladung ihres Vaters zu folgen.

Gut gelaunt ließen die drei die Gläser klingen.

»Auf gute Geschäfte«, sagte Gerd, nicht ohne Stolz auf seine Tochter.

»Na ja, zumindest das«, meinte Merle trocken. Ihre Eltern sahen sie betroffen an.

»Du wirst dein Glück in der Liebe finden, ich weiß es einfach«, sagte Mara. Es fiel ihr sichtlich schwer, Merle dabei anzuschauen. Offenbar glaubte Mara nicht wirklich an ihre positiven Worte.

»Sag mal, Merle, bist du dir wirklich sicher, dass Mika mit seiner Angestellten anbandelt?« Gerd zweifelte offenbar daran.

»Ich habe es mit eigenen Augen gesehen, das hat nichts mit glauben zu tun. Ich wurde vor vollendete Tatsachen gestellt. Ich wäre dankbar, wenn wir dieses Thema endgültig zu den Akten legen könnten«, sagte Merle leise. Den Stich in ihrem Herzen ignorierte sie.

Es war kurz nach Mitternacht, als alle ins Bett gingen. Obwohl sie nicht allein war, fühlte Merle sich einsam, als sie ihre Eltern beobachtete, wie sie ins gemeinsame Schlafzimmer verschwanden.

Gerd und Mara waren erfreut gewesen, als Merle ihnen mitteilte, dass sie noch zwei Wochen in St. Peter-Ording bleiben würde. Sie hoffte, ihre Wohnung danach leer vorzufinden.

Single

Merle betrat ihre Wohnung mit gemischten Gefühlen. Auf der Fahrt nach Bremen hatte sie versucht sich vorzustellen, wie es sein würde, nach so langer Zeit die verlassene Wohnung zu betreten. Aber das hatte sie nicht erwartet.

Es roch muffig, sodass Merle zu würgen anfing. Sie kontrollierte jeden Raum. Wo kam der Gestank her? Auf den ersten Blick wirkte die Wohnung aufgeräumt, sogar sauber. In der Küche schlug ihr der Geruch in vollem Umfang entgegen. Sie machte auf dem Absatz kehrt, um das Klo aufzusuchen. Nachdem sie sich erbrochen hatte, ging sie mit einem in Essig eingeweichten Tuch auf der Nase in die Küche zurück. Sie wusste sofort, wo sie weitersuchen musste. Die Mülleimer unter dem Spülschrank. Sönke und Sina hatten vergessen, ihren Müll zu entsorgen. Dem Geruch nach hatte es am letzten Tag ausgerechnet Fisch gegeben. Trotz Essigtuch kostete es Merle Überwindung, die Eimer hervorzuholen.

»Gott im Himmel«, fluchte sie. Es blieb ihr nichts anderes übrig, als das schützende Tuch wegzulegen. Sie brauchte beide Hände. Verzweifelt sah sie sich um. Wie sollte sie diese drei Tüten nach unten bringen. Der Fahrstuhl wäre danach über Stunden nicht brauchbar. Die armen Nachbarn. Vor allem die alte Dame im zweiten Stockwerk war auf den Fahrstuhl angewiesen. Merle schimpfte laut vor sich hin.

Im Abstellraum fand sie einen großen blauen Müllsack. Sie eilte zurück in die Küche und stopfte angeekelt alle drei überfüllten Beutel dort hinein. Um sicher zu gehen, dass im Bad der Hygieneeimer leer war, sah sie auch hier nach. Merle hatte richtig vermutet, dieser Eimer war ebenso bis zum Rand voll. Sie schluckte. Es kostete sie Überwindung, auch diesen Müll herauszuziehen.

»Oh ihr Schweine!«, rief sie. Erneut spürte sie, wie sich ihr Hals zuschnürte. Sie hatte Tränen in den Augen, hervorgerufen durch das ständige Würgen. Es nützte nichts, sie allein musste diese Sauerei entsorgen.

Umständlich stopfte sie die Tüten in den großen Beutel. Zum Schluss verknotete sie ihn. Dann rief sie den Fahrstuhl, um die Überreste von ihrem Mann und dessen neuer Freundin nach draußen zu verfrachten. Angeekelt und völlig fertig kam sie in die Wohnung zurück. Dann riss sie alle Fenster auf, um frische Luft hereinzulassen.

Als sie auf die Dachterrasse trat, bemerkte sie ein Geräusch. Alarmiert sah sie sich um. Ihr Blick fiel auf die Nachbarterrasse. Dort wühlte jemand unaufhörlich in einer Plastiktonne. Merle zog die Augenbrauen zusammen. Was war das? Vor einigen Monaten war der Vorbesitzer ausgezogen. Seitdem war die Wohnung unbewohnt. Merle hoffte, keine Einbrecher gestört zu haben. Da sahen sie dunkle Augenpaare prüfend an.

»Hallo«, sagte Merle zögerlich. »Darf ich fragen, was Sie da machen?«

Der Mann, etwa in ihrem Alter, musterte sie neugierig. Ein Lächeln huschte über sein Gesicht. »Dasselbe könnte ich Sie fragen. Ich suche das Schnuffeltier meines Sohnes, er kann sonst nicht einschlafen.« Er wirkte sehr jung, Merle konnte kaum glauben, einen Familienvater vor sich zu haben. Sein nackter Oberkörper entsprach ganz dem Traum aller Frauen. Muskeln wohin Merle auch schaute. Merle gefiel, was er ihr bot.

»Wir sind heute eingezogen, leider herrscht bei uns noch ein wildes Durcheinander.« Er lachte entschuldigend.

»Ich bin auch heute erst zurück und wohne im Übrigen hier«, klärte Merle ihn auf. »Ich bin Merle Hofer«, stellte sie sich vor, wobei sie hoffte, auch ihren Nachbarn näher kennenzulernen.

Er strahlte. »Na super, ich freue mich. Wir sind die Familie Hase, wir wissen von nix.« Er grinste, offenbar in dem Glauben, einen gelungenen Witz geäußert zu haben. »Ella ist meine Frau und Max unser Sohn. Zu mir darfst du Tommy sagen.«

Merle schmunzelte. »Merle«, sagte sie fest, dann reichte sie Tommy die Hand über die Brüstung rüber. Aus dem Inneren der Nachbarwohnung tönte lautes Geschrei. Sofort wühlte Tommy wieder in der Tonne herum. Merle vermutete Max dahinter.

»Sag mal, bei der Besichtigung haben wir ein anderes Pärchen bei dir auf der Terrasse turteln sehen. Gehörten die auch hierher? Ich meine, ich will nicht neugierig sein ...« Er verstummte.

Merle räusperte sich. »Gut zu wissen«, meinte sie etwas schärfer, als sie es gewollt hatte. »Du meinst sicher meinen Mann mit seiner Geliebten?«

Tommy öffnete den Mund, um ihn gleich wieder zu schließen. »Ach du scheiße ...«, entfuhr es ihm.

Merle lachte über seinen pikierten Gesichtsausdruck.

»Ist schon in Ordnung«, sagte sie schwach. Dabei merkte sie, dass ihr übel wurde. Sicher lag es noch an dem stinkenden Müll, den sie vorgefunden hatte.

Erleichtert fand Tommy schließlich das ersehnte Kuscheltier. Er hielt es kurz hoch. »Da ist es. Katastrophe abgewendet.« Er lachte ein wenig verschämt, als er mit den Worten »Wir sehen uns« verschwand.

Merle plumpste auf den Terrassensessel. Nervös kramte sie eine Zigarette hervor. Die Entspannungszigarette, deren Wirkung jedoch zu wünschen übrig ließ. Sie lehnte den Kopf mit geschlossenen Augen an die Rückenlehne des Sessels. Als sie das glückliche Krähen von Max hörte, zauberte seine gute Laune ein Lächeln auf ihr Gesicht. Kinder waren so leicht glücklich zu machen. Ihre Welt konnte schnell aus den Angeln gehoben werden, aber genauso schnell ließen sie die Sonne wieder scheinen. Ein herber Stich in ihrem Herzen erinnerte sie daran, dass es für sie dieses Glück nicht mehr geben würde.

Angewidert betrachtete sie die Zigarette, die zwischen ihren Fingern vor sich hin qualmte. Sie schmeckte ihr nicht. In St. Peter-Ording hatte sie so gut wie nie geraucht. Warum war es nun anders?

Merle kannte die Antwort. Sie war glücklich in ihrer alten Heimat gewesen. Unbeschwert und leicht hatte sie sich gefühlt. Obwohl Mika eben doch nur Mika war. Hier in ihrer Wohnung, die einmal ihr Traum gewesen war, kam sie sich verlassen und einsam vor.

Sie versuchte, positiver zu denken. Wenn sie erst ihre Apotheke übernommen hätte, würden die Tage mit Arbeit ausgefüllt sein. Nächste Woche war sie mit Doktor Schlüter verabredet. Danach konnte sie planen.

Entschlossen drückte sie die Kippe aus, um hineinzugehen. Jetzt sah sie die Räume in aller Ruhe durch. Sönke hatte nicht viel mitgenommen. Die meisten Möbel waren noch da.

Obwohl auf den ersten Blick alles sauber wirkte, packte Merle die Putzwut. Sie begann im Bad. Mit der Wahl des Reinigungsmittels war sie nicht zimperlich. Sie verwendete das stärkste, welches sie im Abstellraum gefunden hatte. Sie schrubbte die deckenhohen Fliesen, die Armaturen sowie den Spiegel. Beim Reinigen des Spiegels sah sie ihre verbissenen Augen. Mit einer Hand am Glas starrte sie auf ihr Spiegelbild. Sah so eine glückliche Frau aus? Sie seufzte laut.

»Das wird, du musst dran glauben. Rom wurde auch nicht an einem Tag erbaut.« Sie streckte ihrem Spiegelbild die Zunge raus. Das gab ihr neue Energie, um weiterzumachen. Als Nächstes war das Schlafzimmer an der Reihe. Sina hatte die Betten nicht abgezogen. Auf keinen Fall wollte Merle in dieser Bettwäsche schlafen.

So vergingen Stunden, bis alles sauber war und Merle ihr Zuhause annehmen konnte. Trotzdem blieb das Gefühl von Einsamkeit. Sie bezweifelte, dass die Entscheidung nach Bremen zurückzukehren, die richtige gewesen war. In Nordfriesland fühlte sie sich nie allein oder gar einsam. Vielleicht lag es aber auch nur daran, die leere Wohnung vorgefunden zu haben, in der sie viele Jahre mit Sönke gelebt hatte.

Nach Stunden harter Putzarbeit hatte sie ihr Ziel erreicht. Alles war sauber, ihre Hände waren wund vom Putzmittel und eine bleierne Müdigkeit überkam sie. Es zog sie hinaus auf die Dachterrasse. In der Nachbarwohnung herrschte Stille. Offenbar schlief der kleine Max. Aus der geöffneten Tür drangen nur noch Flüstertöne. Merle grinste. Wahrscheinlich waren Tommy und seine Frau froh über die Ruhe.

Sie zuckte zusammen, als ihr Handy klingelte. Gespannt ging sie hinein, um zu schauen, wer anrief. Irritiert erkannte Merle die Nummer von Sina. War etwas mit Sönke passiert? Schnell nahm sie das Gespräch an.

»Sina, was gibt's?«

Mit aufgeregter Stimme legte Sina los. »Habe ich den Müll rausgebracht? Ich habe so ein dummes Gefühl, als ob ich etwas vergessen hätte.«

Merle zog die Augenbrauen zusammen. Woher wusste Sina, dass sie in Bremen war? »Nein, hast du nicht, leider war es eine einzige Sauerei«, polterte Merle los.

Sina zog hörbar die Luft ein. »Es tut mir leid, bitte entschuldige«, jammerte Sina.

»Hm«, brummte Merle, »ist nun eh nicht mehr zu ändern. Wie geht es euch?« Merle stellte die Frage nicht unbedingt aus Interesse. Leider hatte sie bei Sina offene Türen eingerannt.

»Och ... ich weiß nicht, ich komme mir ein wenig überflüssig vor. Sönke geht auf in seinem neuen Job und scheint auch sehr beliebt zu sein. Aber ich ...« Merle verdrehte die Augen, sie verspürte nicht die geringste Lust dazu, sich Sinas Sorgen anzuhören. »Na ja, ich langweile mich hier, ich musste meinen Job aufgeben, um mit Sönke nach Chemnitz zu ziehen. Aber ich bin sicher, es ist nur eine Frage der Zeit, bis ich Arbeit gefunden habe«, beendete Sina ihren Redefluss.

»Du musst dir Zeit geben, es wird bestimmt das Richtige für dich kommen.« Die tröstenden Worte für die Frau, die ihr ihren Mann weggeschnappt hatte, fielen Merle schwer, aber es waren eh nur Floskeln.

Sina druckste herum. »Merle?«

»Was noch?«

»Hat Sönke auch immer versucht, dich zu manipulieren?« Sinas Stimme klang unglücklich.

Merle grinste.

Ja, das hat er, erwarte von mir aber keine Ratschläge.

»Ich glaube, ich weiß nicht, worauf du hinauswillst«, schwindelte Merle. Gut, es hatte also nicht an Merles Person gelegen. Sönke verlangte die ganze Aufmerksamkeit seiner Partnerin. Sina ging es offenbar nicht besser. Trotzdem fühlte Merle sich nicht zuständig, Sina in Sachen Sönke Tipps zu erteilen.

»Ach so.« Sina seufzte enttäuscht. »Dann liegt es wohl an mir. Aber danke fürs Zuhören.«

»Keine Ursache«, flötete Merle, »ich muss leider Schluss machen.

»Warte! Bitte verrate Sönke nichts von unserem Gespräch.« Sinas Stimme zitterte.

»Versprochen«, sagte Merle und war froh, dass Sina ihr Schmunzeln nicht sehen konnte. Sönke hatte offenbar nichts dazugelernt.

»Gut. Also wenn es nicht besser wird, kannst du ihn gerne wiederhaben.«

So weit war Sina also schon. Das wiederum bereitete Merle Kopfzerbrechen. Was wäre, wenn Sönke zurückkäme und wieder bei ihr einziehen wollte? Unweigerlich kam sie zu der Einsicht, die Wohnung lieber doch nicht zu behalten.

»Liebe Sina, wir befinden uns doch nicht auf einem Basar! Ich will niemanden zurück.« Außer Mika vielleicht, aber der hatte ja Lara. Sie hoffte, das Telefonat endlich beenden zu können.

»Hast du unter ihm gelitten?«, fragte Sina schrill.

Jetzt wurde Merle das alles zu bunt. »Nein, und ich habe auch nicht vor zu leiden. Tschüss, Sina.« Merle unterbrach die Verbindung mit klopfendem Herzen. Hatte sie etwas preisgegeben? Oder waren es nur Sinas Vermutungen gewesen? Sie schüttelte den Kopf, dann ging sie in die Küche und setzte Teewasser auf.

Merle nahm in ihrem Lieblingssessel Platz und schlürfte vorsichtig den heißen Tee. Wehmütig erinnerte sie sich an die Tee-Kaffee-Stunden in St. Peter-Ording. Nie war sie allein gewesen, immer gab es etwas Neues zu berichten oder zu diskutieren. Mika war in ihrer Nähe gewesen.

Mika, verdammt, warum fehlst du mir so sehr?

Eine Träne rollte über Merles Wange. Schnell wischte sie sie fort. War es das, was Single so toll fanden? Momentan konnte Merle dem nichts abgewinnen. Frei sein. Wo blieb da das Herz?

Bevor sie vollends den Mut verlor, schnappte Merle sich ihre Sommerjacke und fuhr mit dem Fahrstuhl hinunter. Sie schlenderte durch Bremens Straßen, um auf andere Gedanken zu kommen. Es herrschte Feierabendverkehr. Die Blechlawinen schoben sich endlos durch die verstopften Straßen. Statt kräftig durchzuatmen, versuchte Merle mit möglichst wenig Atemzügen auszukommen.

In St. Peter-Ording war das anders. Dort war jeder Atemzug eine Reinigung der Seele. Die Wochen in Nordfriesland hatten Merle für das Großstadtleben gänzlich ungeeignet gemacht. Verwirrt schaute sie in die Schaufenster der Geschäfte. Nichts, was es nicht auch auf dem Land gab. Trotzig ging sie weiter bis zur Altstadt. Langsam schmerzten ihre Füße, trotzdem gönnte sie ihnen keine Pause, bis sie vor der verlassenen Apotheke von Doktor Schlüter stehen blieb.

Sie drückte ihre Nase an der großen Scheibe platt. Jetzt sollte doch ihr Herz anfangen zu hüpfen. Warum blieb es stumm? Entmutigt wandte sie sich ab. Die Hoffnung, mit einem Blick in ihre zukünftige Apotheke ihrer Zukunft in Bremen positiver begegnen zu können, schwand.

Ratlos sah sie über die belebten Straßen. Plötzlich war sie sicher, hier nie wieder Fuß fassen zu können. Sie dachte an Gesa, mit ihr hatte sie unterhaltsame Stunden verbracht. Dabei hatten ihre Jungs mit überraschenden Showeinlagen geglänzt. Am Strand hatten sie Radschlagen geübt und erstaunlich tolle Kunststücke hinbekommen. Beide waren sich einig darüber gewesen, dass ein Leben an der Nordsee viel lustiger wäre. Gesas Einwurf, dass es auch dort nicht ohne Schule und Verpflichtungen ginge, hatte sie nicht umgestimmt.

Merle hatte ihre Klamotten in St. Peter-Ording bei ihrer Abreise nicht eingepackt, sondern ihre Kleider fein säuberlich in dem kleinen Schrank hängen lassen. So hatte sie das Nötigste dort, falls die Sehnsucht nach ihrem Heimatort zu groß wurde und sie kurzfristig zu ihren Eltern fahren wollte.

»So ist es richtig, Maus. Ein Koffer in St. Peter-Ording ist besser als ein Schrank voller Klamotten in Bremen«, hatte ihr Vater gemurmelt, dabei hatte er ihr liebevoll über den Rücken gestreichelt.

»Stimmt Paps«, hatte sie traurig geflüstert. Denn der Abschied war ihr sehr schwergefallen, trotz der Aussicht auf eine gut laufende Apotheke.

Nordfriesische Träume

Merle hockte mit angezogenen Knien auf Lulus Sofa. Dabei vertilgte sie ein riesen Stück Torte aus der Bäckerei ihrer Freundin. Lange hatte sie sich nicht so frei gefühlt.

»Du hast deine Wohnung also so gut wie verkauft?«, fragte Lu mit vollem Mund.

Merle nickte, während sie ein weiteres Stück Torte in ihren Mund schob. »Es war gar nicht so schwer. Die Interessenten rannten mir die Bude ein.« Mit dem Finger wischte sie Sahne von ihren Lippen.

Lulu kicherte. »Du bist bekleckert bis zur Nasenspitze.«

Merle zuckte mit den Schultern. »Du aber auch.« Sie grinste. Lu hatte heute Ruhetag im Café. Demzufolge konnten die Freundinnen ungestört die Tortenschlacht genießen. Später hatten sie einen Kinobesuch geplant.

Doktor Schlüter hatte Merle vor einigen Wochen das Geschäft gezeigt, leider kam auch da keine übergroße Freude bei ihr auf. Nachdem sie alle Räumlichkeiten besichtigt hatte, war sie zu dem Schluss gekommen, die Apotheke nicht zu kaufen. Bremen war einfach nicht mehr ihre Heimat und würde es auch nicht mehr werden. Sönke hatte ihr alles Nötige zukommen lassen, woraus hervorging, dass Merle alleinige Eigentümerin der Penthauswohnung war. Mit diesen Unterlagen hatte sie eine Maklerin aufgesucht und ihr den Auftrag erteilt, die Wohnung potenziellen Käufern anzubieten. Die Maklerin hatte den Auftrag fast gierig angenommen. Es hatte nicht lange gedauert, bis sie die ersten Kunden in die Wohnung brachte.

Merle lächelte vor sich hin. Das Pärchen, welches die Wohnung kaufen wollte, erwartete Nachwuchs. In den nächsten Tagen würde die Beurkundung stattfinden, dann war Merle frei. Nun gab es in Merles ehemaligem Zuhause doch bald Babygeschrei. Auch wenn es nicht ihr Baby war, so wünschte sie der jungen Familie alles erdenklich Gute.

»Woran denkst du, Liebes?«, wollte Lulu wissen.

Merles verträumter Blick wanderte zu Lu. »Ach, an die zukünftigen Eltern, die bald meine Wohnung beziehen. Sie waren unbeschreiblich glücklich. Das hat mein Herz erwärmt.

Lu sah ihre Freundin verständnisvoll an. »Irgendwann wird dein Wunsch Kinder zu haben in Erfüllung gehen. Ich bin fest davon überzeugt.« Sie legte ihre Hand auf Merles Arm.

Sofort zog Merle ihren Arm weg. »Red nicht, wie soll das denn gehen? Unbefleckte Empfängnis? Lächerlich.« Merle hatte keine Freude mehr an der Torte.

Augenblicklich sprang Lulu aus dem Sessel und fragte: »Willst du Eierlikörtorte? Ich habe eine unten in der Kühlung, morgen kann ich sie eh nicht mehr verkaufen.« Sie wartete die Antwort ihrer Freundin nicht erst ab, sondern begab sich geradewegs nach unten, um die Torte zu holen.

Merle maulte, aber Lu hörte nicht zu. »Torte ist nicht die Lösung für alle Probleme«, nuschelte Merle. Dennoch, sie wollte nicht undankbar sein. Es ging ihr gut, und mit dem Ertrag der Wohnung konnte sie in aller Ruhe Arbeit suchen, ohne in finanzielle Schwierigkeiten zu geraten. Denn von Sönke wollte sie kein Geld annehmen. Aber die Rücklagen ihrer verkauften Apotheke hatte sie bisher noch nicht anrühren müssen. Um Geld musste Merle sich also keine Sorgen machen.

Sie hatte bereits ihre Fühler auf dem nordfriesischen Wohnungsmarkt ausgestreckt. Dabei war sie auf einige interessante Objekte gestoßen.

»So, da bin ich wieder.« Lu strahlte und hielt die prachtvolle Torte hoch, auf die sie einen Spiegel aus Eierlikör gezaubert hatte. In nur wenigen Augenblicken duftete es in Lulus Wohnzimmer nach dem Alkohol. Merle lief das Wasser im Mund zusammen. Eigentlich war sie voll bis obenhin. Aber ein Stückchen passte schon noch rein.

Lu kicherte. »Na, doch noch schwach geworden? Ich habe es gewusst.« Gekonnt schnitt sie zwei große Stücke heraus und balancierte sie auf die Teller. Merles Wunsch nach einer Familie fand in ihren weiteren Gesprächen keinen Raum, wofür Merle dankbar war.

»Ach, Lu, wenn du doch mit nach SPO kommen könntest. Deine Torten wären dort der Renner.«

Lu schien zu überlegen. Sie lebte allein, musste auf niemanden Rücksicht nehmen. »Süße, mein Café im Schnorr ist etwas ganz Besonderes, ich liebe es sehr, wie du weißt. Ich glaube kaum, dass ich so etwas in St. Peter-Ording finde.«

Merle machte einen langen Hals und setzte sich kerzengerade hin. Sie schluckte. »Du meinst, wenn du ...«

Lu unterbrach Merle lachend. »Langsam, langsam. Ich habe nur laut gedacht.«

Merle sank enttäuscht zusammen. »Ziemlich laut«, meinte sie. Dabei sah sie ihre Freundin prüfend an.

Lu schloss für eine Sekunde die Augen. Dann sah sie Merle eindringlich an. »Süße, ich muss hierbleiben. Basta. So gern ich darüber nachdenke«, fügte sie versonnen hinzu.

Merle legte den Kopf schief. »Gern?«

Lu seufzte schwer. »Die Pacht im Schnorr ist enorm hoch, manchmal möchte ich mir mehr Freizeit gönnen, aber ich muss Torten verkaufen, sonst protestiert meine Bank in Anbetracht meines überzogenen Kontos.«

Merle riss die Augen auf. »Du hast Schwierigkeiten mit Geld? Warum sagst du denn nichts, ich könnte dir helfen?«

Lu hob abwehrend die Hände. »Kommt nicht infrage, das weißt du.«

Merle zog die Knie höher und umfasste sie mit beiden Armen, dabei stützte sie das Kinn auf den Knien ab und betrachtete ihre Freundin nachdenklich. »Was wäre, wenn wir in SPO ein Café eröffnen? Wir beide?«

»Du? Du weißt doch nicht einmal, wie man Schlagsahne schlägt.« Lu lachte, um sofort wieder ernst zu werden. Es schien, als ob sie tatsächlich noch überlegte. Merles Herz schlug schneller. Konnte sie ihre Freundin überzeugen, mit ihr nach St. Peter-Ording zu kommen? Es kribbelte in ihren Händen, sie wollte lieber nicht zu voreilig sein. Denn Lu war in Bremen, vor allem aber in ihrem Café verwurzelt. Zumindest hatte sie das bisher angenommen. Sie hielt den Atem an, als Lu zu sprechen begann. Kam jetzt der Supergau?

»Wenn ich ehrlich sein soll, klingt es ziemlich verlockend.« Gedankenverloren starrte Lu aus dem Fenster. Merle unterdrückte einen Jubelschrei. Doch noch war nichts entschieden.

»Überleg es dir doch noch mal ganz in Ruhe«, sagte Merle sanft.

Lu starrte weiter zum Fenster hinaus, ohne auf Merles Worte zu reagieren. Plötzlich warf sie den Kopf in den Nacken und meinte: »Ich schlaf ein paar Nächte drüber, versprochen.«

Merle jubelte. »Mensch, Lu! Es wird toll! Ich bin lernfähig, das mit der Schlagsahne kriege ich locker hin.«

Lu lachte. »Vergiss es, du kannst gerne mal aushelfen, aber du suchst dir gefälligst einen Job, der dich ausfüllt und deiner Ausbildung entspricht.«

Merle schnappte nach Luft. »Du denkst ernsthaft darüber nach?«, fragte sie erfreut.

»Ernsthaft würde ich nicht sagen, schließlich habe ich einen Pachtvertrag, der lange nicht abgelaufen ist.«

»Lu! Das hört sich gut an!«, jubelte Merle, die von Minute zu Minute hibbeliger wurde.

»Übertreib nicht mit deiner Freude, ich kann nichts versprechen. Wie gesagt, ich schlafe einige Nächte darüber.«

»Schlaf nicht zu lange, nicht dass du verpennst«, meinte Merle lachend. Sie rieb die Hände aneinander.

Lu sah Merle zufrieden an. »So gefällst du mir immer noch am besten.«

Merle blickte verdutzt drein. »Wie?«

»So glücklich«, sagte Lu leise. Sie rückte zu Merle auf das Sofa, um sie zu umarmen.

»Dann sorg auch dafür, dass es so bleibt«, verlangte Merle frech grinsend. Gleichzeitig merkte sie aber auch, dass sie Lu nicht weiter unter Druck setzen durfte. Genüsslich vertilgte sie das übrig gebliebene Stück Torte.

Die Freundinnen studierten nun das Kinoprogramm, leider mussten sie feststellen, dass nichts Interessantes lief. Sie beschlossen eine DVD aus Lulus Sammlung anzusehen. Dabei konnte man so herrlich Chips knabbern und Sekt trinken. Danach übernachtete Merle bei Lu. In Merles Wohnung stapelten sich ohnehin die Umzugskartons bis zur Zimmerdecke. Alles, was nicht mehr benötigt wurde, hatte Merle bereits verstaut. Nach der Beurkundung sollte eine Spedition ihre Möbel einlagern, bis eine passende Wohnung gefunden war.

Am nächsten Morgen fuhr Merle nach Hause, dort packte sie weiter Kartons. Dabei fielen ihr so einige Erinnerungsstücke in die Hände, die sie nach kurzer Überlegung entsorgte.

Mika schwirrte ständig in Merles Gedanken herum. Sie war beinahe genervt darüber, dass er ihre Gedanken ständig beherrschte. Vor einigen Tagen hatte er sogar eine Kurzmitteilung gesendet, die Merles Herz zum Rasen gebracht hatte. Es war nur ein kleiner Gruß gewesen, nichts Verfängliches, aber Merle schmerzte es gewaltig. Warum ließ er sie nicht in Ruhe? Hatte er ihr nicht genug wehgetan? Oder war die Sache mit Lara vorbei? Ach was, Mika war bodenständig, wenn er mit Lara zusammen war, gab es nichts anderes für ihn. Eine reine Freundschaft wäre für Merle allerdings die Hölle. Schließlich war sie über beide Ohren in ihn verliebt gewesen. Gewesen? Merle seufzte schwer. Sie zog nach St. Peter-Ording, aber wie es sein würde, ihn auf der Straße zu treffen, mochte sie sich lieber nicht vorstellen.

Ihre Mutter hatte beim vorherigen Telefongespräch gemeint, dass Mika nicht gut aussähe. Und sie glaubte nicht daran, dass er glücklich mit Lara wäre.

Pah, das ist nicht mein Problem. Da kann ich ihm nicht helfen.

Sie konnte sich nicht dagegen wehren, an Mika zu denken. So sehr sie es auch wollte, Mika blieb ihr persönlicher nordfriesischer Traum. Wenn sie die Augen schloss, konnte sie ihn sehen und riechen.

Die Spedition rückte mit einer Mannschaft starker Männer an. Langsam wurde es Zeit, Abschied zu nehmen. Merle machte einen Rundgang durch ihr ehemaliges Zuhause. Die Koffer mit den restlichen Klamotten standen bereit, um nach St. Peter-Ording verfrachtet zu werden. Merle bezweifelte, alles in ihr Auto zu bekommen. Probeweise hatte sie die Rücksitze umgeklappt, aber viel Raum bot ihr Flitzer nicht. Es galt zu überlegen, ob nicht doch einige Kleidungsstücke eingelagert werden mussten. Das Zimmer, welches sie bei ihren Eltern bewohnen würde, bis sie etwas Eigenes gefunden hätte, war nicht sonderlich groß, ganz abgesehen vom vorhandenen Kleiderschrank. Sie seufzte. So ein Umzug hatte es in sich. Da das Bett aus dem Schlafzimmer auch abtransportiert werden musste, hatte sie nun keinen Schlafplatz mehr. Für eine Nacht schlief sie bei Lu.

Um nicht unnütz rumzustehen, brachte sie die Koffer in die Tiefgarage. Einen nach dem anderen verstaute sie im Inneren des Wagens. Merle wunderte sich darüber, wie viel sie letztendlich doch dort unterbringen konnte. Als sie fertig war, verkündeten die Möbelpacker, dass sie den letzten Karton verladen hatten. Dann rückten die Männer ab.

Unschlüssig stand Merle mitten in der leeren Wohnung. Das war es also. Fast ein halbes Leben in Kisten und LKW verstaut. Nichts war von der vergangenen Liebe zu ihrem Heim übriggeblieben. Es gab nichts mehr für sie zu tun. Die Männer hatten sogar alles besenrein hinterlassen. Ihre Schritte hallten an den leeren Wänden wider. Sie zuckte mit den Schultern. Selbst eine Zigarette auf der Dachterrasse hatte keinen Reiz mehr, denn deren Möbel waren ebenfalls nicht mehr da. Merle trat hinaus und blickte über die Dächer der Stadt Bremen, die Sönke so geliebt hatte. Sie kramte eine Kippe hervor und steckte sie an. Sie nahm einen tiefen Zug, als sie ein Krähen aus der Nachbarwohnung hörte.

Max kam an das Trenngitter gekrabbelt. Er strahlte Merle über seinen Schnuller hinweg an.

»Na du, wo hast du denn dein Schnuffeltier?« Ein lautes Krähen war die Antwort.

»Das braucht er nur zum Schlafen.« Tommy erschien neben seinem Sohn. »Ist die Wohnung leer bei dir?«

Merle nickte. »Ja, das war es nun endgültig, aber ich glaube, ihr bekommt sehr nette Nachbarn.«

Tommy lachte. »Wir sind schon sehr gespannt.« Max gab einen lauten, unverständlichen Kommentar dazu ab.

Merle kicherte. »Er ist wirklich ein Goldstück«, meinte sie.

»Das ist er«, sagte Tommy versonnen. »Aber er kann durchaus anders. Der Goldjunge wird ganz leicht zum Bengel.« Er lachte über seinen Scherz und Merle schloss sich an.

Dann klingelte es an ihrer Tür. »Entschuldige, ich bekomme Besuch. Dabei weiß ich gar nicht, wer das sein könnte.« Eilig schritt sie zur Sprechanlage.

»Wir wünschen dir alles Gute in der neuen alten Heimat«, rief Tommy ihr nach.

Merle entdeckte über die Kamera, dass es die neuen Eigentümer waren. Sie grinste. Offenbar hielten sie es nicht länger aus. Die angespannten Gesichtszüge sprachen Bände. Schnell drückte sie den Türsummer.

Der Notar hatte sie über den Zahlungseingang auf das Notaranderkonto informiert. Also konnte sie genauso gut heute die Schlüsselübergabe stattfinden lassen. So müsste sie nicht noch einmal herkommen und das Kapitel *Wohnung in Bremen* wäre abgeschlossen.

»Entschuldigung«, riefen die beiden unisono, »dürfen wir noch mal hochkommen, bitte?« Das Flehen in ihren Stimmen war unüberhörbar. Schnell drückte Merle auf den Türsummer und ließ die neuen Bewohner ins Haus. Sie wartete vor der Fahrstuhltür. Als sie sich öffnete, sah sie in die leuchtenden Augen des Ehepaares Bergmann.

Lydia Bergmann kam als Erste auf Merle zu. Sie ging etwas schwerfällig, was sicher ihrem Bauchumfang zuzuschreiben war.

»Herzlich Willkommen im Eigenheim«, begrüßte Merle sie unbeschwert.

Robert Bergmann strahlte wie ein Honigkuchenpferd. Auch er betrat nun die Wohnung. »Danke«, sagte er und blieb abrupt stehen, während er sich in der Wohnung umsah. »Es ist ja schon alles weg! Wo schlafen Sie denn heute?«

»Machen Sie sich keine Sorgen, ich komme schon irgendwo unter. Aber wie wäre es, wenn wir die Übergabe heute gleich abwickeln?«

Frau Bergmann jubelte so ausgelassen, Merle befürchtete schon, dass sie ihr Baby an Ort und Stelle bekommen würde, sollte sie sich nicht beruhigen. Offenbar war das auch die Sorge ihres Mannes, denn er sprach beruhigend auf seine Frau ein.

»Das wäre wunderbar«, sagte Herr Bergmann heiser. Auch an ihm schien die Aufregung nicht spurlos vorbeizugehen.

Merle schmunzelte. »Schön, dass Sie sich so freuen, und ich wünsche Ihnen von Herzen alles Gute für die Zukunft. Schauen Sie sich in Ruhe um, dann können wir unser Geschäft abschließen.«

»Oh Schatz, es ist ein Traum«, hörte Merle Frau Bergmann im Schlafzimmer jubeln. Merle nahm unterdessen ihre Handtasche und die Autoschlüssel an sich und wartete, bis die junge Familie mit der Abnahme fertig war.

Frau Bergmann erschien mit ihrem Mann im Wohnzimmer, zärtlich strich sie mit beiden Händen über ihren Bauch, dabei lächelte sie glückselig. »Er wird sich hier wohlfühlen«, meinte sie und hielt in der Bewegung inne.

Merle war gerührt von dem Anblick und schluckte die aufkommenden Tränen herunter. »Ganz sicher«, meinte Merle sanft. Sie übereichte den beiden die Schlüssel, zwinkerte ihnen ein letztes Mal zu und forderte den Fahrstuhl an. Sie hob die Hand zum Gruß und schritt in die Kabine, um in die Tiefgarage zu fahren. Als die Tür sich für immer schloss, spürte Merle kein Bedauern, sie freute sich auf eine unbeschwerte Zukunft im hohen Norden. Sie überlegte, ob es richtig wäre, schon heute nach St. Peter-Ording zu fahren, und entschloss sich dafür. Lulu würde verstehen, dass ihr letzter Abend ins Wasser fiel.

Rückenwind

Merles Umzug nach SPO wurde von einem heftigen Gewitter begleitet. Die Scheibenwischer schafften es kaum, die Wassermengen auf der Windschutzscheibe in Schach zu halten. Mit zusammengekniffenen Augen konzentrierte sie sich auf die regennasse Fahrbahn. Stürmische Böen machten es fast unmöglich, die Spur zu halten. Merle erschrak jedes Mal, wenn sie von einem Windstoß erfasst wurde und das Lenkrad festhalten musste, damit sie nicht von der Fahrbahn abkam. Das Radio gab nur noch ein Knistern von sich, weil der Empfang durch das Unwetter gestört wurde.

Merle stöhnte auf. Langsam wurde ihr die Sache zu heikel. Sollte sie lieber rechts ranfahren und abwarten, bis das Wetter sich etwas beruhigte? Merle befürchtete allerdings, dass sie dann am Straßenrand übernachten müsste, denn es war nicht abzusehen, wann das Wetter sich änderte. Sie drosselte das Tempo und entschloss sich weiterzufahren. Irgendwann würde sie ihr Ziel schon erreichen. Sie musste höllisch aufpassen, denn Äste, die sie lieber nicht überrollen wollte, flogen auf die Fahrbahn. Ein Schaden an ihrem Wagen hätte ihr gerade noch gefehlt. Sie warf einen schnellen Blick auf ihr Handy. Na toll, auch hier hatte sie keinen Empfang. Sollte etwas passieren, konnte sie nicht einmal Hilfe rufen.

Hektisch lockerte sie ihr Tuch. Vor Anspannung wurde ihr ganz heiß. Merle begann ein Lied zu summen, in der Hoffnung, sich damit abzulenken. Erstaunlicherweise klappte es sogar. Warum hatte das Wetter sich nur so gegen sie verschworen? Hätte es nicht warten können, bis sie am Ziel war?

Auf der Höhe des Eidersperrwerkes drosselte sie das Tempo noch weiter. Denn hier wehte der Wind in Orkanstärke, sodass es fast unmöglich war, das Auto auf der Straße zu halten. Sie atmete erleichtert auf, als sie den Sperrwerktunnel durchfuhr. Hier konnte der Wind ihr nichts anhaben. Umso schlimmer wurde es, als sie den Tunnel wieder verließ. Der Wind hatte es offenbar auf sie abgesehen. Aber aufzugeben war jetzt, kurz vor dem Ziel, keine Option mehr. Merle hatte das Gefühl, ganz allein unterwegs zu sein, denn es kamen ihr keine anderen Fahrzeuge entgegen, was sie nicht unbedingt beruhigte. Der Norden hatte seine Bewohner fest im Griff. Die Sicht war schlechter, als Merle es vermutet hatte.

Plötzlich erschien das Ortsschild von St. Peter-Ording vor ihren Augen. Angekommen! Merle war so froh darüber, dass ihr eine Träne aus dem Augenwinkel lief. Die Anspannung ließ nach und sogar das Radio hatte wieder Empfang. Das Erste, was Merle zu hören bekam, waren die Nachrichten. Es wurde vehement davor gewarnt, auf die Straßen zu gehen.

»Toll«, murmelte Merle. Sie tastete nach dem Radio und schaltete es aus. Die wenigen Meter bis zu ihrem Elternhaus musste sie keine Hiobsbotschaften hören. Sie war erleichtert, endlich zu Hause angekommen zu sein.

Merle ließ ihre Koffer im Auto und hastete zur Eingangstür. Innerhalb von Sekunden war sie nass bis aufs Hemd. Ihre Haare klebten an ihrem Kopf und die Wimperntusche lief ihr über das Gesicht. Sie klingelte Sturm.

Ihr Vater öffnete die Tür mit einem misstrauischen Gesichtsausdruck. Als er seine Tochter erkannte, zog er sie schnell ins Haus. »Deern, wo kommst du denn plötzlich her? Wir haben dich erst morgen erwartet.«

»Hätte ich gewusst, was für ein Wetterchen hier herrscht, wäre ich auch nicht losgefahren«, erklärte Merle und zerrte an ihren nassen Klamotten.

Gerd grinste. »Hattest guten Rückenwind für die Reise in deine Heimat, was?«

»Kann man so sagen. Ich möchte mich trocknen«, verkündete Merle kurz und verschwand im Bad.

Als sie kurz darauf im Bademantel ihrer Mutter im warmen Wohnzimmer erschien, saß ihr Vater allein vor dem Fernseher.

»Wo ist Mama?«

»Die war auch so verrückt, bei diesem Wetter zu ihrer Handarbeitsrunde zu fahren. Ich hoffe, sie bringt das Auto wieder heil nach Hause«, antwortete ihr Vater zerknirscht. Er schien sich ernsthaft Gedanken zu machen.

»Du machst dir Sorgen um das Auto?«

»Natürlich nicht, ich wäre froh, wenn deine Mutter gleich zur Tür reinkäme. Die Runde findet heute in Westerhever statt.«

»Das schafft sie schon«, erwiderte Merle, verschwieg jedoch, dass sie sich selbst nicht so sicher war. Denn ihre Mutter konnte im Dunkeln nicht so gut sehen und bei Regen waren ihre Augen noch schlechter. »Zum Glück gibt es auf der Strecke nicht viele Bäume.«

Gerd sah seine Tochter entgeistert an. »Ich glaube, ich hole sie ab. Kann ich dein Auto benutzen?«

»Klar, aber ich komme gerne mit, ich ziehe mir schnell etwas an.« Merle lief in ihr Zimmer. Am Treppenabsatz angekommen, hörte sie, wie die Tür aufflog.

»Was für ein Scheißwetter«, hörte sie ihre Mutter fluchen. Freudig eilte Merle zu ihr. Die Laune ihrer Mutter änderte sich schlagartig, als sie ihre Tochter sah.

»Merle, du bist heute schon gekommen? Das ist aber eine Überraschung.« Ihre Miene verfinsterte sich. »Du bist bei diesem Wetter …?«

»Heil angekommen, Mama.« Merle grinste.

Mara schüttelte fassungslos den Kopf. Aber dann nahm sie ihre Tochter liebevoll in die Arme.

»Gerd, dein Auto ist wieder heil in der Garage!«, rief sie ihrem Mann zu.

Aus dem Wohnzimmer war ein Brummen zu hören. »Du weißt genau, dass es mir darum ging, dich heil zurückzubekommen!«, rief er beleidigt.

Mara grinste Merle an. »Männer«, sagte sie und führte ihre Tochter ins Wohnzimmer. Bei einem Glas Wein erzählte Merle ihren Eltern, wie es in Bremen gewesen war und wie erfreut die neuen Eigentümer ihrer Wohnung waren, dass die Übergabe einen Tag früher stattfinden hatte können.

Gemeinsam saßen sie auf dem Sofa und genossen das Beisammensein. Merle sah, wie ihre Mutter einen Blick auf die Tageszeitung warf und sie dann verstohlen faltete, um sie zum Altpapier zu tragen.

»Verheimlicht ihr mir etwas?« Misstrauisch sah Merle abwechselnd von ihrer Mutter zu ihrem Vater. Mara wurde tatsächlich rot, was Merle dazu veranlasste weiter zu bohren. »Sagt mir sofort, was los ist«, verlangte sie.

»Was du immer hast, es ist alles in bester Ordnung«, brummte ihr Vater, ohne sie dabei anzusehen. Mara kicherte zu allem Überfluss dazu. Sämtliche Alarmglocken schrillten in Merles Kopf.

»Hat es etwas mit der Zeitung zu tun?«, hakte Merle nach. Erstaunt sah sie die Schweißperlen auf der Stirn ihres Vaters.

»Ach, Kind, es ist nichts, glaub mir. Nichts von Bedeutung«, meinte Mara. »Ich denke, wir sollten schlafen gehen.«

Merle nickte, ließ aber dabei die Zeitung nicht aus den Augen, die ihre Mutter nun hinter ihrem Rücken hielt.

»Gut, dann lese ich die Nachrichten des Tages, bevor ich mich auch hinlege.« Fordernd hielt sie ihrer Mutter die Hand entgegen. Ihre Mutter wand sich, dann überreichte sie Merle die Zeitung. Sie musste nicht lange suchen.

Bad-Apotheke insolvent! Betreiber kündigt Schließung an.

Merle schluckte betroffen. Mit großen Augen sah sie ihre Eltern an.

»Ich wollte dich nur nicht gleich bei deiner Ankunft mit Mika konfrontieren«, sagte Mara kleinlaut.

»So ein Quatsch, der ist nie und nimmer pleite. Das ist unmöglich.«

»Wenn du ihn in letzter Zeit gesehen hättest ... er sieht ziemlich mitgenommen aus.« Mara zuckte mit den Schultern.

»Vielleicht verlangt diese Lara auch zu viel von ihm«, spottete Gerd.

»Gerd! Lass das gefälligst.« Mara sah ihren Mann böse an. Dann setzte sie sich zu ihrer Tochter und nahm sie in die Arme.

Merle schüttelte ihre Mutter ab. »Ich kann mir nicht vorstellen, dass da etwas Wahres dran ist.« Mara las die Zeilen erneut.

»Schlussendlich ist das nicht unser Problem«, behauptete Mara fest und entriss Merle die Zeitung mit einem Ruck.

»Außerdem scheint Lara nicht mehr im Ort zu sein, ich habe sie nicht gesehen, seitdem du nach Bremen gefahren bist.« Mara stemmte die Fäuste in die Hüften und schenkte ihrem Mann weitere böse Blicke. Seinen Kommentar hatte sie ihm offensichtlich nicht verziehen.

Merle seufzte laut. »Mika muss für sich selbst sorgen. Mir tun trotzdem seine Eltern leid.« Sie stand auf und sagte ihren Eltern gute Nacht.

In ihrem Zimmer ließ sie sich auf das Bett fallen und starrte an die Decke. Mika war Mika.

»Eben drum«, sagte Merle laut. Er war ihr Freund, zumindest das war er. Ob das nach wie vor stimmte, würde sie herausfinden.

Sturm der Herzen

Nach einem ausgiebigen Frühstück machte Merle sich auf zum Strand. Spaziergänge hatten ihr immer gutgetan. Es regnete zwar Bindfäden, aber der Wind hatte nachgelassen. Der Strand war übersät mit angeschwemmtem Müll, der mit Seegras durchzogen war. Die Stadtreinigung war seit den frühen Morgenstunden unermüdlich dabei, den Strand zu reinigen.

Merle lief nicht an der Wasserkante, sondern weiter oben an den Dünen entlang. Hier hatte sie relativ gute Sicht über das tosende Meer, ohne nasse Füße zu bekommen. Der Sandstrand lag fest unter ihren Füßen. Der Vorteil daran war, dass Merle ihr Marsch nicht so schwerfiel. Der Sand gab nur wenig nach und bildete einen festen Untergrund.

Auch bei schlechtem Wetter war die Nordsee traumhaft schön. Die Naturgewalten eroberten das Land, zu Wasser und erst recht in der Luft. Merle dachte an den Sturm. Das Ganze war nicht ganz ungefährlich gewesen, aber zum Glück war alles gut ausgegangen. Ob Mika wohl in der Apotheke war? In der Zeitung hatte nichts davon gestanden, ob er sie bereits geschlossen hatte.

Nachdem sie genug Sauerstoff intus hatte, machte sie sich auf den Weg zu ihm. Merle war ein wenig aufgeregt. Würde ihre Freundschaft trotz allem Bestand haben? Sie wollte Mika sagen, wie leid ihr das mit der Insolvenz tat. Und das wirklich aus vollem Herzen. Auch wenn Lara einen Stachel in ihrem Herzen hinterlassen hatte. Mika musste den Schlagzeilen zufolge die Türen der Bad-Apotheke für immer schließen. Merle hielt das zwar für ein dummes Gerücht, sie hatte doch selbst miterlebt, wie der Laden brummte, doch irgendetwas musste vorgefallen sein, und das wollte Merle herausfinden.

Merles Herz klopfte bis zum Hals, als sie die kleine Apotheke betrat. Was würde sie hier erwarten? Konnte sie an die Freundschaft mit Mika anknüpfen, nachdem ihre Liebe unerfüllt geblieben war? Für Mika war es wahrscheinlich leicht, denn er hatte sich in Lara verliebt. Ob Merle damit klarkam, würde sie gleich herausfinden.

Der Verkaufsraum wirkte unaufgeräumt, die Fußmatte hatte sichtlich lange keinen Staubsauger mehr gesehen. Bonbonpapier lag neben dem Mülleimer und die Glasfläche des Tresens war mit Fingerabdrücken übersät. Das hatte sie nicht erwartet, aber als sie sah, wie Mika aus dem Labor kam, prallte sie vor Schreck zurück gegen die Tür. Er sah schrecklich ausgemergelt aus. Die Gesichtsfarbe, die für gewöhnlich leicht gebräunt war, sah blass und grau aus. Über der Nasenwurzel hatte sich eine dicke Sorgenfalte gebildet. Er hatte sichtlich abgenommen. Er erkannte Merle nicht sofort, aber auch, als er sie genauer ansah, missglückte ihm ein Lächeln. Er blickte ihr aus erschöpft wirkenden Augen entgegen.

»Merle«, sagte er leise, »was kann ich für dich tun?«

Merle bekam vor lauter Schreck weiche Knie. Sofort eilte sie um den Tresen herum, griff die Ärmel des weißen Kittels und schüttelte Mika.

»Was du für mich …? Spinnst du? Sag mir sofort, was hier los ist«, forderte sie ihren Freund atemlos auf.

Mika sah sie erstaunt an, als ob ihre Worte nicht bei ihm ankämen.

»Verdammt, Mika …«, ihre Stimme brach. »Sag mir bitte, wie ich dir helfen kann.« Sie war den Tränen nahe, denn Mika in diesem Zustand zu sehen, brach ihr das Herz.

»Wie geht es euch denn so in Bremen? Ich habe lange nichts mehr von dir gehört, aber es freut mich, dass du dich an mich erinnerst.«

Merle starrte Mika betroffen an. Er schien ihre Frage gar nicht gehört zu haben. Instinktiv lief sie zum Tresor mit den Arzneimitteln, die dem Betäubungsmittelgesetz unterlagen. Hatte Mika Drogen eingenommen? Zu ihrer Überraschung war der Tresor verschlossen. Ihr Blick streifte die offene Tür zum Labor. Aha, dort stand eine Flasche Wodka. Er hatte also getrunken. Das war zwar auch Mist, aber immer noch besser als Drogen.

Mika war ihr gefolgt und lehnte nun schwankend am Türrahmen zum Labor. Er sah sie aus trüben Augen an, als ob er erst jetzt erkannte, wer da gekommen war. Ein kurzes Leuchten flammte in seinen Augen auf, doch es erlosch sofort wieder.

Merle war entsetzt. Sie eilte nach vorne in den Verkaufsraum und verschloss die Tür, dann löschte sie die Deckenlampen und ging zurück zu Mika. »Mika, ich habe abgeschlossen, du solltest heute nicht arbeiten.« Sie stellte sich vor ihn und sah in seine trüben Augen.

»Tüchtiges Mädchen«, lallte er. »Ist ohnehin bald ganz vorbei. Da kommt es auf einen Tag mehr oder weniger nicht an.«

»Jetzt reiß dich zusammen, Mika, und sage mir, was los ist.«

Durchdringend sah er sie an. »Du wirst mich verfluchen, wenn ich es dir sage.«

Das habe ich vor Wochen schon. »Wir werden es aber nicht herausfinden, wenn du es mir nicht sagst.« Merle konnte sehen, dass er mit sich kämpfte.

Mika setzte sich auf den Stuhl am Labortisch und stützte sein Gesicht in beide Hände. Dabei schüttelte er sich.

Merle erschrak. Mika weinte! Wie verzweifelt musste er sein?

Er linste zwischen seinen Fingern zu Merle. »Ich habe Mist gebaut.«

»Kann schon sein, aber vielleicht kann ich dir helfen?«

»Du hast doch sicher genug mit deinem Mann zu tun, der braucht dich sicher mehr.«

Merle schluckte den aufkommenden Ärger runter. Dass er sie verletzte, hatte Mika offensichtlich nicht bemerkt. »Der kommt ohne mich klar, aber ich will jetzt wissen, was du für Probleme hast. Finanzielle können es sicher nicht sein.«

Mika ließ die Arme sinken und sah Merle traurig an. »Die werden kommen, ich stehe mit einem Bein im Knast.«

Merle riss die Augen auf. »Soll ich dich dann dort besuchen, um zu erfahren, was für einen Mist du gebaut hast?«

Mika lachte freudlos. »Es würde mich freuen.«

Langsam riss Merles Geduldsfaden. Mika benahm sich wie ein kleines Kind. Doch er schien zu überlegen. Er ließ die Arme fallen und starrte sie an.

»Ich sag nur Oxycodon.«

Merle hielt die Luft an. »Du bist mit dem ... Betäubungsmittelgesetz in Konflikt gekommen? Wie das denn?«

»Ich weiß, ich weiß, du hast von Anfang an gepredigt, der Tresor müsse verschlossen sein. Aber es war eine Mitarbeiterin, und die darf natürlich an die Medikamente. Da hätte das Verschließen des Tresors nichts gebracht. Ich habe selbst dafür gesorgt, dass die Presse Wind davon bekommt. Ich war der Meinung, dass eine Insolvenz besser klingt als Medikamentenmissbrauch.«

Merle ging in die Knie und sah Mika eindringlich an. »Du weißt, wer dafür verantwortlich ist?«

Mika nickte trotzig. Er schien das Geheimnis für sich behalten zu wollen.

Sie versetzte ihm einen Stoß. »Wer?«

Mika holte Luft. »Lara.«

Merle prallte zurück und landete auf ihrem Po. Benommen sah sie ins Leere. Dann rappelte sie sich aus der unbequemen Lage hoch. »Ach so, das ist natürlich etwas anderes«, meinte Merle trocken und spürte, wie die Luft im Labor dünn wurde. Für einen Augenblick hätte Merle alles kurz und klein schlagen können. Sie war wütend auf Mika, doch sie besann sich und zwang sich zur Ruhe. »Ist denn überhaupt schon eine Prüfung angesetzt?«

Mika verneinte. »Ich schiebe es schon eine ganze Weile vor mir her, aber ich muss es zur Selbstanzeige bringen.«

Na wunderbar, dachte Merle ärgerlich. Für die Geliebte geht ein Mann gerne in den Knast oder verliert Haus und Hof. Merle nickte gefast. »Gut, lass uns mal nachschauen. Ist der Tresorschlüssel hier irgendwo?«

Wie in Trance zog Mika ihn aus der Hosentasche. Merle nahm ihn an sich. Mika wollte schon protestieren, aber Merles Blick ließ ihn schweigen. Sie bedeutete ihm, ihr zu folgen. Sie kniete sich vor den Tresor und drehte den Schlüssel um. Mit einem Klack sprang die schwere Tür auf. Sie beugte ihren schmalen Körper vor und prüfte die Bestände. Dann holte sie eine Schachtel Oxycodon nach der anderen hervor, drehte sie in alle Richtungen, bis sie gefunden hatte, was sie suchte. Entschlossen nahm sie einen bunten Marker und markierte das Verfallsdatum. Dann reichte sie Mika die Schachtel.

»Hier, die ist übermorgen abgelaufen, ich habe dir das Verfallsdatum angestrichen. Übermorgen schreibst du diese Packung ab, dann stimmt der Bestand wieder. Wollen wir mal hoffen, dass bis dahin keine unaufgeforderte Prüfung auf dich zukommt.«

Die Medikamente, die dem Betäubungsmittelgesetz unterlagen, mussten streng dokumentiert werden. Es durften keine Lücken entstehen, die den Leiter der Apotheke in Teufels Küche bringen konnten, denn er trug die volle Verantwortung, wenn es um die Sicherheit dieser Arzneien ging. So dramatisch wie Mika das sah, wäre es nicht gekommen, aber er hätte vermutlich seine Approbation verloren. Und das wäre eine Katastrophe gewesen.

Merle rappelte sich aus der unbequemen Lage hoch. Mit rotem Gesicht stand sie vor Mika, der um einiges erleichtert schien.

»Weißt du zufällig, was Lara mit dem Zeug gemacht hat? Kann es sein, dass sie jemandem damit schaden wollte?« So viel musste Merle einfach wissen, denn sie fühlte sich als Mitwisserin mit in die Verantwortung gezogen.

»Ihr Vater liegt seit Monaten im Sterben und weigert sich, einen Arzt an sich heranzulassen. Aber leider hat er höllische Schmerzen. Lara hat es nicht mehr mit ansehen können und sich für diesen Schritt entschieden.«

Merle riss die Augen weit auf. »Hat sie Sterbehilfe ...?«

»Nein, selbstverständlich nicht, sie wollte ihm lediglich die Schmerzen nehmen. Was denkst du?«

Ja, was dachte sie? Merle sagte dazu lieber nichts mehr. Sie hatte sich weit genug vorgetraut, um Mika den Arsch zu retten.

Die stürmische Umarmung traf Merle völlig unverhofft. Wie erstarrt verharrte sie in seinen Armen, während ihr Puls anfing zu rasen. Ihn so nahe zu spüren, brachte Merle aus dem Gleichgewicht. Ihre Gefühle für Mika waren noch immer da.

Bestimmt schob sie ihn von sich. »Du opferst dich ja richtig auf für deine Kleine«, meinte sie sarkastisch. Sie drehte sich um und ging mit eiligen Schritten nach draußen. Sie musste dringend an die frische Luft.

»Danke, Püppi, ich mache es wieder gut, versprochen!«, rief er ihr nach. »Wie lange bleibst du in SPO? Sehen wir uns noch?«

Merle schüttelte draußen das Erlebte ab. Beinahe war sie entsetzt, dass Mika sie fragte, wie lange sie bleiben würde. Er ging offenbar davon aus, dass sie in Bremen lebte. Mit Sönke? Aber er wusste doch, dass sie sich von Sönke getrennte hatte. Oder nicht?

»Das ist nun auch egal.« Merle schnaubte. Sie hatte ihm gern aus der Zwickmühle geholfen. Darum war sie zu ihm gegangen, um zu schauen, wie sie ihm als Freundin helfen konnte. Aber nun waren ihre Nerven reichlich überstrapaziert und sie brauchte dringend Abstand von ihrem Jugendfreund. Die Umarmung, sein Duft und der ungleichmäßige Atem hatten Spuren hinterlassen, auf die Merle lieber verzichten wollte. Mika war immerhin vergeben, er hatte sich für Lara und gegen Merle entschieden. Sie musste sich damit abfinden. Auch wenn es schwerfiel. Der Sturm von gestern hatte sich zwar gelegt, aber er war nichts gewesen im Vergleich zu dem Sturm, der in ihrem Herzen tobte. Wunden waren aufgerissen worden und sie kämpfte mit ihrem eigenen inneren Orkan, der an ihrer Standfestigkeit rüttelte und sie fast zum Stürzen brachte.

Rote Rosen

Merle war aufgeregt, in einer Stunde stand eine Wohnungsbesichtigung bevor. Die Maklerin, die Merle beauftragt hatte, eine passende Wohnung zu suchen, hatte gestern angerufen und den Besichtigungstermin bestätigt. Im Anschluss daran würde sie noch ein kleines Häuschen besichtigen, welches ebenfalls zum Verkauf stand.

Merle hatte die Exposés mit klopfendem Herzen angeschaut. Beide Objekte kamen in Frage. Das süße, kleine reetgedeckte Haus in St. Peter-Dorf war sogar ihr Favorit. Die Fotos sahen sehr ansprechend aus. Nun würde sich herausstellen, ob das Haus bei der Besichtigung ebenso gut abschneiden würde.

Ihre Eltern hatten sich am Vortag in den Urlaub verabschiedet. »Ist mal wieder überfällig«, hatte ihr Vater gesagt.

Merle schmunzelte. Ihre Eltern liebten Reisen in ferne Länder, kamen aber auch immer wieder gern zurück in ihr Dorf, in dem sie tief verwurzelt waren.

Merle schlüpfte in Turnschuhe und warf sich eine dünne Jacke über. Es wehte ein kühler Wind. So richtig wollte der Sommer sich nicht einstellen, aber das war normal in Nordfriesland. Während im Süden Deutschlands die Biergärten überfüllt waren, mussten die Norddeutschen immer mit Einbrüchen des Wetters rechnen. Aber die salzigherbe Luft an der Küste war mit nichts zu vergleichen. Merle überlegte noch, ob sie zu Fuß gehen oder schnell mit dem Auto fahren sollte, als es an der Tür klingelte.

»Auch das noch«, stöhnte sie, »jetzt muss ich das Auto nehmen.« Eilig riss sie die Tür auf. Das Erste, was sie sah, war ein großer Strauß roter Rosen, dahinter versteckte sich der Bote.

»Guten Morgen, die sind für Frau Merle Hofer.«

»Das bin ich«, sagte Merle mit brüchiger Stimme.

Das Gesicht des Blumenboten kam hinter dem riesigen Strauß zum Vorschein. »Darf ich Ihnen den Strauß überreichen?« Merle nahm die Rosen mit gemischten Gefühlen entgegen. Wer schickte ihr Blumen? Noch dazu diese wunderschönen Rosen, die sicher ein Vermögen gekostet hatten. Zerstreut nahm sie den Strauß entgegen, beinahe hätte sie vergessen, dem jungen Mann ein Trinkgeld zu geben.

Mit dem Po drückte Merle die Tür zu und trug mit beiden Händen die Blumen ins Haus. In der Küche suchte sie vergebens nach einer Karte oder einem Hinweis darauf, von wem die Rosen waren. Der Spender wollte wahrscheinlich unerkannt bleiben. Für Merle etwas unverständlich, sie hätte sich gerne bedankt. Die Zeit lief ihr davon, hektisch suchte sie eine Vase und stellte die Blumenpracht ins Wasser. Sie würde das Auto nehmen müssen, um pünktlich zum vereinbarten Termin zu erscheinen.

Die Wohnung entpuppte sich als ungeeignet. Die Räume wirkten klein und gedrungen. Merle betrachtete die dunklen Holzdecken.

Wenn ich morgens aufwache und gegen die Zimmerdecke schaue, komme ich mir vor wie in einem Sarg.

Merle verschwieg ihre Gedanken der Maklerin gegenüber und ließ sie lediglich wissen, dass diese Wohnung nicht ihren Vorstellungen entsprach.

Ganz anders verlief die Besichtigung des Häuschens. Es lag idyllisch in einer Sackgasse, unweit vom Strand entfernt. Dazu kam, dass sie zu Fuß ihr Elternhaus erreichen konnte. Der Garten war etwas verwildert, aber genau nach ihrem Geschmack. Sogar ein kleiner Holzschuppen für Fahrräder und Gärtnerwerkzeug befand sich im hinteren Teil des Grundstücks. Das Haus hatte vor noch nicht langer Zeit ein neues Reetdach erhalten und wirkte dadurch einladend auf Merle.

Als die Maklerin die Tür öffnete und Merle den Vortritt ließ, hielt Merle die Luft an. Das Innere war modernisiert worden. Die Küche war voll ausgestattet mit allem, was Frau sich so wünschte. Sie besichtigte insgesamt vier Zimmer, eines schöner als das andere. Lichtdurchflutet durch die hohen Fenster im Wohnzimmer wirkte es einladend und gemütlich.

»Der Eigentümer wird gleich dazustoßen. Er wird Ihnen den Dachboden zeigen. Ich bin leider auf Leitern ziemlich ungeschickt und möchte lieber nichts riskieren.« Die Maklerin lachte verhalten. Als Merle ihre Stöckelschuhe betrachtete, war sie über die Sorgen nicht überrascht.

»Ich kann auch allein hinaufgehen, machen Sie sich keine Mühe.« Merle öffnete die Bodenluke, die sich im Flur des Hauses befand, und kletterte die Stufen rauf. Fasziniert betrachtete sie die Spinnweben, die vom Reet und den Balken herunterhingen. Der Dachboden war gut isoliert, so viel konnte Merle erkennen und beurteilen.

Sie klopfte den Staub aus ihrer Kleidung und stieg die Stufen runter in den Flur. Um ein Haar wäre sie auf der letzten Stufe gestolpert, wenn nicht kräftige Arme sie daran gehindert hätten. Die Arme, die beherzt zugegriffen hatten, gehörten niemand anderem als ... Mika.

»Sehen Sie, darum vermeide ich diese Art sportlicher Betätigung.« Die Maklerin kicherte.

Merle lag immer noch in Mikas Armen. Ihr Herz hatte beschlossen, einen Dauerlauf vorzutäuschen und schlug wild in ihrer Brust.

Sollte Mika überrascht sein, so war es ihm nicht anzumerken. »Hast du da oben alles gesehen?«

Merle löste sich aus seinen Armen und versuchte ihren Beinen zu befehlen, ihr zu gehorchen. »Oben genau wie unten« sagte sie, bemüht ihre Stimme nicht zittern zu lassen. »Gehört dir dieser Schuppen?«

Mika lächelte sanft. »Noch, aber ich möchte ihn verkaufen.« Er sah viel besser aus als noch vor einigen Wochen. Er hatte sich sichtlich von den Strapazen und den Sorgen um seine Apotheke erholt. Nur in seinen

Augen lag eine Trauer, die Merle nicht erklären konnte. »Konntest du deinen Mann also von St. Peter-Ording überzeugen?«

Merle sah ihn verständnislos an. Bevor sie antwortete, strich sie die Spinnweben aus ihren Haaren, die nun über ihr Gesicht fielen. »Ich wäre beinahe allein hier eingezogen, aber mir gefällt es nicht, dass du es verkaufen willst. Ich suche mir etwas anderes.«

Die Maklerin ließ die Schultern fallen, sicher hatte sie bereits einen Geschäftsabschluss vor Augen gehabt, den Merle ihr mit ihren Worten verdorben hatte. Sie versuchte es mit einem Trick.

»Ich habe derzeit keine anderen Immobilien, die ich Ihnen anbieten könnte«, sagte sie bedauernd.

»Ich habe es nicht eilig, wir werden sicher bald etwas Geeignetes finden. Wenn Sie mich bitte entschuldigen würden?« Merle war im Begriff das Haus zu verlassen, als Mika sie an der Jacke zurückhielt.

»Können wir bitte reden?« Er sah sie flehend an. Die Maklerin bewies Empathie und verdrückte sich in den Garten. Aber Merle wollte nicht reden. Worüber denn?

»Ich war davon ausgegangen, dass du dich mit Sönke versöhnt hast. Nachdem ich euch Arm in Arm am Strand gesehen hatte, war für mich die Sache klar.«

Am Strand? Merle dachte an das Treffen mit Sönke. Nie wäre sie davon ausgegangen, dass Mika sie gesehen hatte. Aber war das ein Grund, sich in der nächsten Minute mit einer Angestellten zu trösten?

»Mika Radebusch, ich habe auch gesehen, wie du dich hast von Lara trösten lassen. Für sie hättest du sogar deine Zulassung als Apotheker sausen lassen.«

Mika sah sie betroffen an. Hatte er nicht damit gerechnet, dass Merle dahintergekommen war? Dumm gelaufen für den Herrn Apotheker. Merle bemerkte, wie die Wut ihr Innerstes erreichte. Sie drehte sich um und lief zu ihrem Auto. Wütend warf sie sich auf den Sitz, schlug die Tür zu, startete den Motor und brauste davon.

Mika hatte ihr völlig entgeistert nachgeschaut. Merle wollte auf dem schnellsten Weg nach Hause. Tränen liefen über ihre Wangen, die sie erst bemerkte, als sie zu schluchzen begann. Gebannt horchte sie in sich hinein. Warum beweinte sie Mika? Weinte sie um die offenbar verlorene Freundschaft oder weinte sie, weil sie ihn immer noch liebte? Wahrscheinlich konnte sie mit ihm keine Freundschaft führen, denn sie wollte ihn ganz.

Merle stellte ihren Wagen vor dem Haus ihrer Eltern ab und lief zum Strand hinunter. Die wilde See und der Wind hatten ihr schon immer geholfen, klare Gedanken zu fassen. Es waren nur wenige Spaziergänger unterwegs. Der auflandige Wind und der feine Nieselregen lockten niemanden hinter dem Ofen hervor.

Merle ärgerte sich, dass die Wohnungssuche nicht von Erfolg gekrönt gewesen war. Das Haus wäre ein Traum, wenn nicht Mika der Eigentümer wäre. Andererseits, warum störte sie sich daran? Ob sie doch noch mal mit der Maklerin sprechen sollte? Der Preis hatte gestimmt sowie alles andere auch. Warum stand sie sich immer wieder selbst im Weg? Eilig fingerte sie ihr Handy aus der Hosentasche und rief die Frau an.

»Hallo, Frau Dollern, bitte entschuldigen Sie die Unannehmlichkeiten, ich bin zu überstürzt abgefahren. Kann ich mir das Haus noch einmal anschauen? Ich habe mich leider verliebt.«

Frau Dollern lachte am anderen Ende der Leitung. »Nicht nur in das Haus, wie mir schien.«

Merle schwieg. Musste sie ärgerlich über die Maklerin werden? Eigentlich ging sie eine Spur zu weit. Merle holte Luft. »Geht es gleich? Ich wäre in einer Viertelstunde dort.«

»Abgemacht, ich freue mich auf Sie.«

Puh, doch nicht alles verdorben. Ein letzter Rundgang durch das Haus und dann würde Merle es kaufen. Die Entscheidung stand fest. Etwas besser gelaunt stapfte sie durch den festen Sand.

Dieses Mal ließ Merle ihr Auto stehen, das Haus lag schließlich nur einen Katzensprung von ihrem Elternhaus entfernt. Sie erreichte es früher als erwartet. Die Maklerin war noch nicht vor Ort.

Merle strich um das Haus herum, die Hintertür war nicht verschlossen. Das war in den meisten Haushalten in St. Peter-Ording der Fall. Ob sie ...? Beherzt drückte sie den Türgriff und die Tür sprang auf.

Sie befand sich im Wirtschaftsraum, hier würde später ihre Waschmaschine Platz finden. Merle freute sich, dass es genug Regale für ihre Schuhe gab. Der Raum führte sie in die Küche, die es Merle von vornherein angetan hatte. Versonnen ließ sie sich auf einen Stuhl fallen.

Verdutzt sah sie auf die Lehne. Mikas Jacke hing dort, wahrscheinlich hatte er sie vergessen. Vorsichtig, als ob sie fürchtete zu verbrennen, strich sie über den Baumwollstoff. Sie nahm die Jacke mit beiden Händen und führte sie an die Nase. Sie inhalierte Mikas Duft, der daran haftete. Eine tiefe Sehnsucht überkam sie. Sie dachte an den Tag des Abschieds, an dem sie eng aneinandergeschmiegt dem Rauschen des Meeres zugehört und sich ihre Liebe eingestanden hatten.

Ein Geräusch machte sie darauf aufmerksam, dass sie nicht mehr allein im Haus war. Verstohlen legte sie Mikas Jacke aus der Hand. In der Erwartung, auf die Maklerin zu treffen, stieß sie im Flur mit Mika zusammen. Damit hätte sie eigentlich rechnen müssen, aber dies warf Merle gänzlich aus der Bahn. Sie zitterte ob der Berührung mit dem Mann, den sie liebte, vermisste und noch mehr begehrte. Obwohl er ihr furchtbar wehgetan hatte.

Auch ihn schien die Begegnung zu verwirren. Stumm und zu keiner Bewegung fähig, sahen sie sich minutenlang an. Schweigen war das einzig Richtige, alles andere hätte diesen Zauber der Liebe gestört. Und Merle wollte keine Störung. Nicht jetzt.

Mika fand schließlich die Stimme wieder. »Doch noch mal schauen?« Er sah liebevoll auf sie herunter und lockerte seinen Griff nicht. Merles Knie drohten den Dienst zu versagen, darum war sie sogar froh, dass Mika ihr Halt gab. Auch wenn sie Mika das nie eingestehen würde.

»Püppi«, sagte Mika sanft, »bitte, ich glaube wir hätten da etwas zu klären.« Vorsichtig strich er eine Strähne aus ihrem Gesicht.

Merle schloss die Augen und legte ihre Wangen in seine warme Hand. Für einen Augenblick war sie fast glücklich. In Mikas Nähe tanzte ihr Herz Samba. Sie konnte sich dagegen einfach nicht wehren, auch wenn sie wusste, dass er vergeben war. Mika war Mika. Aber dazu, dies zu akzeptieren, fehlte Merle die Kraft. Vielleicht mit der Zeit, aber solange sie in seiner Nähe vergaß, wie sie hieß, musste sie einen weiten Bogen um ihn machen. Sie zitterte, als ob ein Erdbeben in St. Peter-Ording sein Unwesen trieb. Nur Mika hinderte sie daran, in einen tiefen Abgrund zu fallen. Schön war es, ihn zu spüren, schmerzhaft zu wissen, dass ihre Liebe unerfüllt blieb. Bis zu dem Augenblick, als Mika zu sprechen begann.

»Bevor du wieder abhaust, halte ich dich fest, bis ich dir alles gesagt habe. Solltest du dann immer noch flüchten wollen, was ich nicht hoffe, darfst du die Flucht ergreifen. Ich habe nicht die leiseste Ahnung, warum du glaubst, dass ich mit Lara ein Verhältnis hätte ...«

Merle warf den Kopf in den Nacken, um ihn anschauen zu können. »Ich habe es doch gesehen ...«

Mika legte den Zeigefinge auf ihre Lippen, und Merle verstummte irritiert.

»Du meinst, so wie ich dich mit deinem Mann gesehen habe? Ich habe mich zutiefst geschämt, aber ich durfte dir nichts von dem Medikamentendiebstahl erzählen. Dachte ich zumindest. Ich vermute, du warst Zeugin der Verabschiedung meiner Mitarbeiterin Lara. Sie war völlig durch den Wind, darum habe ich ihr versprochen, sie nicht anzuzeigen. Obwohl es im Nachhinein sicher richtiger gewesen wäre.«

Merle sah Mika mit großen Augen an. Hatte sie wirklich richtig gehört?

Mika wartete nicht auf eine Antwort, sondern küsste Merle innig.

Die Zeiten der Missverständnisse sollten von nun an der Vergangenheit angehören. Nie wieder durfte etwas zwischen ihnen stehen.

»Haben dir die Rosen gefallen?«, fragte Mika verschmitzt. Merle konnte nur unter Tränen nicken. Die Rosen waren also von Mika gewesen. Warum war sie nicht gleich darauf gekommen?

Epilog

Ein Jahr später

Merle saß mit angewinkelten Knien auf dem Sofa. Lächelnd streichelte sie die kleine Wölbung ihres Bauches. Sie durfte sich auf ihr Baby freuen. Ein Wunder, an das sie nicht mehr geglaubt hatte.

Am schönsten für sie war, dass Mika sich mindesten ebenso über die Nachricht Vater zu werden gefreute hatte, wie Merle sich freute, Mutter zu werden. Eigentlich hatten sie die Schwangerschaft noch nicht geplant gehabt. Heimlich hatte sie einen Test aus der Apotheke mit nach Hause genommen. Ihre Regel war ausgeblieben, einfach so. Sie grinste glücklich. Seit einem Jahr führte sie gemeinsam mit Mika die Bad-Apotheke. Die glücklichsten Momente waren, wenn sie nach Feierabend die Tore schlossen und in das kleine Reetdachhaus gingen, das sie bewohnten. Ihre Oase des Glücks. Keine Minute hatte Merle bereut, dort eingezogen zu sein. Mika war immer noch Mika, aber er trug sie auf Händen, ließ ihr die Freiräume, die sie brauchte, und liebte sie so, wie sie war.

Viele Missverständnisse hatten ihnen zu schaffen gemacht, die sie aber letztendlich aus dem Weg geräumt hatten. Mit einem Wunder im Gepäck sahen sie einer Zukunft entgegen, die auch bei Regen nur Sonnenschein zu bieten haben. Sie streichelte liebevoll über ihren Bauch. Ihre Eltern waren völlig aus dem Häuschen gewesen, als sie ihnen zusammen mit Mika die frohe Botschaft überbrachte, dass sie in absehbarer Zeit Großeltern werden würden. Mara hatte stolz verkündet, dass die Urlaube in Zukunft weniger werden würden. Damit war ihr Vater Gerd aber nicht ganz einverstanden gewesen.

Merle freute es besonders, dass auch Lulu nach SPO gezogen war. Sie führte jetzt im Dorf ein Café, welches sehr gut angelaufen war. So konnten die Freundinnen sich regelmäßig treffen.

Vor einigen Tagen hatte Merle ein Anruf von Sina erreicht. Wie es schien, hatte sie Sönke besser im Griff als Merle. Sie erzählte freimütig davon, dass Sönke es aufgegeben hatte, Sinas Leben lenken zu wollen. Gut, dann war ja alles richtig gelaufen. »Merle«, hatte sie außer Atem am Telefon gesagt, »ich bin mir nicht sicher, aber glaubst du, Sönke wird sich freuen, wenn er erfährt, dass ich schwanger bin?«

Merle wäre fast der Hörer aus der Hand gefallen. Sie bemühte sich, nicht zu lachen. Ganz glückte es nicht, aber Sina hatte es so verstanden, dass die Ex-Frau sich für sie freute.

»Bestimmt«, hatte Merle geantwortet. »Herzlichen Glückwunsch.« Wie groß Sönkes Freude dann letztendlich gewesen war, hatte Merle nicht erfahren. Es war auch nicht wichtig gewesen.

»Dein Papi kommt gleich nach Hause«, flüsterte sie ihrem Bauch zu. Merle blieb, auf Anraten ihres Arztes und auf Mikas Wunsch hin, an zwei Tagen in der Woche zu Hause. An diesen Tagen erholte sie sich, aber Mika fehlte ihr tagsüber. Darum freute sie sich auf seinen Feierabend, wenn er sie liebevoll begrüßte und vom Tag in der Apotheke erzählte. Dann genossen sie den Abend draußen auf der Terrasse vor der Feuertonne.

Sie rappelte sich vom Sofa auf, als sie die Tür hörte, und ging Mika etwas schwerfällig entgegen.

»Hallo, ihr zwei«, rief er fröhlich. »Ich hoffe euer Tag war schöner als meiner?«

Merle zog die Stirn in Falten. »Was ist passiert?«

Mika grinste. »Ich habe euch vermisst.«

Merle gab ihm einen Stups. »Du sollst mich doch nicht so erschrecken!« Sie lachte erleichtert. »Wir ...«, sie streichelte über ihren Bauch, »haben dich auch vermisst.« Mika sah sie mit leuchtenden Augen an.

»Wie geht es euch?«, fragte er zärtlich. Merle sah an ihrem Bauch vorbei auf ihre Füße, die sonst nach dem langen Tag in der Bad-Apotheke geschwollen waren.

»Jetzt, wo du da bist ... sehr gut.« Sie kuschelte sich an Mika und er nahm sie fest in seine Arme.

In die kleine Familie war ein Glück eingekehrt, das nichts und niemand stören konnte. Mika führte Merle auf die Terrasse und zündete die Feuertonne an. Danach setzten sie sich eng nebeneinander auf die Gartenbank.

»Was hältst du von Berta?«, fragte Mika lachend, woraufhin Merle ihm einen Knuff versetzte.

»Dann schicke ich einen Notruf ins Universum, dass ich doch lieber einen Fiete haben möchte.«

Mika lachte leise. »Ich fürchte, das wird nicht möglich sein. Aber wir könnten unsere Prinzessin auch Tina nennen, was meinst du?« Merle stellte die Frage zurück und beschloss, das Gespräch auf einen günstigeren Tag zu verschieben. Wenn Mika so weitermachte, musste sie ihn wohl oder übel aus dem Kreissaal verbannen und ihm somit den Einfluss auf die Namensgebung entziehen.

Mika schien ihre Gedanken zu erraten. »Vielleicht wirst du ohnmächtig? Dann brauchst du mich, damit ich Berta in die Arme nehmen kann.« Er grinste frech.

»Berta wird es dir lebenslang übelnehmen.« Sie lachten übermütig.

»Könnte sein«, meinte Mika und wurde nachdenklich. »Wir tragen bald eine große Verantwortung für dieses kleine Wesen.« Er legte seine Hand auf Merles Bauch. *Berta* gab ihren Protest kund, indem sie kräftig dagegen boxte.

»Schon gut, ich habe es verstanden.« Mika lachte und gab Merle einen langen Kuss, während die kleine *Berta* weiterboxte.

Was ich noch zu sagen hätte ...

Schon in frühester Kindheit brannte ich darauf, Geschichten zu schreiben. Motiviert durch meine Deutschlehrerin schrieb ich Gedichte. Zu meiner großen Freude wurden diese in meiner Klasse vorgelesen. Irgendwann traute ich mich, kurze Liebesromane zu Papier zu bringen. Meine Schreibmaschine »Claudia«, in Lindgrün, war mir eine treue Begleiterin. Sie hat nun einen Ehrenplatz auf der Wohnzimmervitrine meiner jüngsten Tochter Nicky.

Ich fand es schlau, als ich die Texte meiner Tante untergejubelt hatte, zwischen den Romanen von *Das goldene Blatt*. Mein Plan ging natürlich nicht auf, denn sie konnte mein Schreibmaschinenpapier durchaus von den bunten Blättern der Regenbogenpresse unterscheiden. Trotzdem waren meine ersten Schritte zur Autorin gemacht.

Warum ich es dann aufgegeben habe? Ich weiß es nicht.

Als ich jedoch 2014 von der Möglichkeit des Selfpublishings erfuhr, kramte ich in meinem PC und gab einer befreundeten Pastorin zwei fertige Kapitel zum Probelesen. Die wenigen Worte »Schreib bitte weiter« gaben mir den letzten Anstoß, den ersten Roman fertigzustellen.

Danke, liebe Diana Krückmann. Heimathafen Husum ging ins Netz. Und Anni saß mit Tränen der Rührung vorm PC. Seitdem ist das Schreiben für mich ein Bedürfnis, das an eine große Portion Leidenschaft gekoppelt ist, die mich morgens um fünf Uhr aus den Federn lockt.

Seit 2016 darf ich bei Forever by Ullstein veröffentlichen.

Daher gilt mein besonderer Dank ...

Meiner Lektorin, die meine hunderttausend Kommafehler ausmerzt, die ich fröhlich über das Manuskript verstreue. Ich gebe es zu! Doch es wäre durchaus vermessen, die Arbeit von Lektoren auf die Kommafehler zu beschränken. Meine Lektorin gibt meinen Büchern den letzten, aber wichtigsten Schliff.

Dem Forever by Ullstein Verlag danke ich für das gegenseitige Vertrauen.

Vor allem aber danke ich meinen treuen Leserinnen und Lesern, die meine Bücher verschlingen! Danke, danke!

Mich hat es schon immer interessiert, wie es in den hinteren Räumen einer Apotheke aussieht. Während meiner Recherche zu diesem Buch hatte ich das Glück, in dieses Geheimnis eingeweiht zu werden. Dr. Eckart Niemöller, Chef der Theodor-Storm-Apotheke in meinem Heimatort, hat sich die Zeit genommen und mir geduldig Antworten auf meine Fragen gegeben. Ganz nebenbei hat er über die Arbeit des Apothekers berichtet. Dies hat zu Ideen geführt, die ich in meinem Roman einsetzen konnte. Es war ein spannender Nachmittag, den ich immer in guter Erinnerung haben werde. Vielen Dank.

Danke an meine Freundin Elke Vorbrugg, die mit Begeisterung die Leseproben verschlingt und um Nachschub bettelt. Gerade habe ich ein Telefonat mit ihr geführt, in dem sie mir sagte, dass sie Mika gerne einmal zum Kaffee einladen würde. Ich übrigens auch.

Sicher habe ich nicht alle erwähnt, denen ich zu danken habe. Aber eines ist gewiss, ihr seid immer in meinem Herzen.

Meine Ideen gehen nicht aus. Weitere Werke schwirren unbeirrt in meinem Kopf herum und warten darauf, umgesetzt zu werden. Auch dafür bin ich dankbar.

Ich freue mich auf ein baldiges Wiederlesen.

Auf die Liebe,
eure Anni Deckner